Jana DeLeon

WEG VOM SCHUSS

Ein Miss-Fortune-Krimi

amazon crossing

Das Buch

Wegen eines Maulwurfs innerhalb der CIA und des Kopfgelds, das einer der mächtigsten Waffenhändler der Welt auf sie gesetzt hat, muss CIA-Killerin Fortune Redding verschwinden. Ihr neues Leben als Ex-Schönheitskönigin und Bibliothekarin in einer Kleinstadt in Louisiana ist für Fortune schlimmer als der Tod, doch sie ist bereit, in ihrem Versteck auszuharren, bis der Maulwurf gefunden und der Waffenhändler außer Gefecht gesetzt ist.

Leider hat sie noch nicht einmal ihren Koffer ausgepackt, als ihr neu-geerbter Hund bereits den Knochen eines menschlichen Skeletts im Garten ausgräbt, und sie inmitten eines geheimnisvollen Mordfalls steckt. Ein paar scheinbar nette alte Damen, ein attraktiver Sheriff, der zu viele Fragen stellt – wenn sie jetzt nicht aufpasst, geht ihre Tarnung flöten und sie riskiert ihr Leben.

Die Autorin

Jana DeLeon wuchs im Südwesten des Staates Louisiana zwischen Sümpfen und Alligatoren auf. Ihre Familie unterhielt ein Camp in einem Sumpf ganz in der Nähe des Golfs von Mexiko, das nur mit dem Boot erreichbar war. Janas Lieblingsplatz war eine Hängematte unter dem Dach einer großen Veranda, wo Jana oft stundenlang träumte und Romane verschlang. Mit ihrem Bruder durchstreifte sie gerne den Sumpf mit einem Boot und erforschte den natürlichen Lebensraum heimischer Vögel, Wasserratten und Alligatoren. Im Gegensatz zu ihren Romanheldinnen war Jana nie in einen Kriminalfall verwickelt oder ist je einem Geist begegnet – sie gibt die Hoffnung jedoch nicht auf. Mittlerweile lebt sie in Dallas mit dem verwöhntesten Sheltie der Welt an ihrer Seite.

Jana DeLeon

Weg vom Schuss

Ein Miss-Fortune-Krimi

Übersetzt von Miriam Neidhardt

amazon crossing

Die Originalausgabe erschien unter dem Titel »Louisiana Longshot«.

Deutsche Erstveröffentlichung bei AmazonCrossing, Luxemburg, 2014

Umschlaggestaltung: bürosüd° München, www.buerosued.de
Lektorat: Barbara Decker
Satz: Monika Daimer, www.buch-macher.de

Printed in Germany
by Amazon Distribution GmbH, Leipzig

ISBN 978-1-477-82371-2

www.amazon.com/crossing

Kapitel 1

Es war kurz vor Sonnenaufgang, als ich am Privatflughafen aus dem Learjet stieg. Exakt siebzehn Stunden, sechsundzwanzig Minuten und vierzehn Sekunden hatte ich im Flugzeug verbracht und trug noch dasselbe Achthundert-Dollar-Kleid wie vor fünfundzwanzig Stunden, als ich einen Mann getötet hatte. Einer meiner Schuhe hatte es nicht aus der Wüste geschafft und ich hielt das, was vom anderen Schuh übrig geblieben war, in meiner rechten und meine Neunmillimeter in der linken Hand umklammert. Leider haben Achthundert-Dollar-Kleider weder Taschen noch Holster, und mein Dekolleté war nicht üppig genug, um als Versteck dienen zu können.

Ein schwarzer Cadillac DTS mit getönten Scheiben wartete am Ende der Landebahn. Ich holte tief Luft, ging darauf zu und bereitete mich innerlich auf den Einlauf vor, den ich mit Sicherheit erhalten würde. Als ich jedoch die Tür öffnete und auf dem Beifahrersitz Platz nahm, war weit und breit nichts von dem halbglatzköpfigen Mann zu sehen, den ich eigentlich erwartet hatte. Stattdessen sah mich eine übergewichtige afroamerikanische Frau in den Fünfzigern verärgert an und schüttelte vorwurfsvoll den Kopf.

»Mädel, du sitzt richtig in der Scheiße«, tadelte Hadley Reynolds, die hinterm Steuer saß und ihres Zeichens Assistentin der Geschäftsleitung der CIA war.

»Hat er einen Herzinfarkt gekriegt, als er davon erfuhr?«, fragte ich und überlegte, warum der Director wohl Hadley geschickt hatte, anstatt selbst zu kommen. »Ich dachte, er würde mich hier mit dem Auto überfahren.«

»Während des Telefongesprächs hatte ich kurz den Verdacht. Sein Gesicht lief so rot an, dass ich dachte, er platzt gleich, dann jedoch stürmte er raus und schrie mich an, dass ich dich abholen und sofort zu ihm bringen soll.«

Ich seufzte und dachte sehnsüchtig an eine richtige Mahlzeit und saubere Kleidung. Schlimm genug, dass im Flugzeug nur gesundes Essen serviert wurde – es gab auch nicht den geringsten Alkohol! »Ich nehme an, unterwegs einen Burger und ein Sixpack zu holen, kommt nicht infrage?«

»Es ist sechs Uhr morgens.«

»Nicht im Nahen Osten«, maulte ich.

»Wir sind hier aber in Washington DC und nicht in einem überdimensionalen Sandkasten. Und überhaupt: Ihr trefft euch in einem Café. Dort bekommst du so viel Fett und Kohlenhydrate, wie du willst.« Hadley sah an ihrer eigenen unförmigen Figur hinab und dann hinüber zu mir und runzelte die Stirn. »Du weißt, dass ich selten um irgendetwas bitte und anderen jede Menge Gefallen tue – und Gott weiß, dass ich niemals in eines dieser Kleider in Größe 36 passen werde, in die sie dich stecken –, aber warum um Himmels willen kannst du nicht sorgsamer mit den Schuhen umgehen?«

Ich betrachtete das, was von den Prada-Schuhen übrig geblieben war, und fühlte mich ein wenig schuldig. Schon als ich in der Geschäftsstelle der CIA die Schuhschachtel öffnete, dachte ich, dass Hadley gleich in Ohnmacht fallen würde. Sie sah sie an, als wären sie verzaubert. Meine Reaktion war da ein klein wenig anders. »Tut mir leid.«

Hadley zog eine Augenbraue hoch.

»Ehrlich. Es tut mir leid. Die ganze Situation ist ein bisschen außer Kontrolle geraten. Ich wollte die Schuhe nicht ruinieren.«

Hadley seufzte und tätschelte mein Knie, wie sie es tat, seit ich ein kleines Mädchen war. »Süße, ich weiß, dass du das nicht wolltest, aber du gerätst immer wieder in solche Situationen. Ich fürchte, eines Tages hole ich dich in einem Sarg ab.«

»Das ist mein Job.«

»Die Risiken, die du eingehst, sind nicht dein Job, und das weißt du auch.« Sie hielt einen Moment inne. »Du musst nichts beweisen … weder ihm noch irgendjemandem sonst.«

Ich nickte nur und sah aus dem Fenster, weil ich eine Diskussion über meinen verstorbenen Vater, den sie mit »ihm« meinte, vermeiden wollte. Obwohl er bereits starb, als ich erst fünfzehn war, sah ich ihn immer noch vor mir, wie er die Stirn runzelte und vorwurfsvoll den Kopf schüttelte. Leider konnte ich die Schuld nicht auf ihn schieben. Super-CIA-Agent Dwight Redding hatte nie einen Fehler gemacht, nie seine Tarnung aufgedeckt, nie jemanden getötet, der nicht auf der Abschussliste stand.

Dwight Redding war perfekt gewesen. Ein echter Musteragent.

Ich schob den Gedanken beiseite und konzentrierte mich auf die aktuelle Lage. »Warum in einem Café?«

»Hat der Director nicht gesagt.«

Ich versuchte, Hadleys Gesichtsausdruck zu lesen, doch sie sagte die Wahrheit, was mir noch mehr Sorge bereitete. Wenn Director Morrow mich woanders als in der Geschäftsstelle der CIA treffen wollte, konnte das nur eines bedeuten: Ich werde entlassen.

Ich holte tief Luft und atmete langsam wieder aus, während ich mir meine Verteidigungsstrategie zurechtlegte. Am besten redete ich zuerst, bevor er zu Wort kam, und versuchte so, an sein Mitgefühl zu appellieren. Ja, das war gut. Noch besser wäre es, wenn ich herausfinden könnte, wofür er überhaupt Mitgefühl empfand, bevor wir am Café ankommen. Nach acht Jahren der Arbeit für ihn hatte ich nach wie vor nicht die geringste Ahnung.

Hadley machte einen unvermittelten U-Turn und hielt vor einer schäbigen Fassade, auf deren schmutziger Fensterscheibe das Tagesmenü gepinselt war. »Sicher, dass er mich nicht umbringt?«, fragte ich und sondierte schnell die Umgebung. Die Gegend sah aus, als würde niemand auch nur mit der Wimper zucken, wenn plötzlich ein Schuss fiele.

Hadley schüttelte den Kopf. »Wenn der Director dich nicht umbringt, erledigt das vermutlich das Essen.«

»Danke für die Aufmunterung.« Ich stieg aus dem Auto, ließ den kaputten Schuh zurück und betrat das Café.

Ich entdeckte Director Morrow und einen weiteren Agenten, Ben Harrison, in einer Nische ganz hinten im Raum. Abgesehen von den beiden war niemand da. Morrow runzelte die Stirn, als er mich erblickte. Als ich näher kam, bemerkte er meine nackten Füße und kippte sein Wasser in einem Zug hinunter. Ich sah zu Harrison und versuchte, in seinem Gesicht zu lesen, wie Morrow drauf war, doch er schüttelte nur kaum merklich den Kopf. Nicht gut. Zeit für meine Verteidigungsstrategie.

»Ich musste ihn töten«, schoss ich los, als sich Harrison erhob und mich durchließ, damit ich mich auf die Bank gegenüber von Morrow setzen konnte. »Ich hatte keine andere Wahl.«

Harrison machte ein Geräusch, das sich wie ein Röcheln anhörte, nahm neben mir Platz und simulierte einen Hustenanfall in seine Serviette.

»Ihre Personalakte«, sagte Morrow, »ist voll von diesen ›Keine andere Wahl‹-Situationen. Neben Ihnen wirkt Attila der Hunnenkönig wie ein Pazifist.«

»Aber er wollte das Mädchen an den Scheich verkaufen. Sie war erst zwölf und …«

»Es ist mir egal, ob er einen siamesischen Zwilling mit Welpen hatte. Die Tarnung ist stets zu erhalten.« Er hielt zwei Finger in die Höhe. »Zwei Jahre Arbeit in weniger als einer Minute zunichtegemacht. Das ist neuer Rekord, Redding.«

»Ich kann das noch retten. Schicken Sie mich einfach wieder zurück.«

»Und wie stellen Sie sich das vor? Ihr Auftrag war es, dem Dealer schöne Augen zu machen. Alles, was Sie tun mussten, war, das Geld abzugeben, die Drogen einzusacken und wieder zu gehen. Aber nein, Sie mussten ja unbedingt den Bruder vom Boss umlegen … einen Waffenhändler, der seine Frau erschossen hatte, weil sie ihm während American Idol die Sicht auf den Fernseher versperrte. Glauben Sie wirklich, er lässt Sie laufen, nachdem Sie seinen einzigen Bruder getötet haben?«

»Nicht zu vergessen«, fügte Harrison dazu, »dass die meisten Frauen nicht herumlaufen und Menschen mit ihren Schuhen umnieten. Vermutlich ist ihm bereits klar, dass Sie keine verblödete Goldgräberin sind.«

Ich starrte Harrison an, aus dessen Mund nur Blödsinn kam, wenn es um mich ging. »Ich konnte nirgendwo am Körper eine Waffe verstecken – ich musste ja diesen knappen Fummel tragen. Und der Schuh hatte einen spitzen Stachel. Wozu sonst war der gut?«

»Himmel, Redding.« Harrison lachte. »Haben Sie noch nie einen Film gesehen, Werbung in einer Zeitschrift … eine andere Frau in der Öffentlichkeit? Stilettos sind bei Menschen mit Östrogen allgemein üblich!«

»Was erklärt, warum *Sie* das wissen und ich nicht. Warum spielen Sie nicht beim nächsten Auftrag den Lockvogel? Sie sind dafür offensichtlich besser geeignet.«

»Es gibt keinen nächsten Auftrag«, sagte Morrow und beendete damit die Diskussion. Ich starrte den Director an. »Sie feuern mich? Das können Sie doch nicht machen!«

»Ich könnte, wenn ich wollte, aber das ist nicht das Problem. Wir haben heute Morgen Nachricht von Intel erhalten. Ihr Foto wurde an jeden Drogendealer und Waffenhändler verteilt, der mit Ahmads Organisation Geschäfte macht. Er bietet jedem, der Sie zu ihm bringt, eine Millionen Dollar. Und zehn Millionen, wenn Sie dann noch leben.«

»Himmel«, stieß Harrison aus, jede Feindseligkeit war wie weggewischt.

Ich spürte, wie das Blut aus meinem Gesicht wich, und versuchte, es mental wieder hoch zu zwingen. »Na und? Das ist nicht das erste Mal, dass auf den Kopf eines Agenten ein Preis ausgesetzt wird«, erwiderte ich und hoffte, dass meine Stimme sicherer klang, als ich mich fühlte.

Morrow schüttelte den Kopf. »Aber so schlimm war es noch nie. Ihr Kopf steht auf der persönlichen Agenda eines der mächtigsten Waffenhändler dieses Jahrzehnts. Ich habe keine Wahl – Sie müssen verschwinden.«

»Auf keinen Fall gehe ich in das Zeugenschutzprogramm. Die geben mir irgendeinen Kassiererinnen-Job und stecken mich nach Idaho.«

»Ich bin auch der Ansicht, dass das Zeugenschutzprogramm nicht infrage kommt, allerdings weniger, weil es mich interessiert, welchen Job Sie dann ausführen sollen.«

Morrow lehnte sich über den Tisch, sein Gesichtsausdruck eine Kombination aus Ernst, Sorge, mit einem klein wenig Angst. Dieser Ausdruck von Angst war es, der mir den Hals abschnürte.

»Es gibt eine undichte Stelle«, raunte Morrow mir halblaut zu, »irgendwo innerhalb der CIA, aber ich weiß nicht, wie weit nach oben sie reicht.«

Ich schnappte nach Luft, und mein Verstand versuchte zu begreifen, was er gerade gesagt hatte. Das war doch nicht möglich. Ein Verräter in unseren Reihen?

»Das kann nicht sein!« Harrison sprang von seinem Platz auf und stellte sich vor den Tisch. »Das glaube ich nicht.«

Morrow seufzte. »Ich wollte es auch nicht glauben, aber Tatsache ist, dass jemand Ahmads Leute auf Redding angesetzt hatte, bevor sie auch nur einen Fuß auf das Boot gesetzt hatte. Die ganze Szene mit dem Mädchen war getürkt – damit Redding gezwungen wird, ihre Tarnung aufzugeben, um den Verdacht zu bestätigen. Sie wussten, dass sie keine Waffe trägt, haben jedoch offensichtlich unterschätzt, wie gefährlich sie in Highheels ist.«

»Scheiße«, stieß Harrison aus und ließ sich zurück auf die Bank fallen.

Morrow sah erst zu Harrison und dann wieder zu mir. »Sie wissen beide, dass die Informationen nur aus unserem Büro stammen können. Laut Intel sollte Redding gar nicht erst von diesem Boot kommen – jedenfalls nicht lebendig. Der ganze Zwischenfall mit dem Schuh hat den Einsatz in astronomische Höhen schnellen lassen.«

»Sie könnte sich einer Gesichts-OP unterziehen«, schlug Harrison vor. »Das wird in solchen Fällen doch gemacht, oder?«

»Niemals!«, wehrte ich ab.

Morrow hielt die Hand hoch, um den Schlagabtausch zu beenden. »Sie haben zu viele Hollywood-Filme gesehen. Plastische Chirurgie kann weder ihre Körpergröße noch ihren Knochenbau ändern, zumindest nicht ausreichend. Ahmads Sicherheitssystem ist das beste, das man für Geld kriegen kann. Ein einziges Foto seiner Spezialkameras und schon könnten sie den Knochenbau direkt zu Redding zurückführen. Und da wäre noch die Sache mit dem Maulwurf. Das Risiko können wir nicht eingehen.«

»Und was soll ich jetzt machen?«, fragte ich niedergeschmettert, allmählich den Ernst der Situation begreifend. »Wollen Sie damit sagen, dass ich noch nicht einmal in der Geschäftsstelle der CIA sicher bin? Wohin soll ich denn dann gehen?«

Morrow schob mir einen Ordner über den Tisch zu. »Ich habe eine Idee«, sagte er etwas zögernd. »Es wäre nicht offiziell. Nur Sie, Harrison und ich dürfen davon wissen. Deshalb rede ich mit Ihnen beiden hier. Ich kann niemandem sonst vertrauen, und es besteht die Möglichkeit, dass mein Büro verwanzt ist.«

Harrison warf mir einen Blick zu und nickte. »Was immer Sie meinen, Sir. Ich tu alles, was Sie möchten.«

»Alles, was ich von Ihnen möchte, Harrison, ist, dass Sie den Mund halten und diese Informationen abspeichern für den Fall, dass mir etwas zustößt. Aus offensichtlichen Gründen wird es nichts Schriftliches darüber geben. Redding hingegen wird ein wenig schauspielern müssen, damit das alles funktioniert.«

»Was funktioniert?«

»Meine Nichte hat kürzlich ein Haus von ihrer Großtante mütterlicherseits geerbt. Es ist geplant, dass sie den Sommer dort verbringt und sich um den Nachlass kümmert, damit alles verkauft werden kann. Sie war noch nie dort, und soweit ich weiß, war die Tante auch niemand, der gerne Fotos von den Lieben aufhängt. Insofern besteht kaum ein Risiko, dass jemand etwas spitzkriegt.«

»Was genau spitzkriegt?«

Morrow atmete geräuschvoll aus. »Ich werde meine Nichte den Sommer über nach Europa schicken und Sie nach Louisiana, wo Sie sich als meine Nichte ausgeben: die perfekte Tarnung. Dort wird niemand nach Ihnen suchen und niemand in der Stadt ist meiner Nichte jemals begegnet. Die Einwohner wissen nur, dass sie irgendwann im Sommer kommt, um den Nachlass zu regeln.«

»Louisiana … Sie meinen Sümpfe, Alligatoren und Hinterwäldler?«

»Ich meine eine Kleinstadt mit reizenden Leuten, die etwas langsam sind. Nur so lange, bis wir Ahmad aus dem Verkehr gezogen haben. Ohne Ahmad werden sich der Steckbrief und Ihr Todesurteil vermutlich in Luft auflösen.«

Wieder drehte sich das Gedankenkarussell in meinem Kopf. »Aber das kann Wochen dauern … Monate. Sie können doch unmöglich von mir erwarten, so lange mitten im Sumpf zu versumpfen! Was um Himmels willen soll ich denn dort machen? Die haben doch sicher noch nicht einmal Kabelfernsehen! Gibt es dort Strom? Oh mein Gott, wurde dort nicht *Beim Sterben ist jeder der Erste* gedreht?«

Morrow warf mir einen spöttischen Blick zu. »Sie sind gerade nur mit einem Gewehr und einer Wasserflasche bewaffnet tagelang durch die Wüste gewandert. Erzählen Sie mir doch nicht, dass ein paar weißhaarige ältere Damen und eine Handvoll Mücken Sie zu Tode ängstigen. Im Vergleich zu Ihrem Standardprogramm wird das der reinste Urlaub.«

Er deutete auf den Ordner. »Hier sind ein paar Hintergrundinformationen über meine Nichte, die ich für Sie zusammengestellt habe. Vermutlich hat ihre Tante von ihr erzählt, sodass die Einheimischen eine Frau erwarten, die dieser Beschreibung entspricht.«

»Was ist mit dem Internet?«, fragte Harrison. »Die meisten Leute sind dort zu finden.«

Morrow schüttelte den Kopf. »Sie hatte es als Teenager mit einem Stalker zu tun, was sie sehr mitgenommen hat. Seitdem vermeidet sie es sorgfältig, im Internet zu erscheinen. Ich habe das bereits überprüft und nichts gefunden.«

Morrow wandte sich wieder mir zu. »Ich möchte, dass Sie morgen abfahrbereit sind.«

Ich griff nach dem Ordner und bemerkte, dass Morrow die Wand hinter mir anstarrte und den direkten Augenkontakt mit mir mied. Kein gutes Zeichen. Ein Schauder lief mir über den Rücken, als ich den Ordner öffnete und zu lesen begann.

Sandy-Sue Morrow. Ach du meine Güte, allein der Name ging gar nicht.

Ich las weiter und wieder wich das Blut aus meinem Gesicht. Schließlich sah ich auf. »Ich kann das nicht.«

Harrison, der spürte, dass etwas ernsthaft im Argen lag, sah von Morrow zu mir und wartete auf den Dammbruch. »Sie sind ein Profi«, erwiderte Morrow. »Sie sind eine geniale Undercover-Agentin – naja, so was in der Art.«

»Das hier«, sagte ich und winkte mit dem Ordner, »ist kein Undercover-Einsatz. *Das hier* erfordert eine Wiedergeburt.«

»Hören Sie, Redding …«, setzte Morrow erneut an.

»Sie ist Bibliothekarin«, unterbrach ich ihn. »Das Letzte, was ich gelesen habe, war ein Artikel darüber, wie man aus einem Wattestäbchen einen Schalldämpfer bastelt, es sei denn, Sie zählen Autopsieberichte mit.«

»Sie sollen dort Inventur in einem Haus machen und keine Bibliothek leiten«, wies Morrow mich zurecht. »Es wird Sie wohl kaum jemand nach Leseempfehlungen fragen.«

»Sie strickt.«

»Dann lernen Sie das, nur für alle Fälle. Ein Hobby zu haben, das nichts mit Leichen zu tun hat, wird Ihnen sicher nicht schaden.«

Harrison schüttelte den Kopf. »Ich weiß nicht recht, Sir. Ich habe mir diese Stricknadeln mal angesehen. Finden Sie wirklich, Sie sollten Redding mit einer solch gefährlichen Waffe auf die nichts ahnende Bevölkerung loslassen? Erinnern Sie sich noch an den Zwischenfall in Ägypten mit dem Kugelschreiber?«

»Spinnen Sie doch nicht rum«, schnauzte ich ihn an. »Das war ein Pentel, kein Kugelschreiber.«

Morrow räusperte sich. »Ich bin mir sicher, dass Redding einen Weg finden wird, sich zu beherrschen.«

Ich schob den Ordner über den Tisch zurück. »Sie war eine Schönheitskönigin!«

»Ach du Schande.« Harrison brach in schallendes Gelächter aus. »Das glaubt Redding sicherlich keiner. Sehen Sie sie sich doch an. Ihre Haare sind ja kürzer als meine.«

»Meine Haare haben genau die richtige Länge für meinen Job«, verteidigte ich mich und fuhr mit einer Hand durch meine kurzen, blonden Stoppeln, die ich nur einen Tag zuvor unter einer heißen Perücke versteckt hatte. »Abgesehen davon dachte ich, kurze Haare wären wieder in.«

»Kurz, ja«, meinte Harrison. »Aber Sie machen ja Britney Spears nach ihrem Nervenzusammenbruch Konkurrenz. Kommt bei Männern oder Schönheitswettbewerben nicht so gut an.«

Ich warf die Arme hoch. »Diese … diese *Person* hat die Frauenbewegung mal eben um zehn Jahre zurückgeworfen. Stricken? Bibliothekarin? Schönheitskönigin? Bitte sagen Sie mir, dass ich sie als Nächste umlegen darf.«

Morrow erhob sich vom Tisch und blickte auf mich herab. »Das reicht jetzt. Meine Nichte ist eine wunderbare Frau. Und bis auf Weiteres werden Sie die Identität dieser wunderbaren Frau annehmen, oder ich erschieße sie höchstpersönlich.«

»Ich kann's ja mal versuchen«, murmelte ich.

»Was?«

Ich biss mir auf die Innenseite der Lippe und ballte meine Hand zur Faust. »Kein Problem.«

»Gut. Heute Nachmittag haben Sie übrigens einen Termin. Sie bekommen künstliche Fingernägel, eine Pediküre, Haarverlängerungen und lernen, wie man Make-up aufträgt und Highheels trägt, ohne jemanden damit umzubringen.« Mit einem breiten Grinsen verabschiedete er sich und ging.

Harrison blickte mich von der Seite an und stand ebenfalls auf. Mit der Hand auf der Waffe folgte er Morrow.

Falsche Haare? Falsche Nägel? Und jemand soll meine Füße anfassen? Oh Gott, die werden doch nicht etwa meine Fußnägel pink lackieren?

Ich stöhnte und ließ den Kopf auf den Tisch fallen, vergrub ihn in meinen Armen. Das wird noch schwerer als damals, als ich den Drogenbaron mit einem Tic Tac um die Ecke gebracht hatte.

Und nicht annähend so befriedigend.

Kapitel 2

Es war ein schwül-heißer Samstagabend, als ich in Sinful, Louisiana, aus dem Bus stieg und mir ziemlich sicher war, direkt in der Hölle gelandet zu sein. Forrest Gump hatte unrecht. Das Leben war keine Schachtel Pralinen. Es war eine Schachtel Dulcolax und ich fühlte mich, als hätte ich eine ganze Handvoll davon gegessen.

Ich sah die Hauptstraße hinunter und verzog das Gesicht. Das war eine Kreuzung aus einem Gemälde von Thomas Kinkade und einem Horrorfilm. Ein niedlicher, pinkfarben angestrichener Laden mit einer Bordüre aus etwas, was wie Spitze aussah, markierte das Ende der Stadt. Blumentöpfe reihten sich auf dem Gehsteig vor dem Laden aneinander. Auf dem Schild am Fenster stand: »Sie killen sie – wir füllen sie«. Das ausgestopfte Haupt eines Hirsches mit geschlossenen Augen und gewaltigem Geweih prangte über dem Eingang.

Das Mauerwerk des Geschäfts nebenan war in sattem Blau gestrichen, mit dunkelblauem Sockel. Hier gab es keine Blumentöpfe, stattdessen rankten Efeu und hübsche, kleine weiße Blüten die Hauswand bis zum Balkon im zweiten Stock empor. Auf dem Schild am Fenster dieses Hauses wies ein Pfeil in Richtung des pinkfarbenen Ladens, und darüber stand: »Die nehmen die Haut – wir nehmen das Fleisch.« Ich hoffte inständig, dass es sich um eine Metzgerei handelte.

»Hier ist Ihr Gepäck, Ma'am«, ertönte die Stimme des Busfahrers hinter mir und riss mich aus meinem Alice-im-Wunderland-

Moment. Beim Anblick der zwei Koffer in knalligem Pink mit silberfarbenen Quasten wurde mir fast übel. Während mich die Frau im Schönheitssalon gefoltert hatte, war Harrison Koffer kaufen gewesen. Sein Abschiedsgeschenk, quasi.

Ein letzter Seitenhieb.

Ich dankte dem Busfahrer und überreichte ihm ein großzügiges Trinkgeld. Wenn ich nie wieder auftauchen sollte, brauchte ich jemanden, der aussagen konnte, wo er mich zuletzt gesehen hatte. Ich zog den Griff des großen Koffers heraus, setzte den kleinen Koffer darauf und versuchte, meine langen lackierten Nägel zu ignorieren. Eigentlich hatte ich schwarzen Nagellack gewollt, doch Morrow hatte mich einfach übergangen und die Folterknechte vorgewarnt. Sie verwöhnten mich mit Wein und kleinen Küchlein und dachten, sie könnten mir »Zarte Malve« oder »Sonnenverwöhnte Mandarine« andrehen, aber ich hatte sie durchschaut. Schlussendlich einigten wir uns auf »Verführerisches Rot«, eine Farbe, die ich mir aussuchte, weil sie exakt so aussah wie frisches Blut.

Ich zog ein Stück Papier aus der Tasche meines scheußlichen, lilafarbenen Hosenanzugs und studierte die Wegbeschreibung. Das Haus meiner »Großtante« lag rund anderthalb Meilen von hier entfernt, was unter normalen Umständen kein Problem gewesen wäre. In diesem Leinenanzug jedoch, in der sengenden Hitze von Louisiana, mit diesen Highheels, konnte ich mich glücklich schätzen, wenn ich es die Hauptstraße entlang schaffte, ohne mich in das Geweih des toten Hirschs zu werfen – einfach nur, um dem Ganzen ein schnelles Ende zu bereiten.

Seufzend griff ich nach meinem Gepäck. Ich schaffte ganze zwei Schritte, bevor ich mir den Knöchel verdrehte und der Absatz des verflixten Schuhs abbrach. *Zweihundert Dollar haben die Dinger gekostet.* Von dem Geld hätte ich mir einen Schalldämpfer oder die Granaten vom Schwarzmarkt für meine kleine illegale Sammlung kaufen können.

Ich hob den abgebrochenen Absatz auf, zog beide Schuhe aus und schmiss sie in einen Bach aus Dreckswasser, der hinter dem

»Sie killen sie – wir füllen sie«-Laden durch die gesamte Kleinstadt floss. Und wieder ein Paar schicke, überteuerte Schuhe, die Hadley niemals tragen würde.

»Eigentlich sollte man Sie dafür verhaften, dass Sie den Sumpf schon an Ihrem ersten Tag hier verschmutzen«, hörte ich eine Männerstimme hinter mir.

Ich fuhr herum, sauer, weil es jemand geschafft hatte, mir so nahe zu kommen, ohne dass ich irgendetwas davon bemerkt hatte. Die Tatsache, dass er einen gewaltigen Laster mit obszön großen Reifen fuhr, bestärkte mich in meiner Vermutung, dass ich schon nach fünf Minuten in Louisiana den Verstand verloren hatte.

Kurz scannte ich den Mann von oben bis unten: *Mitte dreißig, einsneunundachtzig groß, etwa zwölf Prozent Körperfett, ein toter Winkel bei fünfundvierzig Grad ab Mitte des rechten Auges* … Eine Schwäche, die ich für mich nutzen würde.

»Verschmutzen?«, tat ich unschuldig. »Ich habe lediglich den Wert des Schlammflusses gesteigert.«

Er lächelte – eines dieser überheblichen, falschen Lächeln, das Männer nur beim ihrer irrtümlichen Ansicht nach schwachen Geschlecht einsetzen. »Dieser Schlammfluss ernährt die Hälfte der Menschen dieser Stadt.«

»Ich bin auf Diät.«

»Sie müssen die Nichte von Marge Boudreaux sein.«

Ich brauchte einen Moment, um zu verstehen, dass das »Budro«, das aus seinem Mund kam, das »Boudreaux« heißen sollte, das ich in der Todesanzeige gelesen, aber nie gewusst hatte, wie man es aussprach.

»Ja.«

»Jetzt fragen Sie sich vermutlich, woher ich das weiß.«

»Nun ja, diese ganze Stadt besteht vermutlich aus fünfzehn Menschen und dem, was sie gestern erschossen haben. Und da sonst niemand mit pinkfarbenem Gepäck die Hauptstraße entlangläuft – auf jeden Fall hoffe ich das –, wundert es mich wenig, dass Sie mich für eine Fremde halten.«

Er zog die Augenbrauen hoch. »Marge hat Sie als deutlich netter beschrieben. Vermutlich meinte sie im Vergleich zu ihr. Aber wenn Sie schon mal hier sind … und das auch noch barfuß … nehme ich Sie gerne mit dem Wagen mit. Der Kies tut doch an den Füßen weh.«

Mit Blick auf die Straße fiel mir jetzt erst auf, dass ich nicht auf Asphalt stand. Stattdessen versanken meine Füße in einer merkwürdigen Mischung aus Dreck und Muscheln. Zum Glück hatte die schreckliche Pediküre meine Füße nicht verweichlicht. »Mir geht's gut, wirklich.«

Er sah kein bisschen überzeugt aus, war aber offensichtlich der Ansicht, seine Pflicht als Südstaatler getan zu haben. Mit den Worten: »Okay. Wir sehen uns«, fuhr er davon, während die lächerlich großen Reifen seines Trucks mehr Staub aufwirbelten als ein Sandsturm in der Wüste.

Ein Glas Whiskey und ein Paar Kampfstiefel und ich hätte mich an die Stoßstange seines Trucks gehängt und mich auf meinem Gepäck ans andere Ende der Stadt ziehen lassen. Aber das wäre aufgefallen. Vermutlich reiten ehemalige Schönheitsköniginnen und Bibliothekarinnen nicht auf Gepäck.

Zwanzig Minuten später lief ich die Einfahrt meines neuen Zuhauses entlang. Es war ein riesiges viktorianisches Gebäude und ich war erleichtert, dass es in einem dezenten Blauton gestrichen war und es weder Blumen in Töpfen noch im Vorgarten gab, die unter meiner Obhut todsicher eingehen würden. Wenn nun noch das Innere frei von Farn und Efeu war, konnte es so schlimm nicht werden.

Nur noch etwa fünfzehn Schritte trennten mich davon, mir den grauenvollen Fummel vom Leib zu reißen und mich in normale Kleidung zu werfen. Um Mitternacht würde ich ein Feuer im Garten machen und die grotesken Koffer verbrennen. Fast konnte ich den Rauch schon riechen. Kaum hatte ich jedoch einen Fuß auf die Veranda gesetzt, öffnete sich die Haustür und eine kleine, weißhaarige alte Frau kam heraus.

Einsachtundfünfzig, fünfzig Kilo mit Handtasche, älter als Jesus, zu viele Schwachstellen, um alle aufzählen zu können.

»Sie müssen Sandy-Sue sein.« Die Frau lief auf mich zu und schüttelte mir die Hand. »Ich bin so froh, Sie endlich kennenzulernen. Ich hatte schon befürchtet, der Bus hätte Verspätung.«

»Nein. Absolut pünktlich.« *Als ob er in den Tod gerast wäre.*

»Sehr schön. Ich bin Gertie Hebert, eine alte Freundin Ihrer Tante.«

Ich nickte. Die Betonung lag auf *alt.*

Gertie griff in ihre überdimensionale Handtasche, die aussah, als wäre sie aus einem Wandteppich gemacht, und zog einen Plastikbeutel heraus. »Caroline hatte ein kleines Hühner-Problem und kam nicht dazu, einen Korb zur Begrüßung zusammenzustellen, also musste ich improvisieren.« Sie reichte mir die Tüte. »Pflaume?«

»Vielleicht später«, sagte ich. *Wenn ich neunzig bin.*

»Kommen Sie doch herein und lernen Bones kennen. Vielleicht findet sich in Ihrem interessanten Gepäck auch ein Paar Schuhe für Sie. Wissen Sie, Frauen müssen in Sinful schon seit mindestens vierzig Jahren nicht mehr barfuß laufen.«

Ich starrte sie an. »Müssen sie immer noch schwanger sein?«

Gertie machte eine wegwerfende Handbewegung. »Nur, wenn man am ersten Dienstag des Bachkrebs-Festivals geboren wurde, und auch nur bei Vollmond. Aber vermutlich gibt es eine Ausnahme, weil Sie von außerhalb sind und so.« Sie drehte sich um und betrat das Haus.

Zum ersten Mal in meinem Leben verspürte ich einen leichten Anflug von Angst meine Wirbelsäule herunterkriechen. Augenscheinlich hatte ich feindliches Territorium betreten und leider meine einzigen Waffen im Schlammwasser versenkt.

Ich war erleichtert, im Haus keinerlei Antiquitäten oder Glasfiguren zu entdecken, und überrascht von der dezenten Einrichtung und den hellen Wänden. Nicht die Spur von Quasten oder Spitzenborten in Sicht. Vielleicht könnte ich es hier doch aushalten.

»Schön hier«, sagte ich.

»Sie klingen überrascht.«

»Ja – nein. Nun ja, ich dachte, da der Rest der Stadt aussieht wie ein Pastell-Gemälde …«

Gertie nickte. »Wie Sie wissen, war Marge alles andere als eine Mitläuferin. Sie mochte weder Gartenarbeit noch Putzen und hatte in ihrem Haus auch nicht viel mit ›verflixt, das muss ich wässern oder abstauben‹.« Gertie grinste. »Marge war so etwas wie eine Feministin. Ihrer Zeit weit voraus, aber da erzähle ich Ihnen ja nichts Neues.«

Meine Laune besserte sich ein wenig. Vielleicht, aber nur vielleicht, wird es hier gar nicht so schlimm.

»Ich habe Kaffee gekocht«, fuhr Gertie fort und winkte mir, ihr durch den Flur zu folgen, der vom vorderen Wohnbereich aus abging. »Marge hat sich immer Sorgen um Sie gemacht, meine Liebe.«

»Um mich?« Ich lief hinter Gertie durch die Tür und hielt kurz inne, um die helle, sonnendurchflutete Küche zu betrachten. Weiße Wände und Schränke aus echtem Eichenholz, kein Furnier-Mist, den ich in meiner Wohnung in Washington hatte. Eine Arbeitsplatte aus Granit bedeckte die L-förmige Küche.

»Ja, meine Liebe.« Gertie goss eine Tasse Kaffee ein, stellte sie vor mir auf den Tresen und eine Holzdose mit Zucker sowie ein Kännchen Kaffeesahne daneben.

Ich ignorierte den Zucker, nahm einen großen Schluck Kaffee und atmete erleichtert auf. Gertie kochte einen Kaffee, der die Farbe von einer Stoßstange lösen würde.

Gertie sah mich einen Moment an und schenkte sich dann selbst eine Tasse Kaffee ein. »Marge machte sich Sorgen, dass Sie nicht Ihr volles Potenzial als Frau ausschöpfen. Sie war der Ansicht, Sie hätten etwas altmodische Ansichten.« Gertie sah auf den unangerührten Zucker, dann zurück zu mir und lächelte. »Vielleicht hatte sie unrecht.«

Oh, oh. Fieberhaft suchte ich nach einer Erklärung. Ich war noch keine dreißig Minuten in Louisiana und schon war mir jemand auf der Spur. Und wenn ich dem alten Mütterchen schon nichts vormachen konnte, wie dann allen anderen? »Meine, äh, Mutter hatte andere Ansichten als Tante Marge.«

Gertie nickte verständnisvoll. »Und Sie taten das, was alle guten Töchter tun, und machten es ihr nach. Natürlich, meine Liebe, das verstehe ich vollkommen. Meine Mutter hatte auch ihre ganz eigenen Vorstellungen. Für sie war ich eine permanente Prüfung.«

»Sie? Was um Himmels willen haben Sie getan?«

»Ich habe nicht geheiratet und auch keine Enkelkinder für sie bekommen. Für meine Mutter war das eine Todsünde. Eine Frau, die keinen Mann fand, war bedauernswert.«

»Sie kommen mir nicht vor wie jemand, den man bedauern muss.«

Gertie zwinkerte mir zu. »Das Beste, was ich jemals getan habe, war, keinen Mann zu haben. So kann ich seit zweiundsiebzig Jahren machen, was ich will.« Sie tätschelte mir die Hand. »Sie und ich werden wunderbar miteinander zurechtkommen.«

Plötzlich veränderte sich alles um mich herum und ich lächelte Gertie an. Vielleicht, aber nur vielleicht, wird das hier doch alles nicht so schlimm. Gerade wollte ich nach einer zweiten Tasse Kaffee fragen, als sich plötzlich ein Haufen Betttücher in der Ecke der Küche bewegte und sich aus dem Korb, in dem sie sich befanden, erhob. Gerade noch konnte ich mir den intuitiven Griff nach der nicht vorhandenen Waffe verkneifen und deutete stattdessen auf den Korb.

Gertie sah erst zum Korb, dann auf die Uhr. »Punkt fünf Uhr. Zeit für ein paar Sportübungen für Bones.« Gertie ging hinüber zur Ecke und zog die Laken aus dem Korb. Darunter erschien der Kopf eines Jagdhundes. Er starrte mich einen Moment an, und während ich noch überlegte, ob es sich wohl um einen ausgebildeten Kampfhund handelte, tat er ein paar wackelige Schritte aus dem Korb. Der Hund war schon ziemlich alt.

»Ich glaube, ich weiß, warum er Bones – Knochen – heißt«, sagte ich mit Blick auf seinen dünnen, knochigen Körper.

»Oh, das ist nicht der Grund«, erwiderte Gertie. »Er war früher ein toller Jagdhund.« Sie öffnete die Hintertür zum Garten und ließ den Hund raus. Dann forderte sie mich mit einer Handbewegung auf, mitzukommen, und gemeinsam gingen wir nach draußen.

Bones schnüffelte ein wenig unter den Büschen herum, lehnte sich dann an die schwarze Veranda, um sich abzustützen, und hob ein Bein. Nachdem er sein Geschäft erledigt hatte, lief er zum schlammigen Gewässer, das hinter dem Garten verlief.

»Ist das derselbe dreckige Bach, der durch die ganze Stadt fließt?«, fragte ich.

»Ja, das ist der Sumpf von Sinful. Beherbergt ein paar Mücken, Schlangen und Alligatoren, die aber selten auf den Rasen kommen, insofern müssen Sie sich um die keine Sorgen machen.«

Wie schön. Dann musste ich während meines Aufenthalts vielleicht zur Abwechslung mal kein Lebewesen töten.

Bones watete den Rand des Sumpfes entlang und stand eine Weile da, als würde er mit den Füßen versinken. Sein Kopf war gesenkt, seine Nase nahe an der Wasseroberfläche, doch er trank nicht. Zum Glück. Gott weiß, was sich außer meinen Schuhen sonst noch im Wasser befand.

Gertie runzelte die Stirn. »Und schon macht er es wieder. Der Hund.«

»Was macht er denn?«, fragte ich, als Bones auch schon anfing zu graben. »Geht es ihm gut? Er sieht aus, als würde er jeden Moment umkippen.« Der Hund schwankte wie ein Betrunkener und schleuderte Wasser und Dreck schneller hinter sich, als man es für möglich gehalten hätte.

Gertie machte eine wegwerfende Handbewegung. »Das macht er immer. Gräbt überall im Schlamm herum.«

Plötzlich hielt er inne, mit der Nase direkt über der Wasseroberfläche, und tauchte dann seinen Kopf komplett in die schlammige Suppe. Ein paar Sekunden später tauchte sein Kopf mit einem großen Gegenstand im Maul wieder auf. Ausgesprochen selbstzufrieden trottete er zu uns zurück, ließ das Ding vor unsere Füße fallen, schüttelte einen Schwall Sumpfwasser aus seinem Fell und bespritzte uns damit von oben bis unten.

Ich hielt mir eine Hand schützend vors Gesicht, bis Bones sich endlich auf den Bauch legte und an dem Gegenstand zu kauen begann. »Gertie? Das ist ein Knochen.«

Gertie nahm die Hand herunter und sah zum Hund. »Ja, natürlich. Wegen dieses Hundes mussten wir eine Betonmauer um den kompletten Friedhof bauen. Was dachten Sie, woher er seinen Namen hat?«

Ich kniff die Augen zusammen und betrachtete den Gegenstand in Bones' Pfoten genauer, um meinen ersten Verdacht zu bestätigen. »Sind Sie sicher, dass die Mauer um den gesamten Friedhof reicht?«

»Ja. Warum fragen Sie?«

»Weil das der Knochen eines Menschen ist.«

Kapitel 3

Gertie starrte auf den Knochen, dann zurück zu mir, und für einen Moment fürchtete ich, die Pflaumen würden ihr wieder hochkommen. Die Farbe wich aus ihrem Gesicht und sie flüsterte: »Was machen wir jetzt?«

»Haben Sie ihn umgebracht?«

Gertie machte große Augen und ihr Atem stockte. »Himmel, nein! Ich … Ich habe … Ich kann nicht …«

»Dann rufen wir die Polizei. Hier in Mayberry gibt es doch eine Polizei, oder?«

»Natürlich. Wir haben einen Sheriff und einen Deputy.«

»Dann gehen wir rein und rufen sie an.«

»Was ist mit … Sie wissen schon? Wir können Bones doch nicht daran kauen lassen. Ich meine, der hatte womöglich Familie.«

Ich sah hinüber zu dem Hund, der sich auf dem Rasen ausgestreckt hatte und gemächlich an dem Knochen nagte, kurz davor, einzuschlafen. »Ich glaube nicht, dass er viel Schaden anrichten wird. Vermutlich hat er ohnehin keine Zähne mehr.«

Gertie sah wenig überzeugt aus, folgte mir jedoch, als ich zurück ins Haus ging. Ich fand das Telefon am Ende des Küchentresens und reichte es ihr. Anschließend goss ich mir eine weitere Tasse Kaffee ein. Das würde ein langer Abend werden.

Gertie nahm das Telefon und biss sich auf die Unterlippe. »Vielleicht sollte ich Ida Belle anrufen.«

Ich zögerte kurz, nahm einen Schluck Kaffee und fragte dann: »Ihr Sheriff heißt Ida Belle?«

»Natürlich nicht. Unser Sheriff ist schon seit Ewigkeiten Robert E. Lee.«

Ich zwinkerte. Das meinte sie sicher bildlich. »Und warum wollen Sie dann diese Ida Belle anrufen, bevor Sie den Sheriff informieren?«

»Ida Belle ist Präsidentin der Gesellschaft der Damen von Sinful.«

Ein paar Sekunden wartete ich auf weitere Informationen, aber offensichtlich war Gertie der Ansicht, dieser eine Satz erkläre alles. »Also ruft diese Ida Belle den Sheriff an – oder misst den Knochen ab, um einen Überzug dafür zu nähen … oder was?«

»Ida Belle wird alles Notwendige veranlassen. Die Gesellschaft der Damen von Sinful leitet unser Städtchen schon seit den Sechzigerjahren. Der Bürgermeister denkt zwar, er und der Stadtrat hätten das Sagen, aber eigentlich werden beide von allen verschaukelt.«

»Natürlich«, sagte ich, obwohl ich keine Ahnung hatte, was in dieser Stadt vor sich ging. »Vielleicht rufen wir erst den Sheriff an und dann Ida Belle. Um den Männern die Illusion zu lassen?«

Gertie nickte. »Das klingt nach einem guten Plan. Die Männer in Schach zu halten, erfordert Fingerspitzengefühl.«

Sie tippte die Nummer in das Telefon und hielt dann inne. »Was mir gerade einfällt … warum wollten Sie wissen, ob ich diesen Menschen umgebracht hätte?«

»Weil ich wissen musste, ob ich die Polizei rufen oder helfen soll, die Leiche zu verstecken.«

Gerties Gesicht hellte sich auf. Sie verstand und lächelte. »Natürlich.«

Ich wusste nicht, ob ich erleichtert sein oder Angst haben sollte.

★★★

Augenscheinlich tobte dienstagnachmittags das Verbrechen in Sinful, denn wir mussten fast eine Stunde warten, bis der Sheriff auftauchte. Er hatte keinerlei Ähnlichkeit mit dem Robert E. Lee aus meinen Geschichtsbüchern, kam aber immerhin zu Pferd. Ida Belle hingegen war schon nach Minuten da, ihr weißes Haar auf riesige Lockenwickler gerollt und mit einem hellgrünen Schal bedeckt, der sich mit ihrem pinkfarbenen Morgenrock und den gleichfarbigen Slippern biss.

Sie verlangte den Knochen zu sehen, der immer noch im Garten neben dem nun schlafenden Hund lag, und tauschte nach kurzer Betrachtung einen Blick mit Gertie aus, der eine komplette Unterhaltung zu übertragen schien, die ich nicht hören durfte.

»Aber …«, begann Gertie.

Mit einer Handbewegung würgte Ida Belle sie ab. »Nicht jetzt. Ich muss diese Lockenwickler aus meinen Haaren holen und wieder Blut in den Kopf kriegen. Erst dann kann ich klar denken.«

»Natürlich«, antwortete Gertie.

»Bis heute Abend«, sagte Ida Belle, drehte sich in ihren pinkfarbenen Hausschuhen um und verließ den Rasen durch eine Hecke auf der Seite, durch die sie zuvor gekommen war.

»Was ist heute Abend?«, wollte ich wissen.

»Oh, ähm … nichts Besonderes. Wir treffen uns manchmal – die Damen der Gesellschaft, meine ich.«

Ich sah Gertie einen Moment lang an; ihr plötzliches Unbehagen hatte mein Interesse geweckt. Die Entdeckung des Knochens hatte sie nicht im Geringsten in Aufruhr versetzt, und auch ihr Telefonat mit dem Sheriff hatte die übliche Dramatik vermisst, die normale Menschen in einer solchen Situation an den Tag legen würden. Ein Blick jedoch von einer einen Meter sechzig kleinen, leicht hinkenden alten Frau im Bademantel – und schon fing sie an zu stammeln.

»Was genau machen Sie bei diesen Treffen denn?«

Gertie machte große Augen. »Oh, die Gesellschaft der Damen von Sinful ist eine geheime Gruppe. Ich darf Ihnen nicht sagen, was wir bei den Treffen machen.«

»Sonst müssten Sie mich umbringen?«

»Haha«, lachte Gertie nervös. »Meistens stricken wir.«

»Uh-huh.« Stricken – klar. Ich hatte keine Ahnung, was da wirklich abging, aber eines war sicher: Gertie log.

»Entschuldigen Sie bitte«, unterbrach Sheriff Lee meinen Gedankengang.

Ich drehte mich um und sah einen schrumpeligen weißhaarigen Mann, der keinen Tag jünger als neunzig sein konnte. »Ja?«

»Das Flusswasser steigt – die Flut kommt – und ich fürchte, der Knochen könnte zurück in den Sumpf gespült werden.«

Ich sah ihn nur an. »Dann heben Sie ihn doch auf.«

»Nun ja, ich weiß nicht so recht«, entgegnete er. »Das wäre eine Störung des Tatorts und mein Deputy muss erst alles dokumentieren.«

»Der Hund hat gut und gerne zehn Minuten an dem Knochen genagt. Ich glaube nicht, dass es Ihr Beweisstück versaut, wenn es einen Meter zur Seite bewegt wird.«

Er starrte mich eine Weile an, dann wieder auf den Knochen. Der Fluss war gestiegen und seine schlammigen Fluten hatten den Knochen fast erreicht. Der schlafende Hund lag bereits zentimetertief im Wasser und bei näherem Hinsehen waren Luftbläschen zu erkennen, die aus seiner von Wasser umspülten Schnauze stiegen.

Ich stieß Gerti mit dem Ellbogen an und deutete auf den Hund. »Vielleicht sollten wir ihn aufwecken? Bevor er im Schlaf ertrinkt.«

»Oh, der Hund. Macht es Ihnen etwas aus? Ich trage Stützstrümpfe und Sie sind ja schon barfuß.«

Seufzend stieg ich ins Wasser, um den Hund wachzurütteln. Vergilbte Stützstrümpfe waren ein Anblick, den ich mir besser ersparen wollte, besonders heute. Mein Maß an Absurditäten war bereits voll.

»Bones«, rief ich dem Hund zu und stupste ihn an. Ein lautes Schnarchen war zu hören, doch er zuckte noch nicht einmal mit dem Augenlid.

»Sie müssen ihn hochheben«, wies Gertie mich an. »Er schläft wie ein Toter.«

»Wirklich?« Noch einmal versuchte ich es erfolglos mit Schütteln, dann grätschte ich mich über ihn, vergrub die Hände unter seinem Körper und hoffte, dass er aufwachen und etwas mithelfen würde, wenn ich ihn in eine aufrechte Position brächte. Kaum wollte ich ihn hochheben, wachte er plötzlich auf und rollte zur Seite, wobei er gegen mein rechtes Bein stieß und mich in den Sumpf schubste.

Sofort saugte sich das Polyester-Kostüm mit gefühlten tausend Litern Wasser voll und juckte wie verrückt. Ich versuchte, mich aufzurichten, doch meine Beine sanken immer tiefer in den treibsandähnlichen Schlamm. Mein ganzer Körper verschwand fünfzehn Zentimeter tief in dem schnell ansteigenden Wasser. Und genau jetzt machte sich meine Ausbildung bezahlt.

Im Bruchteil einer Sekunde zog ich die schwere Kostüm-Jacke aus, unter der ich einen Stofffetzen mit Spitze trug. Ich legte die Jacke flach vor mir auf den Schlamm und hievte mich mit den Knien darauf. So gelang es mir, auf allen Vieren den rettenden Rasen zu erreichen, auf den ich mich erschöpft fallen ließ. Meine Beine fühlten sich an wie einbetoniert und meine Augen brannten vom Wasser. Ich schloss sie und versuchte nicht daran zu denken, wie viele Bakterien sich darin tummelten.

Als jemand in unmittelbarer Nähe sich räusperte, öffnete ich ein Auge. Bones saß neben mir mit dem Knochen im Maul und sah aus, als sei er mit der Gesamtsituation sehr zufrieden. Direkt hinter ihm sah ich ein Paar in Jeans gekleidete Beine. Meine Augen wanderten hoch zu dem Kerl mit dem Monstertruck, dem ich bereits in der Stadt begegnet war.

»Nacktbaden sehen wir hier nicht so gerne«, sagte er. »Schon gar nicht an Tatorten.«

Schnell sprang ich auf. »Das ist ein … Spitzen-Oberteil-Ding. Das kann man ja wohl kaum als nackt bezeichnen.«

»Ihr Spitzen-Oberteil-Ding«, erwiderte er mit hochgezogener Augenbraue, »ist weiß und so dünn, dass Sie genauso gut nackt sein könnten.«

Ich sah an mir hinab und stellte zu meinem Erschrecken fest, dass seine Aussage absolut korrekt war. Was zum Teufel denken sich Klamottenhersteller eigentlich dabei, Oberteile herzustellen, die derart auf Wasser reagieren? Mädchenkleidung ist scheiße.

Bevor ich kontern konnte, warf Gertie ihre überdimensionale Handtasche vor meine Brust und sah ihn böse an. »Junger Mann, Ihre Mutter hat Ihnen doch sicherlich bessere Manieren beigebracht! Sie machen jetzt lieber Ihre Arbeit oder ich erzähle ihr alles.«

Er lächelte so langsam und sexy, wie man es sonst nur im Film sieht, wandte jedoch seinen Blick nicht von mir ab. »Ich *mache* meine Arbeit. Und das ist schon das zweite Mal heute, dass ich diese Dame bei einer Gesetzwidrigkeit erwische.«

»*Sie* sind der Deputy?«

Keine Ahnung, warum ich so überrascht war. Bisher war er die einzige Person unter der Jahrhundertmarke, die ich in der Stadt gesehen hatte. In Anbetracht der Tatsache, dass der Sheriff auf dem Pferd geritten kam, ist der Monstertruck-Kerl vermutlich die einzige Person in der Stadt, die noch klar genug war, um im Besitz eines Führerscheins zu sein.

»Carter LeBlanc«, stellte er sich vor. »Zum Schutz der Bürger von Sinful.«

Ich deutete auf den Knochen. »Den haben Sie aber nicht beschützt.«

Sein Gesichtsausdruck nahm einen selbstgefälligen Zug an.

»Ich ziehe mich eben um«, sagte ich. »Es sei denn, natürlich, das Wechseln der Kleidung im eigenen Haus gilt in Sinful als Verbrechen.« Mit diesen Worten drehte ich mich um und ging hinein.

»Nur mittwochs«, rief Gertie hinter mir her.

★★★

Mithilfe des Gartenschlauchs neben der Veranda versuchte ich, den schwarzen klebrigen Schlamm von meinen Armen und Beinen zu entfernen. Das Letzte, was ich wollte, war, den Dreck ins Haus zu schleppen und anschließend putzen zu müssen, und das an meinem ersten Tag hier. Das Zeug klebte wie Teer und für einen Moment fürchtete ich, ich bräuchte einen Kratzer, um die Schlammkruste wieder loszuwerden. Doch nach einer gefühlten Ewigkeit kam endlich meine Haut wieder zum Vorschein. Ich drehte das Wasser ab und stakste ins Haus, wobei ich die Hintertür hinter mir zufallen ließ.

Eine kurze Inspektion des restlichen Untergeschosses des Hauses ergab kein Schlafzimmer, sodass es sich wohl oben befinden musste. Es sei denn, natürlich, Schlafzimmer waren an Samstagen in Sinful illegal, was durchaus möglich wäre. Ich griff nach dem scheußlichen, pinkfarbenen Koffer und zog ihn die Treppen hoch, wobei ich mich wie in ein komplett anderes Universum versetzt fühlte. Ich hatte keine Ahnung, was ich in dieser sumpfigen Einöde erwartet hatte, aber das hier sicherlich nicht.

Noch nicht einmal einen Tag war ich in der Stadt und schon waren meine Schuhe ruiniert, ich war zweier geringfügiger Verbrechen bezichtigt worden, hatte mich vor dem Deputy entblößt und war in einen potenziellen Tatort hineingestolpert. Das erste Mal, seit ich Washington verlassen hatte, war ich froh darüber, dass Morrow auf totale Kontaktsperre zu ihm bestanden hatte, bis es wieder sicher war, mich zurück nach Hause zu holen. Wenn er wüsste, wie sich mein Einstand in Sinful gestaltet hatte, käme er vermutlich sofort her, um mich persönlich zu erschießen.

Ich ließ das Gepäck oben an der Treppe stehen und sah mich kurz in den Zimmern um. Hinter dem Haus gab es keinerlei Bäume oder andere Bauten, die nahe genug standen, um aus einem Fenster im zweiten Stock flüchten zu können, und es schien auch keine andere Beleuchtung zu geben als das Licht neben der Hintertür. Der Rasen vor dem Haus hingegen war gut beleuchtet, und über das Verandadach konnte man problemlos an die oberen Fenster gelangen.

Ich wog meine Fluchtmöglichkeiten ab und entschied, dass ein Zimmer zur Vorderseite hin die größte Flexibilität bot, bis ich mir ein festes Seil besorgt hatte, um damit aus einem der hinteren

Fenster zu entkommen. Wäre Morrow hier gewesen wäre, würde er mir vermutlich erzählen, dass die Wahrscheinlichkeit, mitten in der Nacht flüchten zu müssen, sehr gering war. Andererseits hätte er mir vermutlich dasselbe über das Erben eines Hundes erzählt, der an meinem ersten Tag in der Stadt den Teil einer Leiche ausgrub.

Das geräumigste Schlafzimmer lag zur Vorderseite des Hauses hin, doch es widerstrebte mir, das Zimmer einer Verstorbenen zu beziehen, als deren Nichte ich mich ausgab. Es kam mir nicht richtig vor, also wählte ich ein anderes Zimmer aus. Es hatte zwar kein eigenes Badezimmer, aber so etwas hatte es in der Wüste schließlich auch nicht gegeben, insofern war ich es gewohnt, zum Pinkeln Wege in Kauf zu nehmen. Und ich musste zugeben, wenn auch ein wenig widerwillig, dass dieses Zimmer richtig hübsch war.

Die Vertäfelung war aus Echtholz mit einem kunstvoll handgeschnitzten Muster. An einer Wand befand sich ein überdimensionales Panoramafenster, davor ein Sessel und rings herum Regale voller Bücher, die die komplette Wand einnahmen. Es war nicht schwer zu raten, wofür Marge dieses Zimmer genutzt hatte. Ich las zwar nicht so gerne, doch in diesem Zimmer hätte ich mir am liebsten ein Buch gegriffen und es mir vor dem Fenster bequem gemacht, um die letzten Sonnenstrahlen des Tages zu nutzen.

In Anbetracht der Stadt und der Leute, die ich bisher kennengelernt hatte, war die Wand vermutlich voll von Bibeln oder Bücher übers Stricken. Ich ging näher heran, studierte einige der Titel und bekam große Augen vor Staunen: *Die Lehre des Gehirns, Forensische Untersuchungstechniken, Östliche Religionen, Handbuch zum Ausnehmen von Wild, Die Macht der Frauen, Die Entwicklung von Handfeuerwaffen der letzten Jahrhunderte* etc.

Ich ging hinüber zu den anderen Regalen, überflog die Titel und war fasziniert. Nicht ein einziger Roman war zu sehen und überhaupt keines der Sorte Literatur, die ich im Haus einer alten Jungfer erwartet hätte.

Ein gerahmtes Foto, das auf dem Schreibtisch stand, weckte meine Aufmerksamkeit. Eine untersetzte Frau in Tarnkleidung war darauf abgebildet, mit einem Gewehr in der Hand neben einem riesigen Hirsch. Vermutlich war diese Frau Marge. Ich stellte das Bild zurück und schüttelte den Kopf. Offensichtlich hatten Marge und ich mehr gemeinsam, als ich erwartet hatte. Der ganze Tag war eine Aneinanderreihung von Überraschungen gewesen.

Als das Jucken des Polyester-Rocks nicht mehr auszuhalten war, entledigte ich mich des klammen Fummels und warf einen der pinkfarbenen Koffer auf das Bett. Ich hatte Morrow & Co. davon überzeugen können, dass sogar eine Bibliothekarin bzw. ehemalige Schönheitskönigin ab und zu den Rasen mähen oder den Müll rausbringen muss, und so befanden sich auch ein paar Jeans und T-Shirts im Koffer. Ächzend zog ich die Jeans hoch, die an meiner noch feuchten Haut klebte, und schlüpfte anschließend in T-Shirt, Socken und Turnschuhe.

Zwei Minuten später fühlte ich mich fast wie ein normaler Mensch.

Es klopfte an der Tür, und eine Sekunde später hörte ich Gertie nach mir rufen. Ich sammelte die nassen Klamotten vom Fußboden auf und warf sie auf dem Weg nach unten ins Badezimmer. Sie mussten dringend trocknen, bevor ich sie verbrennen konnte.

Gertie stand in der Küche neben Deputy Charming und sah nicht im Geringsten glücklich aus. »Ich habe versucht, ihm zu erklären, dass er später wiederkommen soll«, sagte sie, als ich die Küche betrat. »Ein paar Minuten sind wohl kaum ausreichend Zeit für eine junge Dame, um sich vorzeigbar zu machen.«

»Schon okay«, sagte ich. »Ich glaube nicht, dass ich mich für ihn vorzeigbar machen muss.«

Gertie nickte zustimmend. Deputy Charming war nicht begeistert.

»Die persönlichen Ansichten von Kriminellen interessieren mich wenig«, sagte er. »Ich muss Ihnen jedoch ein paar Fragen stellen, bevor ich gehen kann.«

Wegen der Sache mit der Kriminellen hätte ich etwas sagen können, doch das hätte seinen Aufenthalt in der Küche nur verlängert. »Schießen Sie los«, antwortete ich stattdessen. Allzu lange konnte es ja nicht dauern, immerhin hatte ich ja nichts zu sagen.

»Ist Ihnen heute etwas Ungewöhnliches aufgefallen?«, fragte er.

Ich starrte ihn an. »Machen Sie Witze? Wie wäre es mit allem, was ich gesehen habe, seitdem ich aus dem Bus gestiegen bin. Das müssen Sie schon etwas spezifischer formulieren.«

Er seufzte. »Seit Sie hier im Haus angekommen sind.«

»Das kreist die Sache nun wirklich nicht ein. Aber ich versuche es trotzdem und sage Nein, weil alles, was mir hier ungewöhnlich vorkommt, offensichtlich völlig normal ist.«

»Also haben Sie niemanden sonst in der Nähe des Sumpfes gesehen, als Sie und Gertie draußen waren?«

Gertie runzelte die Stirn. »Ich sagte bereits, dass da keiner war. Ich bin alt, nicht blind.«

»Da draußen war niemand«, bestätigte ich.

»Wie können Sie da sicher sein?«, stichelte er weiter. »Es könnte sich jemand versteckt haben.«

»Aber dann hätten wir ihn nicht sehen können, oder? Insofern ist die Antwort immer noch nein.«

»Sind Sie sicher?« Er sah etwas skeptisch aus.

»Wissen Sie, für solche Situationen habe ich einen sechsten Sinn. Ich kann es nicht ertragen, angestarrt zu werden. Wäre jemand da draußen gewesen, hätte ich das gespürt.«

Er zog die Augenbrauen hoch. »Eine Schönheitskönigin, die nicht angestarrt werden möchte? Wie passt das denn zusammen.«

»Das ist lange her. Damals war ich eine völlig andere.« Die Untertreibung des Jahrhunderts.

»Ihren Charme haben Sie wohl mit der Krone abgegeben«, erwiderte er.

»Darauf können Sie wetten. Sind wir jetzt fertig? Ich würde gerne duschen und auspacken.«

»Vorerst sind wir fertig, Sie müssen mich jedoch davon unterrichten, wenn Sie vorhaben, die Stadt zu verlassen.«

Entgeistert riss ich die Hände nach oben. »Und wozu, um Himmels willen? Wenn Sie auch nur die geringste Ahnung von

Forensik hätten, wüssten Sie, dass der Knochen schon eine ganze Weile im Sumpf gelegen hat. Die glatten Ränder kann er nur im Laufe der Zeit durch den stetigen Wasserfluss bekommen haben. Und ich war wohl kaum vor ein paar Jahren heimlich hier, habe einen Mann umgebracht und ihn im Sumpf versteckt, nur, um Jahre später zurückzukommen und einen zweihundert Jahre alten Jagdhund an die Stelle zu führen, damit der den Knochen ausgräbt und den Verdacht auf mich lenkt.«

Gertie starrte mich an und ich konnte hören, wie sich die Räder in ihrem Kopf drehten. Ich hatte es mit meinen Ausführungen übertrieben.

»Für eine Bibliothekarin wissen Sie eine ganze Menge über Forensik«, sagte Deputy Charming.

Vermutlich wäre es wenig schlau gewesen zu erklären, dass ich all das wusste, weil ich im Kongo mal ein Massengrab in einem Fluss entdeckt und mir ein einheimischer Wissenschaftler einen Schnellkurs gegeben hatte.

Bibliothekarin. Du bist Bibliothekarin!

»Vielleicht haben Sie schon einmal von Büchern gehört?«, schnauzte ich ihn an. »Man findet sie gerne in Bibliotheken. Ich lese. Sollten Sie auch mal ausprobieren. Danke für Ihre Begrüßung. Wenn Sie mich jetzt bitte entschuldigen, die Dusche ruft nach mir.«

Mit diesen Worten schritt ich aus der Küche, ohne mich noch einmal umzudrehen. Was zum Teufel war nur los mit diesem Mann? War er wirklich so inkompetent, dass er nicht erkennen konnte, dass der Knochen alt war? Bei den Fähigkeiten der örtlichen Strafverfolgung könnte man in dieser Stadt buchstäblich mit einem Mord davonkommen. Ganz zu schweigen davon, dass das Pferd des Sheriffs wohl kaum die optimale Wahl für eine rasante Verfolgungsjagd war. Das Pferd sah mindestens so alt aus wie sein Besitzer.

Morrow hatte gedacht, mir einen Gefallen zu tun, als er mich nach Louisiana schickte, stattdessen befand ich mich jedoch wieder in einem feindlichen Territorium und das ganz ohne Schulung oder Erfahrung mit dieser Umgebung. Gleich nach der Dusche würde ich mir meinen Laptop schnappen und mich über Louisiana schlaulesen.

Hier fühlte ich mich fremder als in jedem fremden Land, in dem ich bisher gewesen war.

Kapitel 4

Geschlagene zehn Minuten benötigte ich, um meine falschen Nägel auf eine annehmbare Länge zu kürzen. Ich versuchte gar nicht erst, mit diesen Dolchen an den Fingern zu tippen. Wer hätte gedacht, dass Acryl so hart ist? Das musste ich mir unbedingt merken; es gibt Situationen, in denen man solche Waffen am direkten Körper sicher gut gebrauchen könnte.

Als ich den Laptop zuklappte, war es Mitternacht, und ich war noch verwirrter als zuvor. Geschichten und angebliche Tatsachen über Louisiana gab es reichlich. Die Leute hier konnten sich über gar nichts einigen – Sprache, wie man angelt, wie man kocht, sogar das Rechtssystem entsprach nicht dem der übrigen Vereinigten Staaten.

Offensichtlich musste ich improvisieren. Die Wahrscheinlichkeit, dass Marges Haus sich ein zweites Mal in einen potenziellen Tatort verwandeln würde, war gering, insofern konnte ich sicherlich ab jetzt total unauffällig bleiben.

Ich schaltete den Fernseher auf der Kommode aus, auf dem eine Realityshow in Endlosschleife lief, und kroch in mein Bett. Zufrieden kuschelte ich mich auf der bequemen Schaummatratze ein. Doch kaum hatte ich meine Augen geschlossen, fuhr ich auch schon wieder hoch.

Quak.

Was zum Teufel war das? Ich griff nach meiner Waffe auf dem Nachttisch und musste feststellen, dass ich ja gar keine dabei hatte.

Sundy-Sue Morrow hatte keine Genehmigung für eine Handfeuerwaffe und deshalb keine durch den Zoll am Flughafen bringen können, sehr zur Freude von Director Morrow.

Quak.

Ich stieg aus dem Bett und kroch hinüber zum Fenster, stand dicht an die Wand gedrängt auf und zog die Vorhänge nur so weit zur Seite, dass ich hinaussehen konnte. Die Vorderseite des Hauses war sauber, doch ich wusste, dass ich mir das Geräusch nicht nur einbildete.

Quak.

Ich fuhr herum. Das Geräusch kam aus dem Garten hinter dem Haus. Wo der Sumpf war. Ich entspannte mich ein wenig und ging in das Zimmer auf der anderen Seite des Flurs. Ich sah durch das Fenster, doch das Licht über der Hintertür trug nicht wirklich zur Erleuchtung des Gartens bei.

Quak.

Oje, es wurde lauter!

Ich spulte die letzten vier Stunden Internetrecherche in meinem Kopf ab. Frösche. Das musste es sein. Wie in aller Welt schlafen die Leute bei diesem Lärm?

Quak.

Das war zu viel. Während des Hund-Tatort-Abenteuers hatte ich hinter dem Haus einen Schuppen gesehen. Darin war sicher irgendetwas, mit dem ich diesen vorlauten Frosch zum Schweigen bringen konnte.

Die dicke, heiße, feuchte Luft schlug mir ins Gesicht, als ich durch die Hintertür trat, und ich hielt einen Moment inne. Eigentlich reichte auch ein wenig Klopapier in den Ohren. Und das ganz ohne zu schwitzen.

Quak.

Nein, das würde ich keine Wochen und Monate aushalten, und abgesehen davon: Wenn ich den Frosch nicht hören konnte, hörte ich auch keine Eindringlinge. Und das kam für einen misstrauischen Menschen wie mich überhaupt nicht infrage! Seufzend lief ich über den Rasen zum Schuppen und stellte erfreut fest, dass er nicht verschlossen war. Ich öffnete die Tür und spähte in die Dunkelheit. Hätte ich doch nur an die Taschenlampe in der Küche gedacht! Ein wenig Mondlicht fiel herein, und ich konnte ein paar Werkzeuge an der hinteren Wand des Schuppens erkennen. Das mittlere Teil war eine Schaufel.

Genau das Richtige.

Ich schlich durch den Garten zum Sumpf und suchte das ruhig fließende Wasser nach meiner Beute ab.

Quak.

Nach links – in der Nähe der Hecke.

So leise wie möglich überquerte ich den Rasen und gab acht, nicht in das Flusswasser zu treten, um kein Platschgeräusch zu verursachen. Eine dunkle Wolke legte sich über den Mond und reduzierte die Sichtbarkeit fast auf null, also wartete ich einen Moment in der Hoffnung, dass das fahle Licht gleich wiederkommen würde. Ein paar Sekunden später glitzerte das Mondlicht wieder auf dem Wasser, und ich lokalisierte zwei Hügel, rund sechzig Zentimeter vom Ufer entfernt. Als das Mondlicht sie traf, sah ich kurz das Weiß zweier Augen, bevor sie wieder im Schatten verschwanden.

Ich positionierte mich direkt vor die Hügel und hob die Schaufel über meinen Kopf. Bevor ich jedoch zuschlagen konnte, griff eine Hand aus der Hecke nach dem Stiel und stoppte mich. Ein Arm legte sich um meine Hüfte und zog mich gut und gerne anderthalb Meter weg vom Wasser, bevor er mich losließ.

»Sind Sie hier, um den Rest der Leiche zu vergraben?«, fragte eine tiefe Stimme.

Deputy Charming. Erleichtert seufzte ich auf.

Und wieder befand ich mich in der Mitte eines potenziellen Tatorts, um Mitternacht, und versuchte, eine Schaufel wiederzubekommen. Selbst mit der Forensik auf meiner Seite sah die Situation sehr verdächtig aus.

»Eigentlich wollte ich den Frosch da erschlagen, damit ich schlafen kann. Gebt ihr denen Flüstertüten oder was?«

»Das ist kein Frosch.«

»Ich bin zwar nicht von hier, aber ich glaube, ich erkenne einen Frosch, wenn ich einen höre.«

»Der Lärm kommt auch von einem Frosch, aber auf den haben Sie nicht gezielt.« Er ließ die Schaufel los, zog eine Taschenlampe hervor und leuchtete auf mein Ziel. Die zwei Hügel waren tatsächlich Augen, an denen jedoch hing ein Maul mit Zähnen, ein langer Körper und ein Schwanz.

Der Alligator, augenscheinlich wenig begeistert von der Festbeleuchtung, drehte sich schneller im Wasser herum, als ich es in Anbetracht der Länge der Kreatur für möglich gehalten hätte, und verschwand unter der schlammigen Oberfläche.

»Hm«, sagte ich und versuchte, mir nichts von der Panik anmerken zu lassen, die mich beim Anblick dessen, was ich fast getroffen hätte, befiel. »Vielleicht habe ich Glück und er frisst den Frosch.«

Er schüttelte den Kopf. »Sie sind vielleicht drauf, junge Dame.«

Plötzlich wurde mir klar, dass ich neben einem Fluss voller Killer-Kreaturen stand, mitten in der Nacht, barfuß und im Schlafanzug – einem pinkfarbenden, flauschigen Teil, das Harrison passend zum Gepäck für mich ausgesucht hatte. Doch das war es nicht, was mir Sorge bereitete. Ich wusste, warum ich hier war, aber warum war es Deputy Charming?

»Darf ich fragen, was Sie dort in den Büschen gemacht haben?«, fragte ich.

»Vögel beobachten.«

»Blödsinn. Sie glauben, die Person wurde umgebracht und jemand könnte hierher kommen und nach weiteren Leichenteilen suchen.«

»Ich dachte, es könnte interessant sein zu sehen, ob jemand hier auftaucht, nachdem die Nachricht über den Knochenfund die Runde in der Stadt gemacht hat.«

»Wie können Sie sich da sicher sein?«

Er lachte. »Die Damen von Sinful haben sich heute Abend um sieben getroffen. Um acht wusste vermutlich die ganze Stadt Bescheid.«

»Aha, und weiß diese nette Versammlung alter Damen, dass Sie sie ausnutzen, um den Schuldigen zu finden?«

»Haha. Nette Versammlung alter Damen. Der war gut.« Er leuchtete mit der Taschenlampe über den Rasen in Richtung Straße. »Nun, da Sie vermutlich jeden vertrieben haben, indem Sie hier in Pyjama und mit einer Schaufel in der Hand herumschleichen, sei er schuldig oder unschuldig, kann ich genauso gut nach Hause gehen.«

Ich sah ihm nach, wie er über den Rasen ging und vor dem Haus verschwand. Keine Ahnung, was die Leute hier rauchten, um so verrückt zu sein, aber ich würde sicherlich die Finger davon lassen.

Jetzt jedoch wollte ich zurück ins Bett und schlafen, bis ich nicht mehr schlafen konnte, und morgen aufwachen und so tun, als wäre dieser Tag gar nicht passiert. Ich nahm die Schaufel in eine Hand, hielt die andere vor meinen gähnenden Mund und folgte dem lauten Ruf der fantastischen Matratze.

Quak.

★ ★ ★

Am nächsten Morgen wachte ich von einem sich wiederholenden, dumpfen Geräusch auf, das von unten kam. Ich zog die Watte aus meinen Ohren und hörte, dass jemand an die Vordertür klopfte.

Um acht Uhr morgens.

An einem Sonntag.

Wer auch immer da draußen meine Tür malträtierte, konnte sich glücklich schätzen, dass ich meine Waffen nicht hatte mitbringen dürfen und die Schaufel letzte Nacht draußen gelassen hatte. Was mich allerdings nicht davon abhielt zu improvisieren. Wenn die Person nicht schnell verschwand, fände ich sicherlich etwas Brauchbares in der Küche.

Ich zwang mich, aufzustehen, schleppte mich nach unten und öffnete schwungvoll die Tür. Die erschrockene Gertie taumelte und ich hielt sie gerade noch rechtzeitig fest, damit sie nicht rücklings von der Veranda fiel.

»Sollte ich fragen, was Sie hier in dieser Herrgottsfrühe machen?«, fragte ich, als ich zurück ins Haus und in die Küche ging, um Kaffee zu kochen. Ich hatte das unbestimmte Gefühl, dass dieser Besuch sich weder schnell noch einfach abschütteln lassen würde.»Na, weil Sonntag ist, natürlich«, sagte Gertie, während sie hinter mir hertrottete. »Vermutlich haben Sie nach der Reise und der Aufregung gestern Ihr Zeitgefühl verloren.«

Ich befüllte die Kaffeemaschine mit Pulver und Wasser und drückte auf den Knopf. »Sonntag? Und was soll mir das jetzt sagen?«

Gertie machte große Augen. »Sonntag ist Kirchentag, ist doch klar! Ich weiß, manche Leute denken, ein anderer Tag täte es auch, aber so ›progressive‹ Ansichten werden hier in Louisiana nicht gerne gesehen. Wer kein Heide ist, geht sonntags in die Kirche.«

Ich öffnete den Mund, um sie darüber aufzuklären, dass ich mit Leib und Seele Heidin war und nicht den geringsten Wunsch verspürte, in die Kirche oder sonst wohin zu gehen, doch Gertie war in Fahrt und wurde mit jeder Sekunde lebhafter.

»Ihre Ankunft hat sich in der Stadt herumgesprochen«, fuhr sie fort, »und deshalb wusste ich, dass ich früh hier sein müsste, bevor die Katholiken Sie kriegen.«

»Klingt geheimnisvoll.« Ich goss eine Tasse Kaffee ein und stellte sie vor Gertie, um mir anschließend selbst eine einzugießen. »Was genau machen diese Katholiken, wenn Sie mich kriegen?«

»Sie in ihre Kirche einladen, natürlich.«

»Und das wäre schlecht?«

»Für mich wäre es das. Ich bin Baptistin. Als ich das letzte Mal nicht als Erste bei einem Besucher eintraf und ihn zu den Baptisten von Sinful einladen konnte, betete die gesamte Gemeinde eine Woche lang jede Nacht für mich – laut. Die Katholiken von Sinful haben mir eine Dankeskarte geschickt. Diese Peinlichkeit möchte ich unbedingt ein zweites Mal vermeiden.«

Mich schauderte. Eine ganze Woche lautes Beten. Das erklärte ihr verzweifeltes Bemühen. »Okay, es wird mich ja nicht gleich umbringen, wenn ich mitkomme, aber warum so früh?«

»Die Messe beginnt um neun. Früher begann sie um elf, aber nach dem Bananenpudding-Krieg wurde das geändert.«

»War das so etwas wie der Bürgerkrieg?«

»Oh, viel schlimmer«, sagte Gertie mit vollkommen ernster Miene. »Wissen Sie, sonntags sind in Sinful alle Geschäfte geschlossen, weil es Sünde ist, am Tag des Herrn zu arbeiten und so. Aber Francine macht den besten Bananenpudding der Stadt, also haben sich Pastor Don und Vater Michael darauf geeinigt, Francines Café eine Sondergenehmigung zu erteilen, damit sie sonntags öffnen kann, ohne in die Hölle zu kommen.«

»Also verbringt diese Frau ihren gesamten Sonntag damit, für alle anderen in der Stadt zu kochen, und alles, was sie dafür bekommt, ist eine Sie-kommen-aus-der-Hölle-frei-Karte? Die hat sich aber übers Ohr hauen lassen.«

Gertie nickte. »Da sind wir zwei uns völlig einig. Wie auch immer, Francines Kühlkapazitäten sind beschränkt, insofern kann sie nur so viel Bananenpudding kochen, wie reinpasst.«

»Lassen Sie mich raten – nicht genug für die ganze Stadt.«

»Nein. In beiden Kirchen begann die Messe um elf und ging bis zwölf, doch dann beschlossen die Katholiken, ihre Messe auf halb elf vorzuverlegen, damit sie früher fertig waren und ihren Bananenpudding bekamen. Pastor Don hielt dagegen und begann um zehn, und so ging es immer weiter, bis es Bürgermeister Fontleroy für illegal erklärte, Messen vor neun Uhr beginnen und vor zehn Uhr enden zu lassen.«

»So langsam wird mir klar, warum diese Stadt Sinful – sündig – heißt. Alles ist illegal.«

»So sieht es aus. Und jetzt ziehen Sie sich an, meine Liebe. Ich habe extra eine Tasche gekauft, die groß genug ist, damit Ihre Sportschuhe reinpassen. Während der Danksagungen wechseln wir schnell die Schuhe, damit wir zu Francine rennen können, sobald Pastor Don ›Amen‹ gesagt hat.«

»Klingt nach einem guten Plan.«

Ich hatte sowieso nichts anderes vor. Abgesehen davon war Bananenpudding es wert, einen Krieg zu führen, und wenn jemand dafür vor der Hölle verschont wird, musste ich ihn unbedingt probieren. Darüber hinaus würde ich Gertie rennen sehen. Und außerdem hatte Morrow mir aufgetragen, mich unter die Einheimischen zu mischen. Die Kirche ausfallen zu lassen, würde sicherlich mehr Aufmerksamkeit auf sich ziehen als mein pinkfarbenes Gepäck.

Selbst bei all den unsicheren Variablen müsste der Tag weniger komplikationsreich als der vorherige verlaufen. Ich kippte den Rest meines Kaffees herunter und lief nach oben, um etwas zum Anziehen zu finden, das sich sowohl für Gott als auch zum Rennen eignete. Den luftigsten, dünnsten Stoff, den ich in meiner Tussi-Garderobe finden konnte, war ein türkisfarbenes Baumwollkleid ohne Ärmel und ein Rock, der sich irgendwie teilte. Bequem und luftig und meine Beine hätten genug Platz für den Sprint, wenngleich ich die Notwendigkeit in Anbetracht des fortgeschrittenen Alters der Stadtbewohner bezweifelte.

Obwohl ich schlank und nicht allzu üppig ausgestattet war, zog ich einen BH an – vermutlich würde ich in Flammen aufgehen, wenn ich ohne in der Kirche erschien. Auch ein Höschen war obligatorisch, da man nie wusste, ob man sich schnell zu Boden werfen und abrollen muss. Entblößungen auf der Hauptstraße waren fast überall verboten. In Sinful stand darauf vermutlich die Todesstrafe.

Ich hüpfte ins Badezimmer, füllte meine Hände mit kaltem Wasser und warf es über mein Gesicht. Normalerweise war das mein vollständiges morgendliches Waschritual, doch bevor ich mich umdrehen und hinuntergehen konnte, fiel mir wieder ein, dass ich mich ja wie eine Dame verhalten sollte. Seufzend ging ich zurück ins Schlafzimmer und holte die Tasche mit Make-up, die ich die Nacht zuvor beim Auspacken auf dem Tisch gelassen hatte.

Auf dem Weg zurück ins Bad sah ich eine Frau im Spiegel. Reflexartig tastete meine Hand an die Hüfte auf der Suche nach einer Waffe, die nicht vorhanden war, und eine Sekunde später fiel es mir auf: Die Frau im Spiegel war ich.

Ich stellte mich vor den Spiegel und drehte mich von einer Seite zur anderen. Meine langen blonden Locken, das Produkt einer Haarverlängerung, fielen weich auf die Schultern. Die hohen schmalen Wangenknochen, die mir mit rasiertem Kopf einen hageren Ausdruck verliehen, sahen jetzt exotisch aus. Das türkisfarbene Kleid passte zu meinen Augen, insbesondere in Kombination mit dem Blond. Großer Gott: Ich war tatsächlich hübsch.

Wie meine Mutter.

Der Gedanke schoss mir in den Kopf, bevor ich ihn aufhalten konnte. Ich ließ die Make-up-Tasche auf den Boden fallen, hielt mich mit beiden Händen am Waschtisch fest und starrte in das Waschbecken. Seit Jahren schon hatte ich nicht mehr an sie gedacht – hatte den Gedanken an sie nicht zugelassen. Die Erinnerungen an meine Mutter waren das Einzige, was mich lähmen konnte, und Schwäche bedeutet in meinem Beruf, umgebracht werden zu können.

Aber ich arbeite gerade nicht.

Das stimmte zwar, bedeutete jedoch nicht, dass ich nicht in Alarmbereitschaft sein sollte. Ich atmete tief durch und schüttelte den Kopf im Versuch, das Streitgespräch darin zu beenden. Gertie wartete unten, um mit mir in die Kirche zu gehen. Gedanken an meine Mutter führten immer zu Gedanken an meinen Vater. Und diese Gedanken hatten in einer Kirche nichts zu suchen.

Ich hob die Make-up-Tasche vom Fußboden auf, zog einen blassrosa Lippenstift heraus und eilte aus dem Zimmer. Unterwegs trug ich den Lippenstift auf – es musste so gehen. Ich konnte mir dieses Gesicht – das Gesicht meiner Mutter – nicht noch einmal ansehen.

»Ärmellose Kleider in der Kirche sind nicht illegal, oder?«, fragte ich Gertie, als ich in die Küche kam.

»Himmel, nein. Wir sind devot, keine Barbaren. Die Luftfeuchtigkeit dort ist nicht zu verachten.«

Gertie reichte mir eine überdimensionale Handtasche, die aussah wie ihre eigene, und ich warf die Turnschuhe und Tic Tacs hinein. »Brauche ich sonst noch was?«

»Ich denke nicht. Wenn Sie fertig sind, sollten wir los. Wir müssen einen Platz in der letzten Reihe bekommen.«

Ich nickte und folgte Gertie nach draußen. Dort sah ich mich um, es war jedoch kein Fahrzeug zu sehen. »Laufen wir?«

»Ich hatte einen klitzekleinen Autounfall«, antwortete Gertie. »Natürlich war es nicht meine Schuld. Das Stopp-Schild stand da einfach völlig bescheuert im Weg.«

»Ah«, machte ich und wollte lieber keine weiteren Details wissen.

»Wie auch immer, diese Woche bekomme ich mein Auto zurück.« Gertie sah zu mir rüber. »Marge hatte einen Jeep, wussten sie das?«

»Wirklich? Das ist ja toll. Ich wusste nicht, dass ich ein Auto zur Verfügung haben würde, solange ich hier bin.«

Gertie nickte. »Die Batterie ist tot, weil er so lange nicht gefahren wurde, aber Walter, dem der Gemischtwarenladen gehört, hat letzte Woche eine neue bestellt.«

»Cool.«

Da das Haus von Marge nur zwei Blocks von der Hauptstraße entfernt lag, brauchten wir nicht lange bis zur Kirche. Amüsanterweise befanden sich beide Kirchen auf gegenüberliegenden Seiten der Hauptstraße und sahen sich quasi an – wie ein religiöses Dilemma. Ich blickte die Straße entlang und erkannte das Schild von Francines Café einen Block entfernt auf der Seite der Katholiken.

»Die sind leicht in Führung«, stellte ich fest, »vor allem, weil wir durch den Verkehr über die Straße müssen.«

»Es ist illegal, auf der Hauptstraße zu fahren, wenn die Gläubigen die Kirche verlassen.«

»Natürlich. Was sonst?« Ich verdrehte die Augen.

»Auch Pferde sind den ganzen Sonntag verboten, wegen der … ähm … Sauerei. Es gab da mal einen Zwischenfall mit der Frau des Bürgermeisters und einem Paar teurer Schuhe, die sie sich aus Frankreich hatte importieren lassen.«

Ich nickte. Das Pferd des Sheriffs hatte am Abend zuvor sein Geschäft in meinem Garten erledigt. In dem Haufen hätte man einen kompletten Kampfstiefel verlieren können.

Plötzlich versteifte sich alles in mir. Ich spürte den Blick der Frau, bevor ich sie sehen konnte. Sie starrte mich über die Straße hinweg an. Ungefähr Gerties Alter, weißes Haar, hellbrauner Hosenanzug.

Einsfünfundsechzig, fünfzig Kilo, rund hundert Jahre alt, leichtes Hinken auf der linken Seite.

Wir verließen den Bürgersteig, um die Straße zur Baptisten-Kirche zu überqueren, und gleichzeitig trat die andere Frau vom Gehweg auf die Straße, vermutlich, um zur katholischen Kirche zu gehen. In der Mitte der Straße angelangt, warf sie Gertie einen spöttischen Blick zu und ließ ihre Handtasche gerade so weit von der Schulter gleiten, dass wir hineinsehen konnten.

Gertie erschrak kurz hörbar, das Grinsen der anderen Frau wurde breiter, und sie setzte ihren Weg zur katholischen Kirche fort.

»Als ob das Tragen von Hosen in der Kirche nicht schon Vorteil genug wäre«, sagte Gertie, als wir die Baptisten-Kirche betraten. »Celia Arceneaux hat ihre neuen Nikes dabei. Wir sind geliefert.«

»Keine Sorge. Die krieg ich dran.« *Mit verbunden Augen und Beinen.*

Gertie setzte sich in die hintere Reihe und nickte. »Ich lasse Sie außen sitzen, damit Sie schneller losrennen können. Sobald der Prediger das ›A‹ von ›Amen‹ im letzten Gebet sagt, sprinten Sie los.«

Sie kramte in ihrer Handtasche und zog eine pinkfarbene Flasche mit dem Aufdruck »Hustensaft« heraus. Nachdem sie einen kräftigen Schluck daraus genommen hatte, reichte sie mir die Flasche.

»Nein, danke«, sagte ich. »Mir geht's gut.«

Und ich werde ganz sicher nicht aus derselben Flasche trinken wie jemand, der krank ist. Bringen die einem in Sinful denn gar nichts bei?

Ich sah mich in der Kirche um und stellte fest, dass außer uns noch niemand da war. Ein schneller Blick auf die Uhr verriet mir, dass wir noch eine ganze Weile bis zum Beginn der Messe warten mussten. Ich gähnte und dachte dann an den Grund, der mich am Schlafen gehindert hatte – neben der ganzen Kirchensache.

»Hey, Gertie, gestern Nacht ist mir etwas Merkwürdiges passiert.«

Gertie tätschelte mir das Knie. »Ich bin sicher, dass es für Sie so aussah, aber hier in Sinful geht es nie so normal zu wie anderswo.«

»Nein, ich meinte, nach all dem. Um Mitternacht ging ich raus, um einen Frosch zum Schweigen zu bringen, der mich vom Schlafen abhielt, und da hatte sich der Deputy in meinen Büschen versteckt.«

Gertie runzelte die Stirn, sagte jedoch nichts.

»Also habe ich nachgedacht: In Anbetracht der Alligatoren und Jagdunfälle und der Tatsache, dass der Ort unterhalb des Meeresspiegels liegt und bei einem Sturm vermutlich ordentlich überflutet wird, gibt es mindestens einhundert gute Gründe, weshalb da ein menschlicher Knochen im Sumpf lag. Und dennoch versteckt sich der stellvertretende Sheriff im Gebüsch meines Gartens, was für mich nicht unbedingt nach einem Unfall, einer Überschwemmung oder einem Raubtierangriff aussieht.«

»Nein, das ist wohl so.« Sie sah kein bisschen glücklich darüber aus.

»Und, um den Gedanken weiterzuspinnen: Wenn er glaubt, dass ein Verbrechen begangen wurde, dann bedeutet dies, dass er einen Verdacht haben muss, zu wem der Knochen gehört hat.«

»Das hat er wohl«, sagte Gertie knapp.

Ich sah sie aufmerksam an und kramte meine beschränkten Bibelkenntnisse hervor: »Haben Sie vor, weiter durch Schweigen zu lügen? Wir befinden uns in einer Kirche!«

Gertie seufzte. »Sie haben ja recht. Im Sumpf passieren eine Menge Unfälle. Normalerweise bleibt von der Person etwas übrig, damit wir feststellen können, wer der Unglückliche war. Vor fünf Jahren jedoch verschwand Harvey Chicoron spurlos.«

»Hat die Polizei nach ihm gefahndet?«

Gertie nickte. »Und Freiwillige aus der Stadt haben den Sumpf durchkämmt. Carter war damals natürlich noch bei der Marine, hat jedoch alles darüber von seiner Mutter gehört. Emmaline war eine richtige Klatschtante.«

Mein Selbstschutz-Radar setzte in sich in Gang. Marine, oha! Ich würde bei Deputy Charming mehr Vorsicht walten lassen müssen. Er könnte wohl für mehr Komplikationen sorgen, als es den Anschein hatte. »Und was denken alle hier, ist mit Harvey passiert?«

»Manche glauben, ein Alligator hätte ihn erwischt und verschlungen, sodass nichts von ihm übrig blieb. Andere sind der Ansicht, er wäre mit einer anderen Frau auf und davon, weil zum ungefähr gleichen Zeitpunkt, als er verschwand, eine erhebliche Geldsumme auf ein Offshore-Konto überwiesen wurde. Er hatte Marie immer wieder betrogen, insofern wäre es für alle wenig überraschend, wenn er mit einer anderen durchgebrannt wäre.«

Gertie schüttelte den Kopf. »Den meisten jedoch war es völlig egal. Harvey war der bösartigste, meistgehasste Mann in Sinful. Nachdem die anfängliche Überraschung über sein Verschwinden verflogen war, waren alle eigentlich recht froh, dass er weg war.«

»Sogar Marie?«

»Oh, Marie ganz besonders. Ihre Mutter war zu Lebzeiten eine Tyrannin gewesen und hat Marie praktisch als Sklavin an dieses Arschloch verkauft, so, wie sie ihn gedrängt hat, ihn zu heiraten.«

Gertie seufzte. »Oh je, jetzt habe ich ›Arschloch‹ in der Kirche gesagt. Fünf Jahre ist es her und dieser Mann holt immer noch das Schlimmste aus mir raus.«

»Ich bin mir sicher, dass Gott weiß, dass er ein Arschloch war.«

Gertie nickte. »Das weiß er sogar ganz sicher. Die arme Marie geriet vom Regen in die Traufe, als sie von ihrer Mutter zu Harvey wechselte. Nach seinem Verschwinden war Marie endlich frei und konnte das erste Mal in all den neunundsechzig Jahren ihres Lebens denken und tun, was sie wollte.«

»Klingt, als hätte sich alles zum Guten gewendet, warum machen sich dann alle solche Sorgen? Was glauben Sie, ist mit Harvey passiert?«

»Ich glaube, Marie hat ihn umgebracht, ist doch klar.«

Kapitel 5

Bevor ich auch nur eine der hundert Fragen stellen konnte, die mir in den Kopf schossen, öffnete sich die Kirchentür und ein Chor kam singend herein. Meine Güte! Wenn ich jetzt noch eine Stunde hier rumsitzen musste, kamen sicher noch mal hundert Fragen hinzu.

Die erste war, warum genau Gertie dachte, ihre Fußabtreterin von Freundin hätte ihren Angetrauten umgebracht? Die zweite war, warum kümmerte sie das so gar nicht? Selbst der Mord am König der Arschlöcher sollte bei einer Frau, die darauf bestand, jeden Sonntag zur Kirche zu gehen, zumindest ein Fitzelchen an Emotion hervorrufen – Schuld, zum Beispiel.

Gertie stupste mir mit dem Ellenbogen in die Rippen und ich bemerkte, dass außer mir standen. Seufzend erhob ich mich. Diese Zivilisten waren wirklich verwirrend. Die CIA bestand aus Berufsagenten und Ex-Militärangehörigen. Alles war strukturiert und Gefühle während einer Operation verboten, aus gutem Grund. Ein emotionaler Moment der Zivilistin in mir war genau das, was mich in diese Kirche in Sinful, Louisiana, und zu meinen Gedanken über eine geschlagene Frau, die möglicherweise zur Mörderin geworden sein könnte, gebracht hatte.

CIA-Agenten reden nicht über ihre Ängste, Gedanken und Träume – wenn sie überhaupt welche haben – und haben auch keine verborgenen Schichten, die aufgedeckt werden könnten. Und wenn, dann waren sie so gut versteckt, dass sie ein Bier mit D. B Cooper tranken. Alles in der CIA drehte sich nur um die Arbeit und selbst, wenn ein Auftrag nach außen kompliziert erschien, bestand er doch nur aus Schwarz und Weiß.

In Sinful, Louisiana, gab es hingegen so viele Grautöne, dass ich Gefahr lief, farbenblind zu werden.

Als der Chor seine schiefe Kantate endlich beendete, fing der Prediger an zu reden und meine Gedanken schweiften ab. Ich dachte an meine aktuelle Situation und wie lange ich wohl in dieser Bananenpudding-Welt bleiben würde. Ab und zu schlug der Prediger mit seiner Hand auf die Kanzel und riss mich aus meinen Gedanken. Irgendwann drohte er allen mit dem Höllenfeuer, und die Gemeinde erhob sich und sang wieder.

Als der Prediger gleich nach Ende des Lieds mit dem Gebet begann, beugte sich Gertie zu mir und flüsterte: »Machen Sie sich bereit.«

Ich zog meine Sportschuhe aus der Tasche und entledigte mich erleichtert der Stöckelschuhe, die ich anhatte. Zwanzig Sekunden später war ich bereit.

»Darum bitten wir in deinem Namen«, sagte der Prediger.

»Jetzt«, flüsterte Gertie.

»A…«

Ich war noch vor dem »…men« draußen. Das Tor der katholischen Kirche flog auf, als ich die Straße hinunter rannte, und Gerties Erzfeindin Celia stürmte heraus. Die Mittagssonne blendete sie, konnte sie jedoch nicht stoppen. Blind rannte sie den Gehsteig entlang, viel schneller, als ich es für möglich gehalten hätte.

Aber das war nichts im Vergleich zu meinem Tempo.

Gertie jubelte hinter mir, als ich den Rock meines Kleides hob und über einen Eisstand hüpfte. Ich rutschte ein paar Zentimeter auf dem staubigen Bürgersteig, fing mich jedoch wieder, lief die Tür zu Francines Café ein und stürmte nach drinnen. Celia traf ein paar Sekunden nach mir ein und stand keuchend und augenscheinlich verärgert da.

Eine dicke Frau um die fünfzig mit Unmengen an blonden Haaren, die sich auf ihrem Kopf türmten, zog die Augenbraue hoch. »Sieht aus, als hätte jemand einen Profi-Sprinter vorgeschickt. Sie sind ja noch nicht einmal außer Atem!«

»Nicht im Geringsten«, bestätigte ich.

Celias Augen verengten sich, als sie mich und Gertie ansah, die gerade in das Restaurant spazierte, mit einem Grinsen so breit wie der Grand Canyon im Gesicht.

»Und jetzt«, sagte Gertie zu Celia, »sieh meine Freundin nicht so böse an, nur, weil du alles Geld in deine Schuhe investiert hast und dennoch keinen Pudding bekommst!« Sie wandte sich der Frau mit den Haaren zu. »Francine, wir hätten gerne einen Tisch für achtzehn Personen.«

»Hier entlang, Miss Gertie«, antwortete Francine und griff sich einen Stapel Speisekarten.

Ich folgte Francine und Gertie zu zwei langen Tischen vor dem Schaufenster aus Spiegelglas.

»Ich nehme an, Sie beginnen alle mit dem Pudding?«, fragte Francine.

Gertie nickte und Francine ging durch die Doppeltüren in den hinteren Sitzbereich, vermutlich, um achtzehn Portionen Bananenpudding zu holen.

»Wir essen zuerst den Nachttisch?«, wollte ich wissen.

»Natürlich nicht. Wir bestellen nur zuerst den Nachttisch, solange es noch welchen gibt. In den Kühlschrank passen nur rund fünfundzwanzig Portionen und Celia und ihre Gefährten sind zusammen fünfzehn.«

Gertie wirkte äußerst selbstzufrieden, und ich war gespannt, was Celias Team dazu sagen würde, wenn sie feststellten, dass die Nikes nicht das gewünschte Ergebnis gebracht hatten. Auch hätte ich viel dafür gegeben, herauszufinden, wie sie die verbleibenden Puddingportionen aufteilen würden.

Gertie bestand darauf, dass ich als »Ehrengast« am Tischende Platz nahm.

»Kommen wirklich noch sechzehn Personen?«, fragte ich. Ich hatte Gertie in der Kirche mit niemandem reden sehen.

Sie nickte zustimmend: »Alle Damen von Sinful werden gleich hier sein.«

»Haben sie die Kirche ausfallen lassen?«

Gertie sah mich tadelnd an. »Man kann nicht die Kirche ausfallen lassen und dann auswärts essen. Die ganze Stadt würde sich das Maul darüber zerreißen.

»Sagen Sie nicht, das sind Katholiken.«

»Himmel, nein!« Gertie lachte. »Wie kommen Sie immer nur auf solche Sachen? Alle, die nicht im Kirchenchor singen, erfüllen andere Pflichten. Ich war heute von meinen Aufgaben befreit, weil ich einen Gast mitgebracht habe.«

Gerade wollte ich Gertie nach ihrer mysteriösen Bemerkung über Marie, die ihren Mann umgelegt haben soll, fragen, als sich ein langer Schatten über den Tisch legte. Ich sah auf und in das verärgerte Gesicht von Deputy LeBlanc. Ein Blick zu Gertie hinüber sagte mir, dass sie nicht im Geringsten erfreut war, ihn zu sehen.

»Guten Morgen, Miss Gertie«, begrüßte er sie. »Wie geht es Ihnen?«

»Gut, danke«, antwortete Gertie, sah ihn jedoch nicht an und kniff die Lippen zusammen.

Mich ignorierte er völlig, was für mich in Ordnung war.

»Sie waren anwesend, als Harvey Chicoron verschwand, oder?«

»Das wissen Sie genau.«

»Es wurde nie die geringste Spur von ihm gefunden – mit Ausnahme des verschwundenen Geldes, oder?«

Gertie presste ihre Lippen noch fester zusammen. »Sie sind die Polizei. Alle Informationen finden Sie sicher in den Berichten und ich weiß, dass Sie lesen können, weil ich Sie vier Jahre lang in der High School unterrichtet habe.«

»Die Berichte habe ich alle gelesen, wollte es jedoch von Ihnen persönlich hören.«

»Er ist weg und keiner weiß, was passiert ist. Mehr ist da nicht.«

»Da ist immer mehr als das. Wenn eine Person verschwindet, sollte man sich einen genaueren Eindruck verschaffen. Zum Beispiel: War er beliebt?«

»Sie wissen sehr gut, dass er der grantigste Mann in der Stadt war.«

»Hmm … Also mochte ihn niemand?«

»Sie wissen, dass es so war.«

Er hob die Augenbraue. »Einschließlich Marie?«

Gertie schnaubte verärgert. »Ich nehme an, Marie hatte ihre liebe Not mit ihm.«

»Ich möchte nicht wissen, was sie annehmen, ich möchte wissen, ob Marie ihren Mann mochte.«

Eine Weile schwiegen beide und ich blickte von Gertie zu Deputy LeBlanc und wieder zurück. Die Luft war dicker als der Bananenpudding, den Francine vor mich stellte, und ich kam nicht umhin zu bemerken, dass sie, kaum hatte sie die letzte Schale auf den Tisch gestellt, in die Küche rannte, als müsse sie darin ein Feuer löschen.

»Ich sagte bereits, dass ihn keiner mochte«, brach Gertie das Schweigen.

Deputy LeBlanc nickte. »Er hatte Ölquellen von seinen Eltern geerbt, richtig? Das heißt also, dass Marie plötzlich über ein nettes Vermögen verfügen konnte, als er nicht wieder auftauchte.«

»Ich frage andere Menschen nicht über ihre Finanzen aus. Das wäre unhöflich.«

Er sah sie scharf und aufmerksam an. »Hat sie von sich aus etwas darüber gesagt?«

»Nein«, antwortete Gertie schnippisch. »Marie hat mit mir nie über ihre finanzielle Situation gesprochen. Sind Sie jetzt zufrieden? Sie ruinieren nämlich mein Sonntagsessen.«

Er sah sie noch paar Sekunden schweigend an und nickte schließlich. »Das war's fürs Erste, ich komme aber vielleicht später wieder auf Sie zurück, wenn ich die Fallakten durchgegangen bin. Falls ich danach noch weitere Fragen habe, meine ich.«

Dann sah er zu mir hinüber und nickte. »Ma'am«, sagte er und verließ das Restaurant.

»Was zum Teufel war das denn?«, fragte ich. »Bei dem lauten Unterton zwischen Ihnen hätte man einen Feueralarm überhören können.«

»Er weiß, dass ich sonntags niemals lügen würde. Ich habe versucht, möglichst ausweichend zu antworten, aber ein paar Informationen hat er mir leider dennoch abgerungen.«

Ich nickte und verstand nun Gerties Nicht-ganz-direkte-Antworten. »Also, wie viel Geld hatte Harvey?«

Gertie warf den Kopf zurück. »Das haben Sie doch gerade gehört. Marie hat mir nichts über ihre Finanzen erzählt.«

»Ich weiß, aber ich dachte, jemand anders hat es vielleicht getan.«

Sie lachte. »Zum Glück ist Carter nicht so gerissen wie Sie.«

»Also wissen Sie es?«

»Natürlich. Marie hat es Marge erzählt und Marge mir und Ida Belle. Harvey hat die Ölquellen schon vor Jahren verkauft, und seine Eltern besaßen jede Menge Immobilien, aber nachdem er offiziell für tot erklärt worden war, bekam Marie alles – die ganzen zehneinhalb Millionen.«

»Heilige Scheiße!«

Gertie haute mich mit ihrer Serviette. »Keine biblischen Flüche an Sonntagen!«

»Autsch.« Ich rieb den roten Fleck auf meinem Oberarm. Früher musste sie eine ganz schön strenge Lehrerin gewesen sein. »Zehn Millionen sind ein ziemlich guter Grund, einem Arschloch den Tod zu wünschen. Glauben Sie, sie hat ihn deshalb umgebracht?«

»Deshalb und aus einem anderen Motiv, über das ich nicht reden werde. Ich muss das mit den Damen der Gesellschaft besprechen. Wir brauchen einen Plan, wie wir mit der Situation umgehen, bevor sie außer Kontrolle gerät.«

Sie winkte in Richtung Fenster. »Da kommen sie ja.«

Ich folgte ihrem Blick und sah eine Herde grauhaariger Frauen auf das Restaurant zusteuern.

Sechzehn graue Panther, alle vermutlich aus der Jurazeit. Vierzehn tragen eine Brille und sieben Hüftprothesen. Nach der Hautfarbe zu urteilen, leiden alle unter Bluthochdruck.

»Warum bringt keine ihren Ehemann mit zur Kirche?«, fragte ich. »Oder gibt es dafür auch eine Regel?«

Gertie machte eine wegwerfende Handbewegung. »Man kann kein Mitglied der Gesellschaft der Damen von Sinful werden, wenn man einen Ehemann hat. Die Gründungsmitglieder – mich eingeschlossen – waren alle nie verheiratet. Irgendwann haben wir auch Witwen aufgenommen, aber nur, wenn deren Männer seit mindestens zehn Jahren tot waren.«

»Warum zehn Jahre?«

»So lange dauert es nun mal, bis sie wieder selbstständig denken können.«

»Also ist Marie kein Mitglied?«

»Noch nicht, sie kann jedoch in fünf Jahren einen Antrag einreichen.«

»Wenn sie bis dahin nicht im Gefängnis ist.«

»Das wird nicht passieren«, sagte Gertie, und obwohl ihre Stimme recht zuversichtlich klang, sagte ihr Gesichtsausdruck etwas völlig anderes: Gertie machte sich Sorgen.

Ida Belle ließ sich auf den Stuhl neben mir fallen und begrüßte Gertie mit High Five. »Toll, wie du die Katholiken mit der Profi-Sprinterin abgezogen hast«, sagte sie und blickte erfreut auf die riesige Schale Bananenpudding, die vor ihr auf dem Tisch stand. »Ich wette, Celia tritt sich gerade selbst in den Hintern, dass sie sich die teuren Schuhe gekauft hat.«

»Wenn sie sich nicht selbst tritt«, erwiderte Gertie, »macht das ihr Mann, sobald er die Rechnung für die teuren Schuhe sieht.«

Ida Belle nickte und wandte sich dann den anderen am Tisch zu. »Wo sind nur unsere Manieren geblieben! Darf ich vorstellen? Das ist die Nichte von Marge Boudreaux. Sie ist der Grund, weshalb ihr alle heute Bananenpudding bekommt, also erwähnt sie in eurem Gute-Nacht-Gebet.«

Die Damen brachen in einen enthusiastischen Applaus aus. Auf der anderen Seite des Cafés drehten sich Celia und Konsorten um und starrten uns böse an.

»Wie heißt du, meine Liebe?«, fragte eine der kleinen alten Damen. »Ich muss dem lieben Gott nachher ja einen Namen nennen können.«

»Das ist Sandy-Sue«, antwortete Ida Belle.

Ich zuckte zusammen und mein Rücken versteifte sich von den Pobacken bis zum Nacken. »Eigentlich«, sagte ich, bevor ich es mir anders überlegen konnte, »nennen mich alle Fortune.«

»Wirklich?«, fragte Gertie. »Warum?«

»Nun ...« Ich rutschte unruhig auf meinem Stuhl herum und suchte verzweifelt nach einer Erklärung, die glaubhafter klang als die Wahrheit. Wenn ich ihnen erzählen würde, das käme von der Wirtschaftszeitschrift Fortune, die ich so gerne las, würde mir das vermutlich niemand abnehmen.

»Schon okay, meine Liebe«, sagte Gertie. »Sie müssen darauf nicht antworten.«

Dann hatte ich plötzlich einen Geistesblitz. »Schon okay. Meine Mutter hat mich so genannt. Sie sagte immer, ich werde irgendwann ein Vermögen wert sein, Sie wissen schon, Schönheitskönigin und so. Eigentlich dachte sie, aus mir würde eine Schauspielerin oder ein Model werden. Vermögen heißt auf Englisch Fortune, und so kam es zu meinem Spitznamen – ich bin es nicht gewöhnt, auf einen anderen Namen zu hören.«

Ich war überrascht, wie einfach mir diese Lüge von den Lippen ging. Und ich musste bei den Worten »Schönheitskönigin«, »Schauspielerin« und »Model« im selben Atemzug noch nicht einmal würgen. Noch überraschender jedoch war die Reaktion der Damen. Niemand wunderte sich auch nur im Entferntesten über meinen auf Schönheit basierenden Erfolg. Sie nickten nur und lächelten, als wäre es das Natürlichste der Welt.

Ein Optiker könnte sich hier in Sinful eine goldene Nase verdienen.

»Warum hat Francine die Speisekarte mit den Tagesangeboten noch nicht gebracht?«, wollte Ida Belle wissen. »Trinkt sie wieder?«

Ida Belle reckte den Hals, um über Gertie hinweg einen Blick in die Küche werfen zu können. Gertie sah angestrengt auf den Tisch und sagte kein Wort.

»Das mit dem Trinken weiß ich nicht, obwohl ich nichts dagegen hätte«, sagte ich, »aber vermutlich versteckt sie sich, weil

Deputy LeBlanc vorhin hier war und Gertie über Ihre Freundin Marie ausgefragt hat.«

Sofort waren alle Damen still und starrten mich an. So viel Aufmerksamkeit hatte ich nicht mehr erhalten, seit ich dem Drogenbaron den Golden Retriever geklaut hatte.

»Carter war hier?«, fragte Ida Belle.

Ich nickte. »Er wollte wissen, ob Marie ihren Mann mochte und wie viel Geld sie geerbt …«

Ida Belles Augen wurden kleiner. »Was hast du ihm gesagt?«, flüsterte sie Gertie zu.

Gertie wurde blass und biss sich auf die Unterlippe.

»Sie hat ihm gar nichts gesagt«, sprang ich ein. »Sie hat sich aus allem herausgewunden, was er nicht sowieso schon wusste, und hat das wirklich gut gemacht, wenn man bedenkt, dass man sonntags nicht lügen darf.«

Ida Belle runzelte die Stirn. »Was Carter ganz genau weiß.«

»Könnte mir nun jemand erzählen, in was ich da gestern Nachmittag hineingeraten bin?«, fragte ich in die Runde. Je mehr Informationen ich bekam, desto besser konnte ich mich aus dem ganzen Schlamassel raushalten.

Ida Belle wechselte ein paar Blicke mit den anderen Damen und schüttelte den Kopf. »Dafür ist dies weder die richtige Zeit noch der richtige Ort.« Dann hob sie eine Hand und winkte Francine zu, die an der Küchentür herumlungerte. »Wir sind so weit, Francine«, rief sie ihr zu.

Wie auf Kommando nahmen die anderen Damen ihre Unterhaltungen wieder auf. Gertie sah hinüber zu Ida Belle und öffnete den Mund, um etwas zu sagen, doch ein kaum zu vernehmendes Kopfschütteln von Ida Belle brachte sie zum Schweigen.

Tat sie das wegen der anderen Damen – oder wegen mir?

Kapitel 6

Der Rest des Essens verlief völlig unspektakulär. Gleich danach trennten sich die Damen, weil sie stricken, einen Brief schreiben oder ein Buch lesen mussten, und all das unbedingt, bevor abends der Kirchendienst wieder begann. Mich beschlich der leise Verdacht, dass sie sich heimlich erneut trafen, um die Sache mit Marie zu bereden.

Ich war ganz froh, aus der Angelegenheit herausgehalten zu werden, und so ging ich nach dem Verzehr eines panierten Beefsteaks mit Kartoffelpüree, Rahmbratensoße und etwas namens »gebratene Okra« und Gott weiß wie vielen Brötchen sowie einer großen Portion des besten Bananenpuddings, den ich je in meinem Leben gegessen hatte, zu Fuß nach Hause. Gertie konnte sich nicht verkneifen zu sagen, dass es in Anbetracht des fertigen Zeugs aus der Kühltruhe, das ich sonst so aß, der *einzige* Bananenpudding war, den ich je in meinem Leben gegessen hatte.

Dennoch hoffte ich, nicht allzu lange in Sinful bleiben zu müssen. Der Sprint von der Kirche zum Café verbrannte nur einen Bruchteil der Kalorien, die ich zu mir genommen hatte. Vermutlich würde ich bis Oktober Sport treiben müssen, um die gerade verspeisten Kalorien zu verbrauchen. Gleich Montag würde ich damit anfangen.

Die Damen von Sinful boten allesamt jede Menge Stoff für psychologische Studien. Laut geredet wurde über die Predigt, den Pudding und die neuesten Stoffe im Gemischtwarenladen; die Blicke, das leichte Nicken und das kaum vernehmbare Kopfschütteln jedoch ergaben eine vollkommen andere Unterhaltung, an der ich nicht teilhaben sollte. Gerne hätte ich gewusst, ob Gertie den anderen von ihrer Theorie, dass Marie ihren Mann getötet hat, erzählt hatte. Irgendetwas musste kommuniziert worden sein, denn das Thema Knochenfund kam nicht ein einziges Mal auf, obwohl es in einer Kleinstadt wie Sinful das aktuell größte Ereignis gewesen sein dürfte.

Was ich jedoch am interessantesten fand, war die Tatsache, dass sie mich überhaupt nicht ausgefragt hatten. Ich hatte erwartet, bei meiner Lebensgeschichte mindestens bei Genesis anfangen zu müssen, und obwohl ich die komplette Akte gelesen hatte, war ich mir nicht sicher, ob mein Wissen ausreichte, um sie zufriedenzustellen. Alle wirkten vollkommen harmlos, doch ich war lange genug undercover tätig, um zu wissen, dass das, was man an der Oberfläche sah, wenig mit dem zu tun hatte, was darunter los war.

Irgendetwas ging vor sich in Sinful, Louisiana, und ich verwettete meine letzte Schachtel Patronen, dass diese Damen etwas damit zu tun hatten. Aber das war nicht mein Problem und dabei sollte es auch bleiben. Ganz unauffällig. So, wie es Morrow befohlen hat.

Den Rest des Tages verbrachte ich mit dem Auspacken der hässlichen Koffer und dem Erkunden des Hauses. Da Deputy LeBlanc offensichtlich einen Hang dazu hatte, unangemeldet vorbeizuschauen, beschloss ich, das Verbrennen der Koffer wohl besser zu lassen, und verstaute sie in einem der Zimmer, wo ich am wenigsten von ihnen sehen würde. Das alles dauerte nur dreißig Minuten; danach ging ich in die Küche, um zu sehen, was an Lebensmitteln vorhanden war.

Ich öffnete die Speisekammer und starrte hinein: Konservendosen, trockene Lebensmittel und Eingemachtes in allen Regalen starrten zurück, alle fein säuberlich angeordnet und mit per Computer ausgedruckten Etiketten auf der Vorderseite versehen. Ich hatte davon gehört, dass Menschen, die die große Wirtschaftskrise erlebt haben, Lebensmittel derart horteten, aber dafür war Marge nicht alt genug gewesen. Dann fiel mir die Hurrikan-Theorie wieder ein. Vermutlich war jede Speisekammer in Sinful so gut ausgestattet, um auf widriges Wetter vorbereitet zu sein.

Noch einmal warf ich einen Blick auf die übersichtlich angeordneten Waren und schloss mit einem Kopfschütteln die Speisekammertür. Entweder Marge war es mal einen Tag lang richtig langweilig gewesen oder sie hatte eine klitzekleine Zwangsstörung. Ich öffnete den Kühlschrank und nahm die einzige Packung, die darin lag, heraus. Es war ein Gefrierbeutel mit der Aufschrift »Hirschsteaks« und einem Datum. Ich hatte nicht die geringste Ahnung, wie man ein Hirschsteak zubereitete, aber andererseits hatte ich auch nicht die geringste Ahnung, wie man die meisten Sachen kocht, die man nicht in die Mikrowelle stecken konnte.

Vielleicht hatte Marge ja einen Grill im Schuppen. Sonst musste ich entweder einen besorgen oder mich während meines gesamten Aufenthalts hier von eingemachtem Obst und Gemüse ernähren. Neben dem Telefon lagen ein Block und ein Stift und ich notierte »Fleisch« auf ein leeres Blatt Papier. Kurz fragte ich mich, ob es im Gemischtwarenladen wohl abgepacktes Fleisch gäbe oder ob ich ein Lebewesen töten musste, um meine tägliche Portion Protein zu bekommen, wollte mich jedoch im Moment nicht weiter mit diesem Gedanken befassen.

Abgesehen davon hatte ich mir geschworen, nie etwas zu töten, was kein Mensch war.

Was interessant war, wenn ich so darüber nachdachte. Für die überwiegende Mehrheit der Menschheit, insbesondere für alle Einwohner von Sinful, die über fünf Jahre alt sind, dürfte wohl das exakte Gegenteil zutreffen. Mit Ausnahme vielleicht von Marie. Beim Gedanken an Gerties Unbehagen während Deputy LeBlancs Befragung und der Sorge in ihrem Gesicht, als er das Restaurant verließ, runzelte ich die Stirn. Vor allem jedoch erinnerte ich mich an die absolute Sicherheit in ihrem Gesichtsausdruck, als sie mir sagte, dass Marie ihren Mann umgebracht hat.

Er weiß, dass ich sonntags nicht lüge.

Ich schniefte. Wusste Gertie sicher, dass Harvey von seiner Frau ermordet worden war, oder vermutete sie dies nur? So sehr ich auch versuchte, mich aus allem rauszuhalten, was unter der Oberfläche von Sinful blubberte, kehrten meine Gedanken immer wieder ganz von alleine zu genau diesem Thema zurück. Und wenn ich mir in einem ganz sicher war, dann war es die Tatsache, dass meine Instinkte niemals trügen. Diese Gedanken waren alarmierend.

Ich ging zurück in mein Schlafzimmer und griff nach meinem Laptop. Es war Zeit für ein wenig mehr Recherche über Sinful, Louisiana, und seine Einwohner. Ich musste wissen, in was ich da hineingeraten war.

Bevor ich meine Tarnung riskierte.

Ich ließ mich auf dem Platz am Fenster nieder und lehnte mich an die Kissen an der Wand. Der Laptop brauchte ewig zum Hochladen. Ungeduldig trommelte ich mit den Fingern auf der Tastatur. Bevor ich eine umfassende Recherche über Sinful startete, sollte ich vielleicht erst einmal nachsehen, ob es Neuigkeiten von Harrison über meine Rückkehr nach Hause gab. Ich sollte mich sowieso heute Abend bei ihm melden, dann könnte ich das genauso gut jetzt gleich erledigen.

Zwar hatte Morrow jeglichen Kontakt verboten, Harrison hatte jedoch ein E-Mail-Konto unter einem falschen Namen für mich eingerichtet, damit es so aussah, als würde er mit einer Frau in Idaho kommunizieren, die er im Internet kennengelernt hatte. Das Ganze klang für mich zwar etwas konstruiert, doch Harrison versicherte mir, dass Internet-Beziehungen heutzutage völlig normal sind. Das erklärte eine Menge über seine Affinität zu seinem Smartphone sowie seine Aversion, unter Menschen zu gehen. Aber diese Gedanken behielt ich wohlweislich für mich, insbesondere, weil Harrison das Protokoll brach, um mich auf dem Laufenden zu halten.

Endlich war mein Laptop hochgefahren und ich klickte zweimal auf das Icon, das Harrison eingerichtet hat, damit meine Internetverbindung so umgeleitet wurde, dass es aussah, als stamme sie aus Idaho. Solange wir vorsichtig waren, gab es keinen Grund, weshalb wir erwischt werden sollten. Wenn ich mir das nur lange genug einredete, glaubte ich das bestimmt irgendwann tatsächlich.

Nach Fertigstellung der Weiterleitung loggte ich mich in mein E-Mail-Konto ein und fand eine Nachricht vor. Ich verdrehte die Augen, als ich die Absenderadresse sah. Das war kein Spam. Das war so typisch Harrison.

AN: farmgirl433@gmail.com
VON: hotdudeinNE@gmail.com
Hallo. Hoffe, es geht dir gut auf der Farm. Hast du dich schon für den Sommer vorbereitet?
Hier in NE wird es langsam heißer. Wir erwarten einen glühend heißen Sommer. Mit etwas Glück wird es sich jedoch früh wieder abkühlen, vielleicht Ende August.
Mail mir, wenn du Zeit hast.

Beim zweiten Abschnitt atmete ich enttäuscht aus. »… wird es langsam heißer« bedeutete, die Situation wurde ernst – aber meinte er damit Ahmads Organisation oder die CIA wegen der Suche nach dem Leck?

Ich seufzte. So oder so schrieb er recht deutlich, dass er frühestens Ende August eine positive Entwicklung erwartete. Demnach durfte ich den kompletten Sommer in Sinful verbringen.

Ich klickte auf »Antworten« und schrieb eine Nachricht.

AN: hotdudeinNE@gmail.com
VON: farmgirl433@gmail.com
Ich habe mich gut auf den Sommer vorbereitet. Schade, dass du schreibst, dass du einen so heißen Sommer erwartest. Ich hoffe ja immer eher auf sehr mildes Wetter, da Hitze im Allgemeinen Wachstum und Aktivitäten hemmt. Aber ich fürchte, das liegt nicht in unserer Hand.
Planst du dieses Jahr einen Urlaub?
Hoffe, wir sehen uns bald.

Ich las die Nachricht noch einmal durch, um sicherzugehen, dass er verstehen würde, was ich sagen wollte, nämlich, dass ich heil angekommen war und wissen wollte, ob er in nächster Zukunft auf eine Mission geht. Und dass ich hoffte, bald nach Washington zurückkehren zu können. Die sichere Ankunft war zwar etwas geschönt in Anbetracht dessen, in was ich hier in Sinful geraten war, aber je weniger Harrison darüber wusste, desto besser.

Ich klickte auf Senden und starrte aus dem Fenster. Ich weiß nicht, was ich nach nur einem Tag erwartet hatte zu hören, konnte eine gewisse Enttäuschung jedoch nicht verleugnen. Eigentlich hatte ich gehofft, Sinful wäre eine kurzfristige Lösung – vielleicht ein paar Wochen – und dann wäre alles wieder normal. Ich würde einen Notfall vortäuschen, der meine sofortige Rückkehr nach Hause erforderte, und die echte Sandy-Sue könnte jemanden beauftragen, der das Inventar des Hauses versteigerte, wenn sie von ihrem Urlaub in Europa zurückkäme. Niemand würde jemals etwas über meine wahre Identität erfahren.

Stattdessen sah es so aus, als säße ich in Sinful fest, wo ich versuchte, mich aus einer Mordermittlung rauszuhalten und gleichzeitig unter die Einheimischen zu mischen, von denen die meisten augenscheinlich in den Fall verwickelt waren.

★ ★ ★

Am nächsten Morgen wachte ich auf, weil mich die Sonne blendete. Gähnend kletterte ich von meinem Fensterplatz herunter, wo ich die Nacht zuvor eingeschlafen war. Mein Laptop befand sich auf dem Fußboden, wo ich ihn hingelegt hatte, weil ich eigentlich nur kurz »meine Augen entspannen« wollte. Ich musste wirklich müde gewesen sein, denn ein kurzer Blick auf meine Uhr verriet mir, dass ich sechs Stunden lang tief und fest geschlafen hatte.

Vermutlich war mein Verstand völlig benommen von dem kompletten Vakuum an Informationen, das ich über die Einwohner von Sinful gefunden hatte. Ganze fünf Personen hatte ich online ausfindig machen können – den Bürgermeister, den Pfarrer, den Prediger, die örtliche Schönheitskönigin und jemanden, der mal eine Auszeichnung auf dem Jahrmarkt für den größten Kürbis erhalten hatte. Bürgermeister, Pfarrer und Prediger waren auf einer Website mit Informationen über Städte in Louisiana aufgelistet. Das war alles, was über Sinful ausfindig zu machen war, naja, und die Anzahl der Einwohner – 253.

Die Schönheitskönigin hatte eine Facebook-Seite, auf der sie augenscheinlich den lieben langen Tag der Welt erzählte, wie anstrengend es war, hübsch zu sein: Zum Beispiel erforderte es vierstündige Haarbehandlungen und den Verzehr von minus fünfzig Kalorien pro Tag. Schon beim Lesen bekam ich Sodbrennen. Facebook schien der größte Spielplatz für selbstverliebte Arschlöcher zu sein, den die Welt je gesehen hat.

Ich nahm mir einen Moment und betete, dass sie nichts von meinem Aufenthalt in Sinful wusste. Sonst käme sie womöglich auf die Idee, gemeinsam beim Friseur rumzuhängen oder Schuhe einkaufen zu gehen. Dann jedoch sah ich erleichtert, dass sie im Jahr zuvor nach Hollywood ausgewandert war, weil sie einfach wusste, dass sie dort berühmt werden würde. Die Tatsache, dass im Internet ansonsten nichts über sie zu finden war, beantwortete die Frage nach ihrem dortigen Durchbruch.

Drei Stunden der Suche und alles, was ich erfahren hatte, war, wie man die Innenoberschenkelmuskeln strafft und mehr Make-up-Tipps als Tammy Faye Bakker kannte. Ich hätte weiß Gott was für die Datenbank der CIA gegeben. In dieser Stadt musste es mehr geben als Kirchen, Bananenpudding und Tote.

Die einzig nützlichen Informationen, die ich hatte herausfinden können, betrafen den Alligator. *Das* war mal ein würdiger Gegner. Ich hatte einen sich im Wasser bewegen sehen und wusste, dass er mir in diesem Element bei Weitem überlegen war, hatte jedoch nicht gewusst, dass er sich auch an Land sehr schnell bewegen konnte. Und bis auf die Unterseite, die er mir vermutlich nicht einfach so zeigen würde, gab es nur einen weiteren wunden Punkt an seinem Körper, eigentlich ein Quadrat: auf der Hinterseite des Kopfes. Ich war wirklich niemand, der vor einer Herausforderung davonlief, doch in diesem Fall beschloss ich, mich während meines Aufenthalts vom Wasser fernzuhalten, was gar nicht so einfach war, da es immerhin direkt vor meiner Hintertür floss. Zumindest bedeutete es: keine nächtlichen Ausflüge zu den Fröschen mehr.

Sobald der Laden aufmachte, würde ich sehen, ob ich dort schalldichte Ohrenschützer bekäme. Dann würde ich zwar auch keine Eindringlinge mehr hören, doch abgesehen von dem toten Typen, den ich an meinem ersten Tag gefunden hatte, schien Sinful keine Bedrohung für die allgemeine Sicherheit darzustellen. Außerdem würden die Ohrenschützer mein nächtliches Problem mit dem Frosch lösen, der letzte Nacht eine Darbietung gebracht hatte, die für meine Ohren wie eine italienische Oper klang. Watte kam nicht gegen den Lärm an.

Ich zog Jeans und ein T-Shirt an und lief nach unten, um Bones für sein morgendliches Geschäft rauszulassen. Zuerst hatte ich es besorgniserregend gefunden, dass mein Aufenthalt in Sinful die Verantwortung für ein Lebewesen beinhaltete. Ich konnte noch nicht einmal einen Kaktus am Leben halten. Aber Bones war völlig unkompliziert. Dreimal pro Tag ging er nach draußen und jeden Abend aß er eine Dose Futter. Abgesehen davon schnarchte er den ganzen Tag in der Ecke eingerollt vor sich hin.

Eine halbe Stunde später hatte ich Kaffee, Rührei und Toast verputzt und hörte jemanden an der Tür klopfen. Montagmorgens musste man sicherlich nicht schon wieder in die Kirche gehen, und ich kannte nur eine Person, die unhöflich genug wäre, kurz vor sieben Uhr morgens an meine Tür zu klopfen. Boah ey … der Mann hatte echt Nerven.

Ich riss die Tür auf und schrie: »Was zum Teufel wollen Sie denn jetzt schon wieder?«

Dann erst bemerkte ich, dass da gar nicht Deputy LeBlanc auf meiner Veranda war. Stattdessen standen mir Gertie und Ida Belle mit erhobenen Augenbrauen gegenüber.

»Ich hab dir doch gesagt, dass sie kein Morgenmensch ist«, sagte Gertie zu Ida Belle.

»Meine Güte«, schimpfte Ida Belle. »Mich hast du auch geweckt, und ich musste mein Gebiss einlegen und aus dem Haus rennen, ohne auch nur eine Tasse Kaffee gehabt zu haben. Da kann sie uns ja wohl hereinlassen und uns etwas zu trinken anbieten, damit wir ihr erzählen können, warum wir hier sind.« Ida Belle starrte mich missgelaunt an. »Damit nicht noch mehr Knochen im Sumpf gefunden werden.«

Ich war mir nicht sicher, ob sich Ida Belles Kommentar auf mich oder Gertie bezog, ging jedoch besser kein Risiko ein. Ida Belle wäre Gertie in einer körperlichen Auseinandersetzung vermutlich überlegen, und ich wollte es wirklich vermeiden, während meines Aufenthalts irgendjemanden umzulegen. Also tat ich einen Schritt zurück und bat sie herein in der Hoffnung, dass das, was immer Ida Belle ohne Kaffee frühmorgens aus dem Haus getrieben hatte, interessant genug wäre, um eine weitere Kanne zu kochen.

Gertie ließ Ida Belle den Vortritt, die schnurstracks in die Küche lief. Noch bevor Gertie und ich dort waren, hatte sie sich schon eine Tasse Kaffee eingeschenkt, die sie wie ein Glas Whiskey herunterkippte. Ein Wunder, dass sie sich dabei nicht den Mund verbrannte. Ich sah hinüber zu Gertie, die kaum merklich den Kopf schüttelte, woraus ich schloss, dass wir lieber nicht reden sollten, bevor Ida Belle fertig war.

Sie goss sich eine zweite Tasse ein, anschließend eine für mich und Gertie und setzte eine neue Kanne auf. Ich hielt mich dezent zurück.

»Zeit für Tacheles«, erklärte Ida Belle endlich und deutete auf den Küchentisch.

Ich schnappte mir meinen Kaffee und setzte mich an den Tisch.

»Der Knochen gehörte Harvey«, stellte Gertie fest.

Ich verschluckte mich ein wenig an meinem Kaffee, und Millionen von Gründen, warum Gertie sich da so sicher war, schossen mir durch den Kopf. »Und woher genau wissen Sie das?«

»Die Ergebnisse des DNS-Tests kamen heute am frühen Morgen rein. Myrtle Thibodeaux ist Maries Cousine zweiten Grades und macht den Nachtdienst im Büro des Sheriffs. Sie hat Carters E-Mails gecheckt und auf die Ergebnisse gewartet.«

»Sie hat den E-Mail-Account des Deputys gehackt?«

»Nun, ich glaube nicht, dass es als Hacken durchgeht, wenn man den Namen des eigenen Hundes als Passwort verwendet«, meinte Gertie.

Ida Belle nickte zustimmend. »Abgesehen davon kann kaum von uns erwartet werden, dass wir ohne diese Information auskommen. Deputy LeBlanc ist ein bisschen zu jung, um die Ordnung zu schätzen, die die Damen von Sinful in den letzten dreißig Jahren herstellen und erhalten konnten, insofern ist er noch nicht bereit, uns auf dem Laufenden zu halten.

»Eine Ihrer Mitbürgerinnen hat ihren Mann umgebracht und seine Leiche im Sumpf entsorgt«, stellte ich fest. »Das hört sich für mich nicht nach Ordnung an.«

»Es war nur eine Frage der Zeit, bis jemand Harvey umbringt – eine sitzengelassene Frau, der Mann einer sitzengelassenen Frau, ein Geschäftsinhaber, den er ruiniert hat – Harvey hatte nur Feinde und nicht einen einzigen Freund.«

»Den Teil verstehe ich«, sagte ich, »vor allem, seit Gertie ihn in der Kirche als Arschloch bezeichnet hat.«

Ida Belle blickte zu Gertie. »Grundgütiger … Du hast in der Kirche ›Arschloch‹ gesagt?« Dann verdrehte sie die Augen nach oben, als würde sie durch die Decke hindurch sehen und den Himmel um Hilfe anflehen.

»Wie auch immer«, fuhr ich fort, »der nicht ordentlich durchgeführte Teil ist weniger der Mord an Harvey, sondern das Entsorgen seiner Leiche. Bei all dem Sumpfgelände um die Stadt herum und einer professionellen Planung hätte nie ein Teil von ihm in meinen Garten gespült werden dürfen.«

Gertie nickte zustimmend und wandte sich an Ida Belle. »Siehst du? Ich hab ja gesagt, dass sie eine ganz eigene Sicht der Dinge hat.«

Ida Belle legte ihren Kopf zur Seite und sah mich nachdenklich an. »Sie sind recht direkt, oder?«

Ich zuckte mit den Achseln, denn wenn es die Situation erforderte, konnte ich genauso vage sein wie jeder andere auch. »Vielleicht.«

»Ha!« Ida Belle lachte laut auf. »Ich mag diese Durchtriebenheit. Dafür muss man sehr schlau sein.« Sie sah zu Gertie hinüber und nickte. »Gute Entscheidung.«

»Wir brauchen Ihre Hilfe«, verkündete Ida Belle.

»Es ist ein bisschen spät dafür, ein besseres Versteck für die Leiche zu finden.«

»Wir wissen, dass wir Vergangenes nicht mehr ändern können«, antwortete Ida Belle. »Was wir brauchen, ist ein Plan, um Marie zu schützen.«

»Abgesehen von der Beauftragung des bestmöglichen Strafverteidigers wüsste ich nicht, was irgendjemand zu diesem Zeitpunkt für sie tun könnte, und am allerwenigsten ich. Nur so aus Neugierde: Hat schon mal jemand Marie gefragt, ob sie es war? Sie sagen, dass jeder Harvey hasste – warum also gehen Sie davon aus, dass sie es war?«

»Ich habe sie am Samstagabend gefragt, nachdem ich hier wegging«, sagte Gertie mit sichtbarem Unbehagen.

»Und?«

Gertie seufzte. »Sie hat nicht wirklich etwas gesagt. Ihre Augen wurden ganz groß und sie hat irgendwie gequiekt und ist dann nach Hause gelaufen. Seitdem geht sie weder an die Tür noch ans Telefon.«

»Okay«, sagte ich. »Nicht unbedingt die Reaktion einer Unschuldigen, aber auch kein eindeutiger Beweis.«

Ida Belle nickte. »Genau das habe ich auch gedacht. Solange es keinen eindeutigen Beweis gibt, können wir alles noch abwenden. Gertie erzählte mir, dass Sie viel über Forensik wissen, weil Sie so viel in der Bibliothek lesen. Also dachte ich, wir fragen Sie, ob Sie uns helfen können, uns etwas auszudenken, was den Verdacht von Marie lenkt.«

Großer Gott. In meinem Kopf spulte ich alle Folgen von *Law &Order* ab, die ich nachts als Wiederholung gesehen hatte. Irgendwo dort musste ich eine Antwort finden, denn in den Büchern, die ich nie gelesen hatte, fand ich sie sicher nicht.

»Das Logischste ist vermutlich, einen anderen Verdächtigen zu finden.«

Ida Belle nickte. »Das schafft ein unberechtigtes Ding, richtig?«

»Einen berechtigten Zweifel?«, fragte ich.

»Ja!« Ida Belle wirkte plötzlich sehr zufrieden. »Sie müssen einen berechtigten Zweifel für uns finden.«

»Sie wollen, dass ich Ermittlungen anstelle, um einem anderen den Mord in die Schuhe zu schieben? Was ist mit Ihrem geheimen Strickclub? Zwischen Bananenpudding und Abendmesse haben Sie doch sicher schon etwas ausgeheckt.«

Gertie schüttelte den Kopf. »Nur Ida Belle und ich wissen davon. Wir sind die beiden einzigen noch lebenden der ursprünglich fünf Gründungsmitglieder der Gesellschaft. Seit jeher haben die Gründungsmitglieder alle Entscheidungen getroffen und dabei wird es vorerst auch bleiben. Wir können unter den Einwohnern von Sinful jedoch nicht ermitteln. Wir kennen die Menschen hier alle zu gut. Wir brauchen jemanden von außen, der sich ein Bild von der Situation macht, so wie die Geschworenen es bei Gericht tun.«

»Niemals. Selbst, wenn ich so etwas könnte, klingt das für Sie nicht etwas gefährlich? Im Dreck anderer Leute rumzuwühlen, damit Sie jemanden des Mordes bezichtigen können?«

Ida Belle hob die Augenbrauen. »Sie irritieren mich, denn ich habe Sie für vieles gehalten, aber sicher nicht für einen Feigling.«

Unvermittelt schoss mein Puls in die Höhe und ich hielt die Kaffeetasse so fest, dass der Griff abbrach und der Kaffee sich über den Tisch verteilte. Gertie sprang sofort auf, um einen Lappen zu holen. Ida Belle hingegen saß völlig ruhig da und starrte mich über die Kaffeepfütze hinweg an … herausfordernd.

Halten Sie sich raus.

Morrows Stimme hallte in meinem Kopf wider.

Nichts ist schlimmer, als ein Feigling zu sein.

Diese Stimme meines Vaters aus dem Grab drang in mein Bewusstsein und überhallte Morrows Anweisung. Zwanzig Jahre waren mit einem Wisch weg.

»Gut, ich helfe Ihnen. Aber ich brauche mehr Informationen. Ich mach das nicht unvorbereitet.«

Gertie warf den Lappen in die Kaffeepfütze und klatschte in die Hände. Ida Belle ließ sich zum ersten Mal an diesem Morgen zu einem Lächeln hinreißen.

»Wir könnten damit anfangen, warum der Knochen in meinem Garten angespült wurde. Nach all der Zeit. Warum jetzt und woher kam er?«

»Das ist einfach«, antwortete Gertie. »Edgar hat ihn ausgegraben, und als vor ein paar Wochen das Wasser aus dem Swimming Pool abgelassen wurde, ist er in den Sumpf gespült worden, wo Bones ihn fand.«

Ida Belle nickte. »Das sehe ich genauso.«

»Wenn dieser Edgar ihn ausgegraben hat, warum zum Teufel hat er ihn nicht bei der Polizei abgegeben?«

Gertie lachte laut auf. »Edgar war ein Hurrikan, der Ende letzten Jahres hier gewütet und die ganze Gegend überschwemmt hat. Über eine Woche lang konnten wir Marges Veranda nicht verlassen, weil direkt davor der Sumpf begann. Von dort aus hatte man allerdings eine wunderbare Aussicht.«

Ida Belle nickte. »Edgar brachte alle möglichen Dinge zutage. Der Sarg meiner Mutter zum Beispiel wurde aus dem Grab gehoben und die Hauptstraße heruntergespült. Ich hab ja immer gesagt, dass meine Mutter nichts unterkriegen kann.«

»Und deine Mutter hat Francines Pudding immer geliebt.«

Ich seufzte. Diese Sache brauchte unbedingt noch mehr Kaffee.

Kapitel 7

»Was wir zuerst brauchen, ist ein anderer Verdächtiger«, erklärte ich, als ich mir Kaffee nachschenkte. »Jemand, von dem Geschworene glauben, er könnte Harvey getötet haben. Geschworene haben alle ihre eigenen Vorurteile, und die müssen wir für uns nutzen. Wir brauchen einen Mann, der furchterregend aussieht, sich etwas merkwürdig verhält und mehr Waffen hat, als eine Person allein braucht.«

Es sei denn, er ist ein CIA-Agent.

Gertie und Ida Belle sahen einander an und beide dann wieder zu mir.

»Gibt es ein Problem?«, wollte ich wissen.

»Das beschreibt so ziemlich jeden körperlich gesunden Mann in Sinful«, antwortete Ida Belle.

»Ernsthaft?«

»Nun ja«, fügte Gertie hinzu, »außer Carter. Er hat zwar Waffen, ist aber irgendwie süß, auf eine unangenehme Art und Weise.«

»Der unangenehme Teil ist mir schon aufgefallen«, sagte ich. »Der süße nicht.«

»Das kommt noch, meine Liebe«, prophezeite Gertie.

Gerade wollte ich ihr sagen, dass da bei mir sicher gar nichts käme, als jemand an die Tür klopfte.

»Erwarten Sie jemanden?«, fragte Gertie.

»Wen sollte ich denn erwarten? Sie sind die Einzigen, die ich hier kenne, außer ...«

Ida Belle atmete hörbar ein, als ich aus der Küche zur Haustür ging.

Deputy LeBlanc stand auf der Veranda, doch statt seines typisch halb gelangweilten, halb amüsierten Gesichtsausdrucks hatte er diesmal eine verärgerte Miene aufgesetzt.

»Ich muss mit Gertie und Ida Belle reden. Sind sie hier?«

Ich tat einen Schritt zurück und wies mit einer Hand in die Küche. Das sah nicht gut aus für die Damen.

Er stürmte durch den Flur in die Küche, und ich eilte hinter ihm her. In der Mitte des Raums angekommen, blickte er auf die beiden herab.

»Wo ist Marie?«

Ihre Augen weiteten sich.

»Zu Hause?«, erwiderte Gertie.

»Nein. Sie ist nicht zu Hause, sonst würde ich ja wohl kaum fragen, und keiner hat sie seit Samstag gesehen. Sagen Sie mir einfach, wo Sie sie verstecken, und ich sehe über alles andere hinweg.«

»Aber …«, setzte Gertie an, doch Ida Belle hielt ihr die Hand vor den Mund.

»Sie haben vielleicht Nerven«, fuhr Ida Belle ihn an, »hier reinzumarschieren und uns einer solchen Sache zu bezichtigen. Und selbst, wenn Marie nicht zu Hause ist – selbst, wenn wir wüssten, wo sie ist – erklären Sie mir bitte, inwiefern das ein Verbrechen darstellt.«

»Eigentlich«, pflichtete ich Ida Belle bei, »ist es wirklich kein Verbrechen zu wissen, wo Marie ist und es Ihnen nicht zu sagen, solange kein Haftbefehl gegen sie vorliegt.«

Er sah mich zornig an. »Halten Sie sich da raus.«

Damit machte er mich richtig wütend.

»Sie bedrohen meine Gäste in meinem Haus«, fuhr ich ihn an »Wenn Sie also nicht vorhaben, jemanden zu verhaften, möchte ich, dass Sie jetzt gehen.«

»Sie machen einen großen Fehler«, zischte er. »Was immer die beiden vorhaben, Sie wollen damit nichts zu tun haben.«

»Alles, was die beiden ›vorhaben‹ ist, Kaffee zu trinken.« Ich machte eine Armbewegung in Richtung Haustür.

Deputy LeBlanc warf Gertie und Ida Belle noch einen warnenden Blick zu, bevor er ging, die Haustür laut hinter sich zu schlagend.

»Oh mein Gott …«, fing Gertie an.

»Was zum Teufel …«, stimmte Ida Belle ein.

»Wartet!«, unterbrach ich die beiden, bevor sie sich zu sehr aufregten. »Bedeuten Ihre Mienen völliger Fassungslosigkeit und Verwirrung, dass keine von Ihnen wusste, dass Marie verschwunden ist?«

»Wir hatten keine Ahnung«, antwortete Gertie. »Ich schwöre es. Ich meine, sie war am Sonntag nicht in der Kirche, aber wir dachten, sie hätte sich einfach zurückgezogen, nach dem Knochenfund und so.«

»Das ist nicht gut«, sagte Ida Belle.

»Nein, scheiße, das ist absolut nicht gut«, stimmte ich zu. »Dadurch sieht sie so richtig schuldig aus.«

»Nun …«, fing Gertie an.

Mit einer abweisenden Handbewegung stoppte ich sie. »Die Tatsache, dass sie vermutlich schuldig *ist,* ist nicht der Punkt. Der Punkt ist, dass es wenig hilft, den Verdacht auf einen Anderen zu lenken, wenn Marie quasi ein Schild hochhält, auf dem ›Ich war es‹ steht.«

»Ich stimme zu, dass die Situation nicht optimal ist«, lenkte Ida Belle ein.

»Nicht optimal?« Ich starrte sie an. »Das ist die komplette Katastrophe! Hat eine von Ihnen eine Ahnung, wo sie sein könnte?«

Beide schüttelten den Kopf.

Meine Verzweiflung wuchs und ich verfluchte meinen Vater dafür, dass er mir die Furcht vorm Feiglingsein in den Kopf gesetzt hatte. Dass ich Ida Belle und Gertie half, war allein seine Schuld und nichts, wozu ich mich verpflichtet hatte, als ich hierher kam. Stricken wäre ein Kinderspiel gegen das hier. Ich holte tief Luft und versuchte, mich daran zu erinnern, dass die Damen alt waren und ihre Lebenserfahrung ausschließlich in dieser gottverlassenen Stadt gesammelt hatten. Für die Lösung komplexerer Aufgaben war ich zuständig.

»Okay«, sagte ich. »Wenn Marie in Schwierigkeiten stecken würde, wen würde sie anrufen?«

»Vermutlich nicht ihre Tochter«, überlegte Gertie. »Sie lebt in einem anderen Staat und Marie würde sie nicht beunruhigen wollen. Und da ihre Cousine für den Sheriff arbeitet, wird sie sie sicher nicht hineinziehen wollen.«

Ida Belle nickte. »Da hat sie recht. Marie hat nicht viel Familie. Die einzigen Menschen, die sie außer den beiden anrufen könnte, sind ich oder Gertie. Und Sie haben mein Wort, dass niemand von uns beiden von ihr gehört hat, seit Gertie am Samstag mit ihr sprach.«

»Nun, es ist sinnlos, weiter nach Verdächtigen zu suchen, solange wir nicht wissen, wo Marie ist und sie damit aufhört, durch ihr Verschwinden den Verdacht auf sich zu lenken. Irgendeine Geschichte wird mir schon einfallen, um ihr Verschwinden zu erklären. Aber es hilft uns nicht weiter, wenn Marie nicht hier ist, um sie zu erzählen.«

»Harvey hatte dieses Camp draußen auf Nummer zwei«, fiel Gertie ein. »Glaubst du, sie könnte dorthin gegangen sein?«

»Nummer zwei?«

»Eine Insel im Sumpf, nördlich von hier«, erklärte Ida Belle. »Sie heißt Insel Nummer zwei, weil es dort ein wenig nach Kot riecht.«

»Und die Menschen gehen freiwillig dorthin? Schlagen ihre Zelte auf und campen?«

»Kein Campingplatz«, sagte Ida Belle. »Camps sind Gebäude – so was wie Hütten.«

»Und Angeln kann man auf Nummer zwei richtig gut«, ergänzte Gertie. »Einfach etwas Mentholgel unter die Nase und schon hält man es für ein paar Stunden aus.«

»Ich passe.« Bei meiner Zusage, den beiden zu helfen, war weder direkt noch implizit die Rede davon gewesen, dass ich durch den Sumpf zu einer Insel waten musste, die vermutlich von meinen einzigen ebenbürtigen Feinden vor Ort, den Alligatoren, umgeben war.

»Sie können nicht passen«, sagte Gertie. »Selbst, wenn wir Marie finden, werden wir sie kaum dazu überreden können, nach Sinful zurückzukehren, wenn sie Sie nicht kennenlernt. Sie sind unsere einzige Hoffnung.«

»Das ist äußerst interessant in Anbetracht der Tatsache, dass ich erst seit zwei Tagen hier bin. Was hätten Sie getan, um Marie zu helfen, wenn ich nicht zufällig hierher gekommen wäre?«

»Ich hörte, in Brasilien soll es in dieser Jahreszeit ganz herrlich sein.«

Ich seufzte. Und vermutlich riecht es dort auch nicht nach Scheiße.

★★★

Ida Belle bestand darauf, dass ich für Nummer zwei nichts Passendes anzuziehen hätte und somit ein Ausflug in den Gemischtwarenladen vonnöten sei. Ich verbrachte den Kilometer Fahrt dorthin auf dem Rücksitz von Gerties Cadillac, schweißüberströmt an den Türgriff geklammert, während diese die monströse Luxuskarosse ins Stadtzentrum lenkte. Andere Fahrzeuge fuhren links und rechts über Bürgersteige und in Einfahrten, um uns Platz zu machen.

»Himmel, Gertie«, beschwerte sich Ida Belle auf dem Beifahrersitz. »Du fährst schon wieder ohne deine Brille. Irgendwann bringst du noch mal jemanden um.«

So wie ich.

»Ich trage meine Brille«, erwiderte Gertie.

»Du trägst eine Lesebrille.«

»Ich brauche auch nur eine Lesebrille.«

»Da hat Dr. Morgan aber etwas anders gesagt.«

Gertie runzelte die Stirn. »Ach, was zum Kuckuck weiß der schon? Ich habe dem Mann die Windeln gewechselt und jetzt will er mir erzählen, ich hätte alte Augen. Und das habe ich ganz und gar nicht. Meine Augen eigneten sich wunderbar zum Lesen, bis er mir einredete, ich bräuchte eine Lesebrille. Jetzt kann ich noch nicht einmal mehr die Aufkleber auf dem Glas mit Eingemachtem lesen, ohne dieses Ding zu tragen.«

Ida Belle sah nach hinten zu mir und verdrehte die Augen. »Klar, ich bin mir völlig sicher, dass die *Brille* schuld an deinen schlechter werdenden Augen ist.«

Schließlich hielten wir vor dem Gemischtwarenladen an. Ich seufzte erleichtert auf und stieg aus dem Wagen. Hoffentlich steuerte Gertie später nicht auch noch das Boot. Ein älterer, dürrer Mann am Tresen hinten im Laden begrüßte mich, als ich eintrat.

»Herzlich willkommen«, rief er mir zu. »Sie müssen die Nichte von Marge sein. Ich bin Walter und dies ist mein Laden.«

Einsneunundachtzig. Fünfundsiebzig Kilo. Gute Augen, aber zu hoher Cholesterinspiegel.

»Schön, Sie kennenzulernen, Walter«, sagte ich.

Er nickte. »Ich habe bereits ein paar Sachen für Sie bereitgelegt.«

Ich drehte mich zu Gertie und Ida Belle um, die beide den Kopf schüttelten.

»Was für Sachen?«

Er zog ein Paar Ohrenschützer unter dem Ladentisch hervor und legte es darauf. »Musste ein bisschen im Lager danach suchen. Bei all den Jägern in Sinful besteht nicht viel Bedarf, aber ein Paar hatte ich noch. Sie sind ein wenig staubig, aber von guter Qualität.«

Er bückte sich, griff nach einer Schachtel und stellte sie ebenfalls auf den Ladentisch. »Das sollte alles sein, was Sie für heute brauchen.«

Ich warf einen Blick in die Schachtel. Darin befanden sich eine Wathose, Arbeitshandschuhe, eine Hose in Tarnfarben und ein passendes T-Shirt, ein Seil, ein Jagdmesser und ein Gewehr.

Ich blickte zu ihm hoch. »Sie gefallen mir.«

Walter lachte und warf Ida Belle einen Blick zu. »Wenn doch nur alle Frauen so einfach zufriedenzustellen wären wie Sie.«

Ida Belle näherte sich dem Ladentisch betont langsam und starrte Walter an. »Ich will wissen, wer Ihnen die Informationen über diese junge Frau gegeben hat.«

Ich sah Walter an, der mir vertraulich zuzwinkerte. »Wenn ich raten darf«, sagte ich, »hat er mit Deputy LeBlanc gesprochen.«

»Richtig«, bestätigte Walter. »Er war gestern hier und lachte über Ihre Probleme mit den Fröschen. Heute jedoch lachte er nicht mehr. Er war vorhin hier und ziemlich sauer, weil Marie verschwunden ist.«

»Das habe ich heute Morgen auch schon bemerkt«, sagte ich.

»Nun, ich nehme an, da Marie weg ist und Ida Belle und Gertie heute in aller Frühe bei Ihnen zu Besuch waren, dass die beiden Sie überreden wollten, Ihnen bei irgendeinem Unsinn zu helfen. Und da Harvey dieses Camp drüben auf Nummer zwei hatte, wollen sie vermutlich dort hin, um nach Marie zu suchen.«

Er zog eine Rechnung aus der Kassenschublade und überreichte sie Ida Belle. »Ich habe alles außer den Ohrenschützern auf Ihre Rechnung gesetzt, weil ich davon ausgehe, dass die Sachen für die Belange der Gesellschaft der Damen von Sinful gedacht sind. Mein Boot liegt aufgetankt hinter dem Haus. Auch das Benzin habe ich Ihnen auf die Rechnung gesetzt.«

Die zweite Rechnung reichte er mir. »Die ist für die Ohrenschützer. Einfach unterschreiben; zahlen können Sie später, wenn Sie wieder zum Einkaufen kommen. Sie wollen sicher auf Nummer zwei sein, bevor der Wind aufkommt. Ich lege noch etwas kostenloses Mentholgel drauf, einfach nur, weil Sie mir leidtun.«

Ich packte die Ohrenschützer in die Schachtel zu den anderen Sachen. »Ich tue mir auch leid.«

Dann folgte ich Ida Belle und Gertie durch den Hinterausgang des Ladens den Bootsanleger entlang.

»Dieser Mann hatte schon immer eine zu große Klappe«, beschwerte sich Ida Belle.

»Naja, du lehnst seine Heiratsanträge ja auch seit über vierzig Jahren ab«, sagte Gertie. »War doch klar, dass er da früher oder später etwas gereizt reagiert.«

Vierzig Jahre! So viel Interesse oder Hingabe hatte ich noch nie für irgendjemanden empfunden.

»Walter weiß sehr gut, dass ich keinen Mann rund um die Uhr um mich haben möchte, der mir sagt, was ich tun soll. Wenn er mein ›Nein‹ in vierzig Jahren nicht überwunden hat, ist das seine eigene Schuld.«

Ich erblickte eine Schüssel aus schwimmendem Aluminium und hoffte stark, dass es Rettungswesten an Bord gab. »Und wer genau wird das Boot nun steuern?«

»Ich«, antwortete Ida Belle.

Gertie wollte protestieren, doch Ida Belle würgte sie mit einer Handbewegung ab.

»Versuch es gar nicht erst«, sagte Ida Belle. »Wenn du deine Brille trägst, lasse ich vielleicht mal wieder mit mir handeln, aber vorher ganz bestimmt nicht.«

Gertie verschränkte beleidigt die Arme vor der Brust. »Dann, fürchte ich, wirst du heute Abend zum Treffen laufen müssen.«

»Ich und meine Hühneraugen werden die zwei Blocks problemlos meistern.« Anschließend sah Ida Belle zu mir herüber. »In der Schachtel nutzt Ihnen die ganze Ausrüstung rein gar nichts. Gehen Sie zurück in den Laden und ziehen Sie sich um. Und beeilen Sie sich. Das Aroma auf Nummer zwei wird mit steigender Temperatur intensiver.«

Na toll.

Ich trottete zurück in den Laden und fragte mich, was um Himmels willen ich getan hatte, um all das zu verdienen. Dann fiel mir wieder ein, dass ich den Bruder eines Waffenhändlers mit einem Stiletto getötet hatte, und alles ergab wieder einen Sinn. Wenn die karmische Gerechtigkeit so funktionierte, würde ich penibel darauf achten, nie wieder die falsche Person umzubringen.

»Die Umkleidekabine ist links«, rief Walter mir zu und sah noch nicht einmal von seiner Zeitung auf, als ich den Laden betrat.

Ich fand die Umkleidekabine und zog Tarn-Hose und Tarn-T-Shirt sowie die Wathose an. Anschließend betrachtete ich mich im Spiegel. So etwas Lächerliches hatte ich mein Lebtag noch nicht gesehen. Die Wathose sah aus wie ein Clown-Kostüm mit Hosenträgern in Tarnfarben. Jetzt brauchte ich nur noch ein paar passende Chihuahuas, die ich ab und zu mit mir rumtragen würde, und schon hätte ich einen Zweitberuf.

Ich steuerte von der Umkleide geradewegs auf den Ladentisch zu. Walter musterte mich über seine Zeitung hinweg von oben bis unten und schüttelte anschließend den Kopf.

»Ist das wirklich das Beste, was man im Sumpf tragen kann?«, wollte ich wissen. »Kann ich nicht einfach Jeans und Gummistiefel anziehen?«

»Manche Stellen im Sumpf sind wie Treibsand. Sieht aus wie fester Boden – dann tritt man drauf und versinkt gut und gerne einen Meter im Schlamm. Würden Sie Stiefel tragen, kämen Sie keine drei Meter voran, bevor einer im Schlamm stecken bleibt und nie wieder rauskommt. Um hingegen die Wathose zu verlieren, müssen Sie schon bis zur Taille einsinken.«

»Aber ich muss nicht rennen oder so, oder? Dieses Ding schränkt die Bewegungsfreiheit ganz schön ein.«

Für ein paar Sekunden berührten sich Walters Augenbrauen über der Nasenwurzel, dann schüttelte er den Kopf. »Vermutlich ist ein Zusammentreffen mit einem Alligator nicht auszuschließen. Aber nach dem, was ich von ihrem Rennen zu Francines Café gestern gehört habe, wette ich Geld darauf, dass Sie in dem Ding immer noch schneller wären als Ida Belle oder Gertie. Und ein Alligator kann Sie nicht alle essen, insofern ist von Ihrer Perspektive aus das Rennen wirklich das geringste Problem.«

Ich starrte ihn an und war mir sicher, dass er scherzte. Doch er hob nur seine Zeitung und las weiter die Cartoons. Himmel. Und ich dachte, ich sei skrupellos. Vielleicht war er frustrierter über Ida Belles abgelehnte Heiratsanträge als vermutet.

Ich stellte die Schachtel auf den Ladentisch. »Kann ich alles, was ich gerade nicht brauche, hier lassen und mitnehmen, wenn wir zurück sind?«

»Klar. Ich packe alles unter den Tresen.«

»Ich nehme an, Sie führen keine verspiegelten Sonnenbrillen, oder?«

»Doch. Die meisten Leute, die auf das Wasser gehen, bevorzugen allerdings polarisierte Sonnenbrillen.«

»Ich werde nicht viel Zeit auf dem Wasser verbringen, insofern sind Spiegelgläser okay.« Außerdem kann man damit wunderbar andere Menschen beobachten, ohne dass diese es merken.

Walter wühlte in einer Schublade hinter dem Tresen herum und zog eine Sonnenbrille hervor. Ich steckte sie mir in die Haare und guckte die Schachtel durch nach Sachen, die ich gebrauchen und in die Taschen der Tarnhose stecken könnte. Dann begann ich, das Gewehr zu laden, hielt jedoch in der Bewegung inne.

»Vielen Dank, dass Sie mir ein Gewehr eingepackt haben«, sagte ich. »Aber wenn ich während des Rennens schießen muss, wäre eine Handfeuerwaffe besser.«

Walter senkte seine Zeitung und starrte mich mit einer hochgezogenen Augenbraue an. »Sehen Sie gerne Krimis im Fernsehen?«

»Hin und wieder«, antwortete ich in der Hoffnung, so den Fauxpas zu verschleiern, dass eine Bibliothekarin wohl kaum in der Lage war, mit einer Handfeuerwaffe umzugehen.

Er sah mich mit leicht zusammengekniffenen Augen an und für einen Moment hatte ich Angst, zu weit gegangen zu sein.

»Was weiß ein hübsches junges Ding wie Sie denn über den Gebrauch von Handfeuerwaffen?«

»Hübsche junge Dinger wohnen in großen Städten, in denen man sich nach Einbruch der Dunkelheit nicht schutzlos bewegen kann.«

Er starrte mich noch ein paar Sekunden an, doch ich hielt seinem Blick stand. Schließlich seufzte er und zog eine Pistole unter dem Ladentisch hervor.

»Um Ihnen eine Pistole verkaufen zu können, muss ich Hintergrundinformationen über Sie einholen«, erklärte er. »Das kann ich unmöglich innerhalb von zehn Minuten erledigen, aber da Sie zur Familie von Marge gehören, leihe ich Ihnen meine Waffe. Wenn Sie sie jedoch verlieren oder irgendetwas anderes als einen Alligator damit erschießen, werde ich schwören, dass Sie sie gestohlen haben.«

»Klingt gut«, sagte ich, als ich das Gewehr zurück in die Schachtel legte und seine Pistole nahm. »Ich nehme an, Sie kennen die Insel Nummer zwei?«

»Jepp. Da gibt es ein Angelcamp.«

»Gibt es sonst irgendetwas, worauf ich besonders achten sollte?«

Er schnaubte. »Ja. Auf die, mit denen Sie Boot fahren.«

Ich steckte die Pistole in meine Tarnhose und verließ den Laden, bevor ich es mir anders überlegen würde.

Ida Belle hatte sich hinten im winzigen Aluminiumboot neben dem Außenmotor niedergelassen. Gertie saß auf der Bank in der Mitte, trug eine Rettungsweste und zwinkerte mir zu, als ich ans Ufer kam.

»Konnten wir kein größeres Boot leihen?«, fragte ich.

»Ein größeres Boot passt nicht durch den Kanal«, antwortete Ida Belle.

»Sind Sie sicher, dass dieses Ding sicher ist?«

Ida Belle machte eine verärgerte Handbewegung. »Steigen Sie einfach ein und setzen sich vorne hin. Sofern Sie nicht vorhaben, hier drin einen Tanz hinzulegen, ist alles in trockenen Tüchern. Und stoßen Sie uns vom Steg ab, ja?«

Ich besah mir das schwankende Stück Blech und zögerte kurz, riss mich dann jedoch zusammen. Ich habe im Film schon so viele Boote losfahren sehen, das schaffte ich schon.

Also band ich das Boot vom Poller los und stieß es leicht mit dem Fuß vom Steg ab. Der umgebende Schlamm muss sehr glitschig gewesen sein, denn das Boot machte einen ordentlichen Satz. Panisch sprang ich vom Steg auf die vordere Bank des Bootes, mit Wathose und allem, und nahm eine Judo-Kampfpose ein.

Gertie klatschte und grinste von einem Ohr zum anderen. »Das war toll. Ich dachte, Sie fallen kopfüber in den Sumpf und wir müssten Sie wieder herausfischen und eine neue Wathose kaufen.«

Na toll. Fünfundzwanzig Jahre Kampfsporttraining und ich unterhielt eine alte Dame im Sumpf damit. Mein Vater wäre unfassbar stolz auf mich.

»Ich dachte, die Wathose sei wasserdicht«, sagte ich argwöhnisch. »Warum brauche ich eine neue, wenn ich in den Sumpf falle?«

»Sie ist wasser*dicht*«, erklärte Ida Belle. »Sobald Ihnen das Wasser über die Taille reicht, füllt sie sich mit Wasser und Sie gehen unter wie ein Stein. Wenn das passiert, müssen Sie die Hose ausziehen. Und dann brauchen Sie ein neues Paar.«

»Passiert das oft?«

»Vermutlich häufiger, als Sie wissen möchten.«

»Hmmm.«

»Setzen Sie sich hin«, bat Ida Belle. »Oder soll ich durch den Sumpf fahren, während Sie wie eine Jackie-Chan-Kühlerfigur dastehen?«

Ich hüpfte von der Bank herunter und setzte mich. Zum Glück. Das Nächste, woran ich mich erinnere, war, dass Ida Belle an der Schnur des Motors zog und das Boot im Bruchteil einer Sekunde gut zwei Zentimeter über dem Wasserspiegel drei Meter nach vorne schnellte. Hätte ich meine Füße nicht fest auf dem Boden des Boots gehabt, wäre ich mit dem Gesicht voraus auf das Aluminium geknallt.

Gertie hingegen war weniger geerdet. Das Gewehr in der Hand, kippte sie rückwärts von der Bank und schoss die Beleuchtung an Walters Anlegesteg aus. Ich blickte zum Laden zurück und sah Walter kopfschüttelnd in der Hintertür stehen.

»Das setze ich Ihnen auf die Rechnung«, schrie er, als Ida Belle Gas gab und vom Laden davonbrauste.

Hoffentlich hatte Ida Belle reiche Eltern oder sich nach einer lukrativen Karriere zur Ruhe gesetzt. Sonst würde sie Walters Antrag doch noch annehmen müssen, um die Rechnung zu begleichen.

Ich stand auf und lief schwankend ein paar Schritte zur Bank in der Mitte des Bootes, um Gertie das Gewehr wegzunehmen, und half ihr dann zurück auf die Bank. »Das halte ich wohl lieber«, sagte ich und deutete auf das Gewehr.

»Es ist bereits entsichert«, sagte Gertie und warf Ida Belle einen bösen Blick zu. »Wer verwahrt denn sein Gewehr entsichert?«

»Ich«, rief Ida Belle. »Ich habe mir letzte Woche das Handgelenk verstaucht, was meine Reaktionszeit enorm verlängert.«

Gerties Gesicht entspannte sich. »Warum hast du das denn nicht gleich gesagt?«

Allmählich verstand ich Walters Warnung.

»Wie weit ist es bis Nummer zwei?«

»Sollte nicht länger als zwanzig Minuten dauern, weil der Sumpf sehr glatt ist«, antwortete Ida Belle, während das Boot über eine Welle flog, dass mir die Zähne klapperten.

»Und Harveys Camp befindet sich am Steg?« Bitte. Bitte. Bitte.

»Nicht ganz. Es herrscht Ebbe, insofern wird der Wasserspiegel zu niedrig sein, um bis zu seinem Anleger zu gelangen. Wir werden rund fünfhundert Meter laufen müssen.«

Ich gab mir gar nicht erst die Mühe, meinen Seufzer zu verbergen. Gefühlt war bereits ein kompletter Tag vergangen, und dennoch mussten wir noch durch den Schlamm waten, Marie finden, sie davon überzeugen, nach Sinful zurückzukehren, sie zurückschleppen, falls sie nicht freiwillig mitkam, uns eine glaubwürdige Erklärung für ihr Verschwinden nach Nummer zwei einfallen lassen und jemanden auftreiben, dem wir Harveys Tod in die Schuhe schieben konnten.

Das Deaktivieren eines Nuklearsprengkopfes bereitete weniger Mühe.

Kapitel 8

Ich konnte Nummer zwei bereits riechen, bevor ich die Insel sah. Gerne würde ich behaupten, das läge daran, dass ich im Boot nach hinten blickte, doch in Wahrheit stieg mir das Aroma von Nummer zwei in die Nase, ehe wir überhaupt den schmalen Kanal umfahren hatten, um freie Sicht auf die Insel zu bekommen.

Ich wurde bleich und sah, wie Gertie das Mentholgel aus ihrer Tasche zog. Da fiel mir ein, dass Walter mir ebenfalls welches mitgegeben hatte, und holte die Dose aus einer der Taschen meiner Tarnhose. Ich nahm etwas Gel mit dem Finger auf und tupfte es unter meine Nase. Anschließend atmete ich vorsichtig ein.

Und fiel fast in Ohnmacht.

Ida Belle steuerte das Boot um eine Ecke, und ich drehte mich um, um zu sehen, was um Himmels willen einen derartigen Gestank verbreitete. Mit Entsetzen erblickte ich in rund hundert Metern Entfernung eine Insel aus Schlamm und Zypressen in einem kleinen See, der voller Baumstümpfe war. Es wehte nicht das geringste Lüftchen, was bedeutete, dass sich der Gestank von seinem Ursprung aus tatsächlich über einen Umkreis von über hundert Metern ausbreitete. Ida Belle drosselte das Tempo und steuerte das Boot durch die Stümpfe.

Langsam verstand ich Maries Entscheidung, sich hier zu verstecken. Niemand, der halbwegs bei Verstand war, würde einen Fuß an diesen Ort setzen.

Wieder steckte ich den Finger in das Mentholgel, nahm diesmal einen ganzen Haufen Gel heraus und strich mir alles unter die Nase. Testweise schnüffelte ich und steckte anschließend meine ganze Nase in den Tiegel.

»Normalerweise ist es nicht so schlimm«, sagte Gertie.

»Und warum ist es jetzt so schlimm?«

»Weil es Sommer ist. Die Hitze verstärkt das Aroma. Niemand kommt hierher, bis es wieder kühler wird. Aber die Regenbogenforellen sind hier riesig.«

»Selbst wenn die Fische mit Gold überzogen wären, würde ich hier niemals zum Angeln herkommen.«

»Wenn Sie mal auf einer unserer Fisch-Grill-Feste nach einem Tag auf Nummer zwei dabei waren, denken Sie anders darüber«, behauptete Gertie.

»Nur, wenn ich meine Erinnerungen daran mit Unmengen Bier auslöschen kann.«

»Klar gibt es dort Bier«, sagte Ida Belle entrüstet. »Wer isst denn schon gegrillten Fisch ohne Bier?«

Ich sah sie mit hochgezogenen Augenbrauen an. »Baptisten in den Südstaaten?«

Ida Belle machte eine wegwerfende Handbewegung. »Nur vor anderen Leuten. Die Damen von Sinful zählen nicht.«

Gertie nickte und lächelte. »Wissen Sie, warum Baptisten immer zu zweit zum Angeln gehen?«

»Keine Ahnung.«

»Wenn ein Baptist allein angeln geht, trinkt er das ganze Bier aus.« Sie lachte so laut, dass sie fast von der Bank fiel.

Ida Belle verdrehte die Augen. »Der Witz ist so alt wie Gertie, verfehlt bei ihr aber nie seine Wirkung.«

»Also … verstehe ich das richtig«, sagte ich. »Sie haben all diese religiösen Vorschriften, wie das Alkohol-Verbot, halten sich jedoch nur in Gegenwart anderer Leute daran?«

»Ja, das fasst es ganz gut zusammen«, antwortete Ida Belle.

»Aber sieht Gott nicht alles?«

»Oje«, lachte Ida Belle. »Gott interessiert sich nicht dafür, ob wir Bier trinken. All diese Vorschriften wurden von Menschen aufgestellt, damit man nichts Falsches macht. Betrunkene treffen dumme Entscheidungen. Wenn man nicht trinkt, ist die Wahrscheinlichkeit, dass man etwas Dummes tut, kleiner.«

Im Prinzip verstand ich, was sie damit sagen wollte. Da ich jedoch auch im komplett nüchternen Zustand schon sehr dumme Sachen getan hatte – gerade im Moment tat –, ließ ich das Thema lieber fallen. Religion war im Großen und Ganzen vom Menschen geschaffen, und bisher hatte ich keinen Menschen getroffen, der logisch handelte. Der Versuch, religiöse Vorschriften logisch auseinanderzunehmen, würde definitiv jeden in den Wahnsinn treiben.

»Wir sind gleich da«, unterbrach Ida Belle meine Gedanken. »Fortune, greifen Sie nach dem Poller am Anleger und ziehen Sie uns dorthin, wo die Leiter ist.«

Ich drehte mich um, und der Poller streifte fast mein Gesicht. Hätte ich nicht die Reflexe eines geschulten Killers, wäre das buchstäblich ins Auge gegangen. Stattdessen hielt ich im Reflex schützend die Hände vor mein Gesicht. Als das Boot zum Halten gekommen war, nahm ich das Seil und band es am Anleger fest.

»Gute Arbeit«, sagte Ida Belle anerkennend.

»Wäre nett gewesen, etwas früher Bescheid zu sagen«, erwiderte ich.

»Ach was. Ich will Sie nur auf Trab halten. Man weiß nie, wann man hier draußen mal sehr schnell reagieren muss. Selbstgefälligkeit hat noch niemandem weitergeholfen.«

»Glauben Sie mir, ich werde mich hier draußen in Lichtgeschwindigkeit bewegen.« Ich stieg die Leiter hoch, und meine Wathose verfing sich an einem losen Brett. Ida Belle und Gertie standen einfach nur da und sahen mir bei meinem Kampf mit dem gummiartigen Material und dem Stück morschen Holzes zu, bis ich schließlich ein ganzes Stück einfach vom Anleger abbrach.

»Okay, vielleicht Schallgeschwindigkeit«, lenkte ich ein, als ich auf den Anleger kletterte.

»Vielleicht hätten wir ihr sagen sollen, dass auf der anderen Seite der Insel eine Schüssel Bananenpudding auf sie wartet«, gab Gertie zu denken.

Ich griff nach dem Gewehr, das mir Gertie reichte, und verkniff mir jegliche Antwort. Ich war gestern nicht wegen des Bananenpuddings die Hauptstraße entlang gerannt. Bis gestern hatte ich noch nicht einmal gewusst, was richtiger Bananenpudding ist. Ich hatte es getan, weil ich es nicht ertragen konnte, vor einer Herausforderung wegzurennen. Mir war es nur darum gegangen, zuerst da zu sein. Der Pudding erwies sich als nettes i-Tüpfelchen, war aber nicht der Grund, weshalb ich die Turnschuhe mit in die Kirche gebracht hatte.

Ich legte das Gewehr auf den Anleger und wollte Gertie meine Hand reichen. Sie befand sich jedoch bereits auf dem Steg, Ida Belle daneben. Offensichtlich waren sie in der Kunst des Kletterns mit Wathose geübt. Ich tröstete mich damit, dass ich es ihnen etwas einfacher gemacht hatte, indem ich das morsche Stück Holz entfernt hatte.

Bevor ich mir das Gewehr greifen konnte, hatte Gertie es bereits an sich gerissen und warf mir einen Blick zu, der deutlich machte, dass sie es nicht so einfach hergeben würde. Ich hatte nicht vor, mich mit einer alten Dame, die ein geladenes Gewehr trug, zu streiten, insbesondere nicht auf dieser Scheißinsel. Bei meinem Glück würde sie ein Loch in das Boot schießen und wir säßen hier auf unabsehbare Zeit fest.

»Und wohin jetzt?«, fragte ich.

Ida Belle deutete nach links. »Da lang. Das Camp ist direkt am Wasser … nun ja, wenn da Wasser ist. Wir können das Ufer bis zur Haustür entlanggehen.«

Ich nickte und stieg vom Steg direkt in den gleichen schwarzen Glibber, der sich auch im Sumpf hinter meinem Haus befand. Mit einem Ruck riss ich mein Bein aus der klebrigen Masse und steuerte festeren Untergrund an. Ida Belle stampfte durch den Schlamm, an mir vorbei und das linke Ufer entlang. Ich wartete auf Gertie, ließ sie aufholen und ging hinter ihr her.

»Und was passiert, wenn Marie die Insel nicht verlassen möchte?«, fragte ich unterwegs.

»Das ist keine Option«, antwortete Ida Belle, und der Ton ihrer Stimme ließ keinen Zweifel darüber, wie ernst sie es meinte.

»Was, wenn sie nicht da ist?«

»Wo soll sie denn sonst sein? Harveys Boot ist weg, und ich bezweifle ernsthaft, dass sie woanders angeln geht, zumal sie gar keinen Fisch isst.«

»Sie haben mir gar nicht erzählt, dass Harveys Boot weg ist.«

»Wir haben erst nachgesehen, nachdem Carter heute Morgen in Ihr Haus geplatzt war. Gertie hat eine der Damen von Sinful angerufen, die nachsah, während wir uns in Ihrem Haus fertiggemacht haben, um loszugehen.«

»Aber wenn Marie das Boot genommen hat, um herzukommen, warum befand es sich dann nicht am Anleger?«

»Vermutlich ist sie um die Insel herum auf die andere Seite gefahren, wo das Buschwerk dichter ist, und hat es am Ufer versteckt.«

»Das klingt ziemlich gerissen für eine vernachlässigte Hausfrau.«

»Wir haben ihr im Laufe der Jahre ein paar Sachen beigebracht«, sagte Gertie. »Für alle Fälle.«

»Für den Fall, dass sie ihren Mann umbringt und sich verstecken muss?«

»Nein! Himmel, was Ihnen immer so einfällt! Für den Fall, dass er mal ganz besonders grausam zu ihr ist und sie für eine Weile verschwinden muss. Harvey war zu dumm und zu faul, um nach einem versteckten Boot zu suchen. Er hätte am Anleger nachgesehen und wäre davon ausgegangen, dass sie nicht da ist. Das Einzige, wofür dieser Mann jemals Energie verbraucht hat, war, anderen Frauen nachzujagen.«

»Und warum hat Marie ihn dann nicht verlassen?«

»Wegen des Geldes, natürlich. Marie hatte nichts, was man marktgerechte Fähigkeiten nennen würde, und ihre Eltern waren arm wie Kirchenmäuse. Der Ehevertrag, den Harveys Familie sie unterschreiben ließ, war hieb- und stichfest. Hätte sie ihn verlassen, wären ihr nur die Kleider am Leib geblieben und sonst gar nichts.«

»Aber Sie hätten ihr doch sicherlich geholfen.«

»Natürlich, und wir haben es ihr auch eine Millionen Mal angeboten, manche von uns eindringlicher als andere. Aber Marie wollte wegen Charlie nichts davon hören.«

»Wer ist Charlie?«

»Ihr Bruder«, mischte Gertie sich ein. »Er kam für ihre Mutter sehr überraschend und ist viel jünger als Marie. Als ich jung war, hätte man Charlie als ›langsam‹ bezeichnet. Heute wissen wir natürlich, dass er Autist ist. Seit der Förderung kommt er zwar sehr gut zurecht, doch bevor Marie ihn zur Therapie und in die Wohngemeinschaft brachte, wo Spezialisten mit ihm arbeiteten, führte er ein eher trauriges Dasein.«

So langsam verstand ich. »Und Marie hat die Rechnungen für Charlies Therapie und die Lebenshaltungskosten bezahlt.«

»Natürlich. Marie liebt ihren Bruder mehr als alles in der Welt. Und ich kann es ihr wirklich nicht verdenken. Er ist ein echter Schatz. Aber all die Ärzte sind nicht billig und keiner von uns könnte sich diese Pflege leisten. Es geht uns recht gut, aber wir sind keine Millionäre wie Harvey.«

Ich atmete hörbar aus. Würde man Marie des Mordes an Harvey anklagen, würden die Gerichte das Erbe vermutlich Harveys nächsten lebenden Verwandten zusprechen.

Mir tat Marie schon allein deshalb leid, weil ihr Mann sie missbraucht hatte, aber zu wissen, dass sie keine andere Wahl gehabt hatte – zumindest keine finanziell machbare – ließ meine Empathie bis zum Anschlag nach oben schnellen. All die Jahre war sie mit einem Arschloch zusammengeblieben, um sich um ihren autistischen Bruder kümmern zu können. Das war der Stoff, aus dem Fernsehfilme gemacht werden.

Diese Frau war eine Heldin, keine Verbrecherin. Von jetzt an würde ich mich nicht mehr darüber beschweren, dass ich Ida Belle und Gertie helfen musste, die das Herz ganz offensichtlich am rechten Fleck hatten. Wenn wir Marie vor dem Gefängnis bewahren konnten, wäre es all die Mühe wert und ein definitiv lohnenswerteres Projekt, als die Habseligkeiten einer toten Frau zusammenzupacken, mit der ich angeblich verwandt war.

Ein Blick auf die Uhr verriet mir, dass fast fünfzehn Minuten vergangen waren. Wir mussten gleich da sein. Und kaum hatte ich das gedacht, liefen wir um eine Ecke, und da war das Camp.

Für ein Camp sah es richtig schick aus, gemessen an meinen Erfahrungen in der Wüste, aber vermutlich war es zu heruntergekommen und zusammengeklatscht, um als Haus am See durchzugehen. »Hütte aus dem Horrorfilm« war die beste Beschreibung, die mir einfiel. Die Holzwände waren verwittert und an manchen Stellen gekrümmt. Das Blechdach war an mehreren Stellen komplett durchgerostet. Zum Glück hatte es in letzter Zeit keinen Sturm gegeben, sonst hätte Marie darin schwimmen können.

Wir traten durch die Haustür, die – ziemlich dilettantisch – aus einer Spanplatte zusammengezimmert worden war. Obwohl im Inneren nichts zu hören und ich mir ziemlich sicher war, dass Marie kein schlechter Mensch sein konnte, schwebte meine Hand über meinem Hosenbund, als Ida Belle die Tür öffnete.

»Es ist leer«, sagte sie niedergeschlagen.

Sofort entspannte sich mein Arm und fiel an meiner Seite herunter. Ida Belle ging ins Camp, mit mir und Gertie im Schlepptau. Drinnen sah es genau so heruntergekommen aus wie draußen. In einer Ecke stand ein schiefer Tisch aus Holz mit angeschlagenen Tellern und einem Gaskocher darauf. In der anderen Ecke befand sich eine Pritsche mit zerknitterten Laken darauf. Die wackligen Regale über dem Tisch enthielten Schachteln mit trockenen Lebensmitteln und Konserven mit Bohnen und Mais. Der Fußboden war eine Mischung aus Dreck und Müll.

»Sieht verlassen aus«, bemerkte ich.

»Das ist es auch«, erwiderte Ida Belle. »Marie mochte die Anglerei noch nie.«

»Und alle anderen lassen das ganze Jahr über einfach ihr Essen hier liegen?«

»Die meisten Leute lassen ein paar Vorräte hier. Alles, was nicht verderben kann.«

»Und was ist mit Tieren? Diese Hütte ist alles andere als sicher. Kommen hier keine Tiere rein und fressen die Vorräte?«

Ida Belle schüttelte den Kopf. »Auf Nummer zwei gibt es keine Tiere. Nicht einmal Vögel kommen hierher.«

Ich verkniff mir einen Seufzer. Typisch menschliche Kurzsichtigkeit. Tiere kommen nicht hierher, also denkt der Mensch, dies wäre ein guter Ort, um ein Lager zu errichten.

»Okay, Ladys«, sagte ich. »Sieht aus wie eine Sackgasse. Marie ist offensichtlich nicht hier.«

Ida Belle runzelte die Stirn. »Nein, aber sie war vor Kurzem hier.«

Ich fuhr herum und starrte sie an. »Woher wollen Sie das wissen?«

»Weil die Laken dort nicht so dreckig sind wie alles andere hier drin.«

Ich hob eines der Laken von der Pritsche auf und roch daran. Es roch nach Weichspüler und Mentholgel.

»Könnte sie sich irgendwo anders auf der Insel befinden?«

»Das ist hier nicht Hawaii oder so«, antwortete Ida Belle. »Woanders gibt es nichts anderes als das hier – heruntergekommene Camps, Schlamm und Zypressen.«

»Vielleicht hat sie uns kommen hören und ist geflüchtet«, schlug Gertie vor.

Ich ging nach draußen und untersuchte die Umgebung der Hütte. »Die einzigen Fußspuren, die ich sehe, sind unsere. Sofern Marie also nicht fliegen kann, ist sie schon so lange weg, dass ihre Spuren im Schlamm verschwunden sind.«

Ida Belle nickte. »Was bedeutet: vor der Flut. Die letzte war vor rund acht Stunden.«

»Nun ja, ich glaube nicht, dass sie mitten in der Nacht gegangen ist«, überlegte ich, »insofern können wir mit relativer Sicherheit sagen, dass sie das Camp vor der letzten Nacht verlassen hat.«

»Vermutlich«, stimmte Ida Belle mir zu.

»Und wo ist sie jetzt? Sie beide müssen doch mehr Ideen haben als dieses Stück stinkenden Schlamms.«

Gertie hielt ihre Hände hoch. »Wir haben nicht die geringste Ahnung.«

»Keine von Ihnen? Bei all der Macht und dem Einfluss, den die Gesellschaft der Damen von Sinful angeblich hat, hat keine von Ihnen eine Ahnung, wo Marie sein könnte?«

Gertie schüttelte den Kopf. »Wir sagten bereits, dass wir die anderen Damen nicht in diese Sache eingeweiht haben. Wir wollten unauffällig vorgehen.«

Mit halb zugekniffenen Augen sah ich beide an. »Also soll ich Ihnen glauben, dass Sie am Samstagabend bei dem Treffen nur gestrickt haben – so wie am Sonntag nach der Kirche auch?«

»Wir *haben* am Sonntag gestrickt«, versicherte Gertie mit Nachdruck.

»Aber nicht am Samstagabend?«

Der schuldbewusste Ausdruck in Gerties Gesicht sprach Bände. Ida Belle warf ihr einen Blick zu und seufzte.

»Du solltest niemals einen Mord begehen«, sagte sie zu Gertie. »Jeder wüsste sofort, dass du es warst.«

»Ich wusste es. Sie haben am Samstagabend *nicht* gestrickt.«

»Nein«, gab Ida Belle zu.

»Und was haben Sie stattdessen getan, dass es solch ein großes Geheimnis ist?«

»Schnaps gebrannt.«

Ich starrte sie an. »Sie machen Witze.«

»Nein.«

»Sie haben also Schnaps gebrannt? So wie die Proleten mit den brauen Flaschen zu Zeiten der Prohibition?«

Ida Belle riss sich zusammen. »Es war eine ganze Zeit lang nicht illegal. Wir sind wohl kaum Proleten und füllen all den Schnaps in hübsche, pinkfarbene Hustensaftflaschen ab.«

Das also war in der Hustensaftflasche, aus der Gertie am Sonntag vor der Messe einen kräftigen Schluck genommen hatte.

»Waren Sie in der Kirche betrunken?«, fragte ich sie.

»Natürlich nicht«, wies Gertie die Anschuldigung von sich. »Man trinkt einfach nur vor der Kirche etwas Hustensaft, damit die Predigt von Pastor Don nicht so langweilig ist und um zu überhören, dass der Chor keinen Ton trifft. Es ist ja nicht so, dass wir besoffen in der Ecke liegen.«

»Und was genau denkt der Pastor darüber, dass Sie in der Kirche Hustensaft trinken?«

»Er glaubt, wir nehmen den, damit wir nicht husten müssen, nehme ich an.« Ida Belle sah mich aufmerksam an. »Glauben Sie wirklich, dass Frauen zuzeiten des Wilden Westens ständig Krämpfe oder Kopfschmerzen oder so hatten? Dennoch hatten alle immer ihr Laudanum dabei. Und wissen Sie, warum? Weil sich die Männer nichts dabei dachten.«

»Aber Sie waren beide nie verheiratet.«

Gerties Mine hellte sich auf. »Oh, wir verkaufen die Flaschen jedes Jahr auf dem Kirchenbasar. Vermutlich hat jede Frau in Sinful eine oder zwei davon. Von allen dort angebotenen Sachen erzielt unser ›Hustensaft‹ seit zehn Jahren in Folge den größten Umsatz. Sogar mehr als Francines Bananenpudding.«

Ida Belle nickte. »Und die Scheidungsrate in Sinful ist um zwanzig Prozent gesunken, seit wir den Hustensaft verkaufen.«

Ich warf einen letzten Blick in den Schuppen und schüttelte den Kopf. »Vielleicht hätte man Marie die doppelte Dosis geben sollen.«

Kapitel 9

Der Weg zurück zum Anleger schien doppelt so lange zu dauern wie der zur Hütte. Und natürlich wurde der Gestank mit steigender Temperatur immer schlimmer, doch ich glaubte nicht, dass es daran lag, dass sich der Marsch so lange hinzog.

Gertie und Ida Belle machten sich Sorgen. Ernsthafte Sorgen. Sie versuchten, das mit Geschichten über ihre Schnapsbrennerei zu verbergen, vermutlich in dem Glauben, diese würden mich von den ängstlichen Blicken und den Entdeckungen im Schuppen ablenken, doch mir entging nichts. Ich sehe alles, was andere Leute tun. Gehört zu meinem Beruf.

Es sah immer schlechter aus für Marie, und ich hatte keine Ahnung, was wir jetzt noch machen könnten.

Im Gänsemarsch liefen wir zurück zum Anleger, doch dieses Mal ging ich voran und Gertie und Ida Belle trotteten hinter mir her. Ich konnte sie flüstern hören, während ich das Ufer entlang stapfte, versuchte jedoch gar nicht erst, ihre Worte zu verstehen. Diese ganze Sache entwickelte sich zu einem Mordprozess, und das Letzte, was ich gebrauchen konnte, war, in dieses Fiasko verwickelt zu werden. Vermutlich war es besser, wenn mein Wissen über die ganze Angelegenheit hier endete.

Ich bog um die letzte Ecke und nahm die letzten zwanzig Meter zum Anleger in Angriff. Als ich den Steg betrat, drehte ich mich um, um Gertie und Ida Belle zu helfen. Diese befanden sich rund sechs Meter hinter mir; Ida Belle runzelte die Stirn und Gertie sah so besorgt aus, dass ich mich wegen des ganzen Schlamassels wieder richtig schlecht fühlte.

Das leise Rascheln des Sumpfgrases an der anderen Seite der Lichtung war kaum zu hören, als der Alligator hinter Ida Belle und Gertie aus dem Buschwerk schoss, und das schneller, als ich jemals für möglich gehalten hätte. Ich schrie und griff nach meiner Waffe, doch bevor ich sie aus meiner Wathose pulen konnte, hatte Ida Belle Gertie schon aus dem Weg des Landmonsters geschoben, ihre Pistole gezogen und geschossen, wobei die Kugel exakt den quadratischen wunden Punkt auf der Rückseite des Kopfes traf.

Das Drei-Meter-Biest fiel mit offenem Maul zu Boden.

»Heilige Scheiße!«, rief ich und lief hinüber, um der völlig verwirrten Gertie beim Aufstehen zu helfen.

Ich sah hinüber zu Ida Belle, die in aller Seelenruhe die Pistole zurück in den Hosenbund schob. »Wenn ich das nicht mit meinen eigenen Augen gesehen hätte, ich würd's ja nicht glauben.«

Ida Belle zuckte mit den Achseln. »Wenn man vorhat, das ganze Leben durch den Sumpf zu stampfen, muss man bestimmte Fähigkeiten entwickeln.«

»Machen Sie Witze? Ich habe Scha… äh, Großwildjäger kennengelernt, die einen solchen Schuss nicht hingekriegt hätten.« Gerade noch rechtzeitig hatte ich mir auf die Zunge beißen können, bevor mir »Scharfschütze« über die Lippen kam. Vermutlich treffen Bibliothekarinnen/Schönheitsköniginnen nicht allzu häufig auf Scharfschützen, zumindest nicht bewusst.

Ich sah hinüber zu Gertie und versuchte herauszufinden, ob Ida Belle mich verschaukelte. Vielleicht stand sie unter Schock. Vielleicht hatte sie Angst, dass wir alle sterben würden, und hatte mit dem Schuss einfach nur zufällig ins Schwarze getroffen, wollte Gertie jedoch nicht beunruhigen, indem sie das zugab.

»Meint sie das ernst?«, murmelte ich Gertie zu.

Ida Belle ging an mir vorbei, als wäre nichts geschehen, betrat den Steg und band das Boot los. »Mein Vater hat mir das Schießen beigebracht«, erzählte sie. »Er war ein brutaler Zuchtmeister.«

Ein stechender Schmerz durchfuhr meine Brust. »Ja, ich kenne das.«

»Ich dachte, Ihr Vater sei gestorben, als Sie noch ein Kind waren?«, fragte Gertie.

»Schon, aber sein Missfallen ist geblieben.«

Gertie warf Ida Belle einen Blick zu, die in das Boot gesprungen war und am Motor herumhantierte, augenscheinlich, um dem Gespräch zu entgehen. »Ida Belles Vater war ein strenger Mann. Er wollte eigentlich Söhne haben, doch bei Ida Belles Geburt gab es Komplikationen und ihre Mutter konnte keine Kinder mehr bekommen.«

Himmel. Ida Belle und ich waren wie Zwillinge, die schlappe vierzigundetwas Jahre auseinander lagen.

Ich sagte nichts, weil ich Angst hatte, dass, wenn ich den Mund öffnete, jahrzehntelang aufgestaute Enttäuschung und Ärger herausfließen und uns alle wegschwemmen würden. Doch durch Gerties Worte verstand ich nun Ida Belles Weigerung, den eigentlich sehr nett wirkenden Walter oder irgendeinen anderen Mann zu heiraten.

Ida Belle forderte uns mit einer Handbewegung auf zu kommen. »Wollt ihr zwei den ganzen Tag da stehen und über meine schlimme Kindheit reden oder wollen wir raus aus diesem Gestank und unter eine heiße Dusche?«

»Ich bin für die heiße Dusche«, sagte ich und sprang ins Boot.

»Was ist mit dem Alligator?«, fragte Gertie.

»Ich ruf jemanden an, der sich darum kümmert, wenn wir wieder in Sinful sind«, erwiderte Ida Belle.

»Warum die Umstände?«, wollte ich wissen. »Es ist ja nicht so, dass ein verwesender Kadaver das Aroma dieses Ortes verschlimmern könnte.«

»Es gibt Leute in Sinful, die Verwendung dafür haben«, antwortete Ida Belle.

Da erinnerte ich mich wieder an den ausgestopften Kopf am Laden in der Hauptstraße und beschloss, lieber nicht nachzuhaken.

Ich nahm Gertie das Gewehr ab und half ihr beim Einsteigen ins Boot. Anschließend stieß ich uns vom Steg ab. Ida Belle ließ den Motor an und langsam fuhren wir über den See zurück in den Sumpf. Gertie saß auf der Bank, immer noch rot im Gesicht, und ihre Hände, mit denen sie das Gewehr auf ihrem Schoß festhielt, zitterten.

Durch meine verspiegelte Sonnenbrille betrachtete ich Ida Belle. Von der Beunruhigung, die ich erwartet hätte, war nichts in ihrem Gesicht zu sehen. Sie wirkte reflektiert, entschlossen, doch nicht im Geringsten gestresst oder ängstlich. Interessant. Sie stand nicht unter Schock, obwohl die Begegnung mit dem Alligator die meisten Menschen komplett umgehauen hätte.

Irgendetwas stimmte nicht mit Ida Belle. Trotz der Schnapsbrennerei hatte ich nicht den Eindruck, dass sie irgendetwas zu sich genommen hatte, was sie derart beruhigte, und bisher hatte ich auch keine Anzeichen dafür entdecken können, dass sie eine Soziopathin war. Es sei denn, sie wusste es schlau zu verbergen.

Nachdem wir aus dem See raus und wieder im Sumpf waren, sog ich die unverpestete Luft tief in meine Lungen ein und atmete langsam wieder aus. Ich musste in Zukunft deutlich vorsichtiger sein. Bisher hatte ich Ida Belle und Gertie alles geglaubt, trotz der Warnungen von Walter und Deputy LeBlanc, mich lieber rauszuhalten. Vielleicht war an den Warnungen mehr dran, als ich dachte.

Vielleicht hatten Ida Belle und Gertie mehr Geheimnisse als selbstgebrannten Schnaps.

★★★

Ich brauchte zwei Durchgänge mit Seife, einen mit Körperpeeling und drei mit Shampoo, bevor ich überzeugt war, dass der Geruch nicht an mir hing, sondern sich in meine Nasenhöhle eingebrannt hatte. Sobald ich raus aus der Dusche wäre, würde ich in die Küche laufen und meine Nase in die Dose mit Kaffeebohnen stecken. Wenn das nicht den Gestank ausmerzte, war alles hoffnungslos.

Ich war kaum mit dem Abtrocknen fertig, als es an der Haustür klopfte. Nachdem mich Ida Belle und Gertie zu Hause abgesetzt hatten, waren sie in einem solchen Affentempo davonbraust, dass die Reifen von Gerties altem Cadillac verzweifelt quietschten. Sie schienen unbedingt Abstand zu mir gewinnen zu wollen, was interessant war. Ich wusste, warum ich einen Schritt zurücktat, nämlich, um die Situation zu beurteilen. Bei den beiden hatte ich jedoch das Gefühl, sie taten einen Schritt zurück, um einer Beurteilung zu entgehen.

Somit blieb nur noch Deputy LeBlanc.

Das Klopfen ging wieder los und ich konnte förmlich hören, wie der Ärger mit jedem Schlag stieg. Wenn er so weitermachen würde, könnte er seine Fingerknöchel aber vergessen. Doch ich würde mir Zeit lassen – gemächlich ein Outfit heraussuchen, sogar in Unterwäsche schlüpfen, vielleicht sogar meine angeklebten Haare föhnen, bevor ich zur Tür ging. Dann begann die dritte Runde des Klopfens, diesmal an das Fenster.

Ich wickelte mich in ein Handtuch und lief nach unten. Wenn er ein Fenster kaputt schlägt, würde ich ihn umbringen müssen. Und das wäre ein Problem. Abgesehen davon bereitete mir der Krach nach all dem Gestank am Morgen Kopfschmerzen.

Mit Schwung öffnete ich die Haustür und rief: »Was?«

Ein Mann, den ich noch niemals zuvor gesehen hatte, starrte mich an.

Ende fünfzig. Rettungsring um die Taille und Fett, wohin man sieht. Die einzige Bedrohung ist seine Verärgerung.

Der Mann betrachtete mich langsam von oben bis unten und schüttelte dann den Kopf. »Ich hätte es wissen sollen: Von einer beschissenen Anwältin kann man wohl nichts anderes erwarten. Kann sich noch nicht einmal was Ordentliches anziehen, bevor sie die Tür auf macht. Als ob wir in dieser Stadt noch mehr Pöbel gebrauchen könnten.«

Anwältin? »Und Sie sind …?«

»Tun Sie doch nicht so, als wüssten Sie das nicht. Ich kenne Ihre Tricks und bin hier, um Sie fairerweise zu warnen, dass ich einen eigenen Anwalt engagiert habe. Ich werde dieses nutzlose Miststück nicht damit davonkommen lassen.«

Ich brauchte ein paar Sekunden, um über die Situation nachzudenken. Offensichtlich war der Mann falsch darüber informiert, wer ich war und was ich in Sinful tat, doch in jenem Moment wusste ich nur von einer Frau, die eine Anwältin brauchte. Wenn ich weiterhin darauf bestand, keine Anwältin zu sein, würde mich das vermutlich nirgendwohin führen; wenn ich jedoch mitspielte, erfuhr ich vielleicht etwas Brauchbares.

Ich lächelte. »Das nutzlose Miststück und ich freuen uns auf ein Treffen mit Ihrem Anwalt, obwohl ich keine Ahnung habe, was Sie damit bezwecken.«

»Ich bezwecke damit zu verhindern, dass dieses Miststück noch mehr Geld aus dem Vermögen meines Cousins klaut. Gott weiß, wie viel sie davon in den letzten fünf Jahren schon durchgebracht, es der Wohlfahrt geschenkt oder in ihren verblödeten Bruder gesteckt hat.«

Ich nickte. »Sie haben völlig recht. Wohlfahrt und Familie sind wahrhaftige Parasiten.«

Ein roter Fleck bildete sich an seinem Hals und kroch sein Gesicht herauf. »Kommen Sie mir nicht dumm, junge Dame. Sie wissen sehr gut, dass sie meinen Cousin umgebracht hat, um an das Geld zu kommen. Es hat zwar fünf Jahre gedauert, aber jetzt kommt alles raus. Und Sie können nichts dagegen machen.«

»Wenn dem so ist, verstehe ich den Zweck Ihres Besuchs nicht.«

»Ich suche Marie. Ich habe Unterlagen, die ich ihr überreichen muss. Rechtsdokumente, die verhindern werden, dass sie noch mehr Geld meines Cousins durchbringt.«

»Haben Sie Angst, dass zu wenig für Sie übrig bleibt?«

»Das Geld gehört rechtmäßig mir! Hätte Harvey gewusst, welch hinterhältige Schlampe er da geheiratet hat, hätte er ein Testament geschrieben! Eigentlich haben wir sogar nur das Wort der hinterhältigen Schlampe, dass er kein Testament hatte.«

»Nun, solange Sie nicht das Gegenteil beweisen können, fürchte ich, ist dieses Wort Gesetz.«

»Das werden wir ja sehen. Also, wo ist sie?«

»Wer?«

»Die hinterhältige Schlampe!«

Ich zuckte mit den Achseln. »Keine Ahnung.«

»Ich weiß, dass Sie sie irgendwo versteckt halten. Wenn es sein muss, renne ich Sie um und durchsuche dieses Haus.«

»Nein, das werden Sie nicht tun«, ertönte eine Stimme von der Seite des Hauses.

Ich lehnte mich aus der Tür und sah Deputy LeBlanc um das Haus zur Vorderseite laufen. Er sah nicht erfreut aus.

Der Mann musterte Deputy LeBlanc zornig. »Ich kenne meine Rechte. Sie kann Marie nicht da drin verstecken, um die Zustellung der Unterlagen zu verhindern.« Dann blickte er zu mir zurück. »Vielleicht stelle ich sie einfach Ihnen zu.«

»Das würde ich nicht empfehlen«, erwiderte ich.

»Es ist mir scheißegal, was Sie empfehlen.« Er zog einen Stapel Papiere aus seiner Tasche und warf sie mir vor die Füße. »Betrachten Sie die Dokumente als zugestellt.«

Dann drehte er sich um und stapfte von der Veranda zu seinem Auto, einem heruntergekommenen Chevy. Ein paar Mal versuchte er erfolglos, den Motor zum Laufen zu bringen, und schlug mit der Hand auf das Lenkrad. Schließlich sprang der Wagen an und raste rückwärts aus der Einfahrt und mit quietschenden Reifen auf die Straße.

»Stehen Sie doch nicht nur da!«, rief ich.

Deputy LeBlanc betrat die Veranda und erhielt jetzt erst freie Sicht auf mich und meine gegenwärtige Garderobe. Sein Gesichtsausdruck war eine Mischung aus Resignation und Erschöpfung.

»Und was soll ich Ihrer Meinung nach tun?«, fragte er.

»Ihn wegen Hausfriedensbruch verhaften.«

»Seien Sie froh, dass ich Sie nicht wegen ungebührlicher Kleidung in der Öffentlichkeit verhafte … mal wieder.«

»Ich war unter der Dusche und wollte mich gerade anziehen, bevor ich runter gehe, habe jedoch darauf verzichtet, als er anfing, an das Fenster zu hämmern. Ich nehme also an, Harveys Cousin hat nicht so viel Geld geerbt wie Harvey.«

»Alles, was er von seinem Vater geerbt hat, war ein Stapel überfälliger Rechnungen und ein einsturzgefährdetes Haus voller Bierdosen.«

Interessant. »Also war er nicht glücklich darüber, dass Marie alles erben sollte, nachdem Harvey verschwunden war?«

»›Nicht glücklich‹ ist sehr milde ausgedrückt.«

»Ich nehme an, Harvey hat ihm Geld gegeben, bevor er verschwand.«

Deputy LeBlanc schüttelte den Kopf. »Nicht, dass ich wüsste. Harvey war der knauserigste Mensch der Welt, wenn es nicht um ihn selbst ging.«

»Warum ermitteln Sie dann nicht gegen *diesen* Kerl wegen des Mordes an Harvey? Klingt für mich nach einem Hauptkandidaten.«

»Wer sagt denn, dass ich das nicht tue? Abgesehen davon geht Sie das nichts an.«

Ich bückte mich, um die Papiere aufzuheben, die auf der Veranda lagen. Es war eine Vorladung, zwei Tage später bei Gericht zu erscheinen, damit das Einfrieren des gesamten Vermögens angeordnet werden konnte. Mein Blick fiel auf den Namen des Klägers. *Melvin Blanchard.*

»Diese Unterlagen sind nicht für Ihre Hände bestimmt«, sagte Deputy LeBlanc.

»Ich habe ihm ja gesagt, dass es keine gute Idee wäre, sie mir zu geben. Kann ich etwas dafür, dass er so ein Idiot ist?« Ich gab Deputy LeBlanc die Papiere. »Sie wissen schon, dass das bedeutet, dass sie nicht vor Gericht erscheinen muss. Die Vorladung wurde nicht zugestellt.«

»Sobald Sie etwas zum Anziehen gefunden haben, können Sie Ida Belle und Gertie davon berichten und die Damen glücklich machen.« Mit halb zusammengekniffenen Augen sah er mich an. »Sie wissen, dass Sie förmlich um Ärger betteln, wenn Sie die beiden hier rein lassen, wann immer denen danach ist. Das Einzige, was Marie noch helfen kann, ist ein guter Strafverteidiger. Verstecken hilft ihr keinen Schritt weiter.«

»Ich weiß.«

Er seufzte. »Wenn Sie das wissen, warum helfen Sie dann dabei, sie zu verstecken?«

»Tue ich doch gar nicht.«

»Natürlich nicht.«

Ich fühlte meinen Puls nach oben schießen und ein Schauder lief mir über den Nacken. Ich hatte prinzipiell nichts gegen Lügen, nicht einmal an Sonntagen, doch wenn ich die Wahrheit sagte, erwartete ich, dass die Leute mir glaubten.

»Hören Sie – ich habe gerade den gesamten Vormittag auf einer Insel verbracht, auf der es nach Scheiße riecht, und Gertie wurde fast von einem Alligator getötet. Meine Nasenwege werden sich vermutlich nie wieder erholen, und das Schlimmste ist, dass wir Marie dort nicht gefunden haben. Keiner weiß, wo sie ist.«

Er sah mich mehrere Sekunden lang nachdenklich an, und ich konnte sehen, wie sich sein Ausdruck veränderte. Endlich glaubte er mir. Er schüttelte den Kopf und seufzte. »Hat Ida Belle den Alligator erschossen?«

»Ja. Sagen Sie nicht, dass sie dafür verhaftet wird.«

»Nein, aber das klärt die Frage, woher Francine das frische Alligatorfleisch hat.«

»So was wird hier gegessen? Ernsthaft?«

Deputy LeBlanc ignorierte meine Frage und deutete mit dem Finger auf mich. »Für eine Bibliothekarin scheinen Sie in eine ganze Menge Sachen, die in dieser Stadt passieren, verwickelt zu sein. Ich habe Ihnen bereits gesagt, dass Sie sich raushalten sollen, und schlage vor, diesmal hören Sie auf mich.«

Mit diesen Worten drehte er sich um und verschwand wieder hinter der Ecke des Hauses. Schnell lief ich in die Küche, lugte durch die Jalousien und sah ihn zu einem Aluminiumboot gehen, das auf dem Rasen hinter dem Haus lag. Kurz hielt er inne und blickte zurück zum Haus. Ich ließ die Jalousien so weit los, dass nur noch ein schmaler Schlitz übrig blieb.

Er schob das Boot vom Ufer und sprang mit bewundernswerter Agilität und Balance hinein. Während er wegfuhr, winkte er mir zu.

Ich sah hinüber zu Bones, der ein Auge geöffnet hatte, als ich in die Küche kam. »Du bist mir vielleicht ein toller Wachhund.«

Er gähnte und schloss das Auge wieder.

Ich trat vom Fenster zurück und atmete hörbar aus. Deputy LeBlanc war mehr als nervtötend. Umso mehr im Moment, weil er recht hatte. Ich steckte in einer Sache, die mich in die Zeitung oder, noch schlimmer, ins Fernsehen bringen könnte. Trotz des Make-ups und der Haarverlängerungen bestand das Risiko, dass jemand aus Ahmads Organisation mich sehen und erkennen würde. Im schlimmsten Fall würde ich dann umgebracht werden. Im besten Fall von Morrow gefeuert. Klang beides nicht nach einer guten Option.

Was mir jedoch wirklich Sorge bereitete, war die Frage, warum der gute Deputy überhaupt auf meinem Grundstück angelegt hatte. Die Hecken versperrten vom Sumpf aus die Sicht auf die Einfahrt, insofern konnte er Melvins Wagen dort nicht gesehen haben. Der Mistkerl hatte zwar herumgebrüllt, aber ich bezweifle ernsthaft, dass er laut genug gewesen war, um durch das Haus und über den weitläufigen Garten hinweg bei laufendem Bootsmotor gehört zu werden.

All das bedeutete, dass Deputy LeBlanc nicht zufällig den Sumpf entlang gefahren war und angehalten hatte, um einen Streit zu schlichten. Ganz offensichtlich hatte er aus einem vollkommen anderen Grund am Haus angelegt, und das bereitete mir echtes Unbehagen.

Im Garten war nicht der geringste Hinweis zu finden. Die Leiche war dort nicht begraben, sondern mit der Strömung angetrieben worden, bis Bones sie aufgestöbert hatte. Marge war tot – insofern konnte LeBlanc sie nicht nach Informationen über Marie ausquetschen.

Somit konnte es nur einen Grund geben, der ihn zum Haus zog: mich. Er wusste, dass ich nichts mit dem Mord zu tun haben konnte, hatte jedoch jeden Grund zu der Annahme, dass ich an der Verschleierung der Tat beteiligt war. Ich war mir sicher, dass er mir glaubte, als ich ihm von der Fahrt zu Nummer zwei erzählt hatte, und auch, dass er meine Aussage bei Walter verifizieren würde. Er wusste jedoch nach wie vor, dass ich irgendwie in Gerties und Ida Belles Machenschaften verwickelt war, und vermutlich auch, dass sich daran nichts ändern würde.

Es sei denn, er kann dich dazu bringen, die Stadt zu verlassen.

Das war kein angenehmer Gedanke, aber ein intelligenter Mann könnte diese Taktik anwenden. Und trotz meiner allgemeinen Abneigung gegen Deputy LeBlanc hielt ich ihn nicht einen Moment lang für dumm. Ich mochte mit den internen Abläufen einer Kleinstadt in Louisiana nicht vertraut sein, doch ich kannte die drei besten Wege, um jemanden zu vertreiben: ihn umbringen, ihm damit drohen, ihn umzubringen, oder ihm damit drohen, etwas bekannt zu machen, was keiner wissen darf.

Die ersten beiden Punkte tangierten mich nicht wirklich. Wenn Deputy LeBlanc Recherchen über mich anstellen sollte, um irgendwelchen Schmutz über mich zu finden, würde er dabei wenig Glück haben. Morrow hatte das bereits getestet. Es gab in der Bundesdatenbank keine Spur von mir.

Er müsste allerdings nur ein paar Telefonate mit den richtigen Leuten führen und könnte herausfinden, dass sich die echte Sandy-Sue Morrow in Europa aufhielt. Und diese Entdeckung würde das ganze Kartenhaus zusammenfallen lassen.

Kapitel 10

Ich machte mir ein Schinken-Sandwich, ging ins Wohnzimmer und versuchte, mich auf eine Jagdsendung im Fernsehen zu konzentrieren. Keiner der sogenannten Experten kam an Ida Belle heran, was einerseits beeindruckend und andererseits besorgniserregend war. Ich war eine ausgebildete Killerin und nicht sicher, ob ich unter denselben Bedingungen einen Schuss wie sie hingekriegt hätte. Ich war ziemlich gut im Gefecht mit den Händen, oder vielmehr mit Händen und Schuhen, beim Schießen jedoch bevorzugte ich eine gewisse Distanz und ein Zielfernrohr.

Ich schluckte den letzten Bissen meines Sandwiches hinunter und legte die zerknüllte Serviette auf den Teller, der auf dem Tisch neben mir lag. Wem wollte ich etwas vormachen – hier saß ich und tat so, als würde ich nicht die ganze Zeit an Marie, Melvin, Deputy LeBlanc, Ida Belle und Gertie denken sowie an die dunkle Wolke, die über mir lag, seit ich in Sinful angekommen war. Ich könnte bis ans Ende meiner Tage fernsehen, doch das Problem würde dadurch nicht verschwinden – nicht, wenn niemand Marie fand und die Sache an das Rechtssystem übergeben würde.

Somit blieb ich auf Deputy LeBlancs Radar, bis der Fall nicht mehr in seinem Verantwortungsbereich lag und zum Problem des Staatsanwalts wurde.

Ich trommelte mit den Fingern auf dem Tisch, bis das Geräusch mich wahnsinnig machte. Schließlich griff ich nach der Tüte Kekse, über die ich mich gerade hatte hermachen wollen, sprang vom

Stuhl auf und lief aus dem Haus. Die Adressen von Ida Belle und Gertie hatte ich neulich Nacht, als ich meine Recherchen betrieben hatte, aus dem Internet notiert, ihre Telefonnummern jedoch waren nicht öffentlich.

Ich würde es zuerst bei Gertie versuchen, und wenn sie nicht dort waren, bei Ida Belle. Der einzige Weg, meine Tarnung aufrechtzuerhalten, war, jemanden zu finden, der nicht gefunden werden wollte. Insofern unterschied sich dieser Plan kaum von meinem richtigen Job, mit Ausnahme der Tatsache, dass ich am Ende der Mission niemanden umbringen musste. Und da es sich bei der Zielperson um eine nette alte Dame handelte, die von ihrem Ehemann und ihrer Mutter gequält worden war, würde ich das ja wohl lässig hinkriegen.

Gerties Haus lag zwei Blocks von meinem entfernt, also steckte ich mir einen Keks in den Mund, lief die Straße entlang und anschließend um die Ecke in Richtung Ziel. Kaum hatte ich die hohe Hecke an der Ecke passiert, prallte ich auch schon auf Deputy LeBlanc, der direkt hinter der Kurve geparkt hatte und sein Aluminiumboot auf dem Anhänger sicherte.

Obwohl ich recht schnell lief und nicht im Geringsten bremste, zuckte er noch nicht einmal, als ich ihm in den Rücken rannte. Während er sich umdrehte, tat ich einen Schritt zurück, etwas überrascht darüber, wie gut gebaut er war. Offensichtlich hatte ich Deputy LeBlanc von Anfang an auf fast jeder Ebene unterschätzt.

»'Tschuldigung«, murmelte ich, denn mit Höflichkeit kommt man immer am weitesten.

»Wohin so eilig?«

»Ich trainiere nur ein wenig.«

Er blickte auf die Tüte Schokoladenkekse in meiner Hand und zog eine Augenbraue hoch.

»Genau wegen dieser Kekse muss ich trainieren«, log ich. »Ich darf sie nur essen, wenn ich dabei Sport treibe.«

Er grinste mich überheblich an. »Klingt kompliziert.«

»Aber es funktioniert.« Ich steckte mir einen weiteren Keks in den Mund. »Ich fürchte, das bedeutet, ich muss weiter.«

Bevor ich auch nur einen Schritt machen konnte, legte er die Hand auf meinen Arm. »Ich komme nicht umhin zu bemerken, dass Ihre Kekse Sie direkt in Richtung Gerties Haus führen.«

»Na und? Diese Stadt hat die Größe einer Postkarte und ist von Sumpfgelände umgeben. Wenn ich also nicht schwimmen gehen möchte, laufe ich früher oder später in Richtung von so ziemlich jedem Haus.«

»Hmmm … und ich dachte, dass Sie möglicherweise meinen guten Rat ignorieren, sich aus einer Morduntersuchung herauszuhalten.«

»Dem ist nicht so.«

Er sah mich an und glaubte mir ganz offensichtlich kein Wort.

»Ich weiß noch nicht einmal, wo Gertie wohnt.«

Er versuchte, in meinem Gesicht zu lesen, hatte jedoch keine Chance. Der Großteil meines Jobs bestand aus Lügen. Ich war von den besten forensischen Psychologen der Welt geschult worden. Nicht einmal mein eigener Vater hätte mich anhand meiner Körpersprache und meines Gesichtsausdrucks bei einer Lüge ertappen können.

Schließlich ließ er mich los und nickte mir kurz zu. »Versuchen Sie, nicht so viele davon zu essen. Sie scheinen den Ärger förmlich anzuziehen und der Gedanke, dass Sie hier durch die Straßen joggen, macht mich nervös.«

»Ha. Sie haben hier menschenfressende Monster, die sich als Frösche tarnen, Bananenpudding-Kriege, verschwundene Einwohner und einen ungelösten Mordfall. Ich bin sicherlich die kleinste Ihrer Sorgen.«

Bevor er auch nur ein Wort sagen oder ich seinen Gesichtsausdruck sehen konnte, tat ich einen Schritt zur Seite und lief mit einem ordentlichen Tempo davon. Vielleicht würde er ja darüber nachdenken und zu dem Schluss kommen, dass eine Überprüfung meines Hintergrunds die reinste Zeitverschwendung wäre. Als ich in die Nähe von Gerties Straße kam, wurde ich ein wenig langsamer und sah auffällig nach links und rechts nach dem Verkehr. Nach wie vor konnte ich seinen Blick auf mir spüren, wollte jedoch sichergehen, dass ich mich nicht täuschte. Tat ich nicht.

Verflixt.

Ich überquerte die Straße und ging in einen Park, der in der entgegengesetzten Richtung von Gerties Haus lag. Ich würde einfach durch den Park zum Sumpf laufen, dann am Rand der Stadt entlang und schließlich durch die Baumlinie in die Häuserreihe hinter Gerties Heim. Und dann durch diese Häuserreihe zu ihr. Ich hörte den Motor von Deputy LeBlancs Truck aufheulen und anschließend das Geräusch seiner riesigen Räder auf dem Asphalt. Ein kleines Mädchen spielte mit ihrer Mutter im Sandkasten und ich hielt kurz an, um ihr Hündchen zu streicheln, ein pummeliges, glückliches, braunes kleines Ding. Ich hörte den Truck langsamer fahren, als er am Park vorbei kam, doch schließlich wurde er schneller und das Geräusch der bescheuerten Räder entfernte sich und verschwand völlig.

Ich verabschiedete mich von Hündchen und Frauchen und lief, wie geplant, weiter zum Sumpf. Der Truck war zwar weg, doch Deputy LeBlanc hätte problemlos um die Ecke fahren und dort parken können, um mir nachzuspionieren. Am besten blieb ich bei meinem Plan. Als ich den Park hinter mir ließ und am Sumpf ankam, fiel mir erst auf, wie weitläufig die Einöde um Sinful tatsächlich war. Schmale Wasserwege, die Ida Belle Kanäle nannte, durchzogen das Sumpfgebiet in jede Richtung und sahen aus wie Spinnennetze. Wäre am Tag meiner Ankunft nicht ein Teil von Harvey aufgetaucht, hätte ich dieses Gelände für das perfekte Versteck einer Leiche gehalten.

Offensichtlich hatte Marie dasselbe gedacht.

Die Baumlinie verlief nach links und ich folgte der Kurve, bis ich mich hinter der letzten Häuserreihe von Sinful befand. Alles, was ich jetzt noch tun musste, war, einen Weg durch diese letzte Reihe und zum Block dahinter zu finden, und schon stände ich sicher vor Gerties Haus. Ich betrachtete die Gärten auf der Suche nach einem Durchgang, doch ein drei Meter hohen Zaun umgab die Grundstücke. Am Ende der Häuserreihe lag wieder der Sumpf, der mir jeglichen Zugang verwehrte, sofern ich nicht schwimmen wollte. Und wenn ich denselben Weg zurücknahm, den ich hergekommen war, würde ich wieder Deputy LeBlanc in die Arme laufen, der hinter jedem Busch lauern konnte.

Also blieb mir nichts anderes übrig: Ich musste über den Zaun. Er war ja nur drei Meter hoch. Wenn ich keine drei Meter mehr hochklettern konnte, wäre es Zeit für die Rente. Gerties Haus befand sich in der Mitte des Blocks direkt auf der anderen Seite der Straße hinter der Häuserreihe, in der ich mich befand, also suchte ich mir den Teil des Zauns aus, der in der Mitte lag.

Wehmütig blickte ich auf die Tüte Kekse und warf sie seufzend in den Fluss. Dann sprang ich hoch, hielt mich oben am Zaun fest und zog mich hoch, um einen Blick in den Garten zu werfen. Das Letzte, was ich jetzt noch gebrauchen könnte, war die Begegnung mit einem lauten oder wütenden Hund.

Der Garten war leer bis auf einen Grill, einen einsamen Gartenstuhl und einer Hundehütte. Eine sorgfältige Inspektion der Hundehütte ergab, dass sie leer war, also zog ich mich über den Zaun und sprang über die Hecke dahinter. Unten angekommen machte ich eine Rolle und stand auf, bereit, über den Rasen zu rennen. Da hörte ich, wie sich die Terrassentür öffnete. Schnell sprang ich in die Hecke in der Hoffnung, dass mein Aufenthalt dort nur von kurzer Dauer sein würde.

Ein riesiger Rottweiler rannte aus der Tür und in die Mitte des Gartens, wo er stehenblieb und sein Terrain sondierte, ob es auch ja frei von Eindringlingen wäre. Bevor ich in den Panikmodus verfiel, schlug meine Ausbildung wieder durch und ich kontrollierte umgehend meine Atmung, um so meinen Herzschlag zu normalisieren.

Einfach abwarten.

Mit ein bisschen Glück hatte ihn der Besitzer rausgelassen, damit der Hund sein Geschäft erledigen könne. Wenn er das getan hatte, würde er wieder zurück ins Haus gehen. Der Hund schnüffelte den Boden ab, dann hob er den Kopf und schnüffelte in die Luft. Ich war mir sicher, dass er mich nicht hören konnte, weil ich keinen Muskel bewegte und kaum atmete. Doch ich wusste, dass er mich riechen konnte, oder zumindest den Duft des Apfelshampoos, das ich auf Anweisung des Schönheitssalons für mein falsches Haar verwendete. Endlich drehte er sich um, ging zum Zaun auf der Seite des Gartens und hob ein Bein. Langsam atmete ich wieder aus.

Er beendete sein Geschäft, trottete zurück zur Terrassentür und bellte. Eine Welle der Erleichterung überkam mich. Der Besitzer würde ihn zurück ins Haus lassen und die ganze Sache hier wäre nur eine kleine Verzögerung meines Ausflugs zu Gertie. Doch als die Tür sich öffnete, ging der Hund nicht rein. Stattdessen kam der Besitzer raus.

Deputy LeBlanc!

Ich fühlte, wie mir das Blut aus dem Gesicht wich. Von allen Hecken in Sinful, hinter denen ich mich hätte verstecken können, hatte ich es geschafft, mir jene auszusuchen, die der einzigen Person gehörte, die ich so verzweifelt zu meiden versuchte. Niemals würde er mir abnehmen, dass meine Joggingroute durch seinen eingezäunten Garten verlief.

Mit einem Finger schob ich die Blätter beiseite, um besser sehen zu können. Vielleicht war er nur rausgekommen, um eine zu rauchen oder so und würde gleich wieder reingehen, mitsamt seinem Rambo. Meine Hoffnung zerschlug sich, als er einen Teller mit Hamburgerbouletten neben den Grill stellte, den Grill öffnete und ihn anzündete. Dann setzte er sich in den Gartenstuhl, hob die Bierflasche, die er in der anderen Hand hielt, und nahm einen Schluck.

Das war jetzt nicht ganz so gut.

Die Chance, dass der Hund mich während der kompletten Zeit, die sein Herrchen zum Grillen des Stapels Hamburgerbouletten brauchte, nicht entdecken würde, war so gering, dass man sie glatt vernachlässigen konnte. Der Hund stand neben dem Gartenstuhl, damit Deputy LeBlanc seinen übergroßen Kopf streicheln konnte, als er plötzlich schnüffelte und direkt zu meinem Versteck sah. Hätte ich mich in diesem Moment in ein Blatt verwandeln können, ich hätte es getan.

Nach einer gefühlten Ewigkeit entspannte sich der Hund endlich und legte sich neben den Stuhl. Just in diesem Moment spürte ich es in meiner Tasche vibrieren und versuchte verzweifelt, keine weiteren Geräusch zu verursachen.

Mein Handy.

Harrison hatte mir ein Wegwerfhandy besorgt, bevor ich Washington verließ. Er war der Einzige, der die Nummer hatte, und sollte mich nur anrufen, wenn es einen Notfall gab. Ich fühlte meinen Puls steigen, als ich meine Atemkontrolle aufgab, und griff nach dem Handy in meiner Tasche, während ich ein spontanes Dankesgebet ausstieß, weil der Klingelton abgestellt war.

Der Blick auf das Display zeigte, dass ich eine SMS erhalten hatte … von Gertie!

Keine Ahnung, woher sie meine Nummer hatte, aber es war mir auch völlig egal. Alles, was ich wusste, war, dass sie mir soeben einen Rettungsring zugeworfen hatte. Ich beobachtete Deputy LeBlanc noch ein paar Minuten beim Biertrinken, bis er endlich die Bewegung machte, auf die ich gewartet hatte. Er erhob sich vom Gartenstuhl, um die Bouletten auf den Grill zu legen. Sofort klickte ich mich in die Textnachrichten in der Hoffnung, dass er bei den Geräuschen, die er beim Braten der Burger machte, mein Tippen nicht hören würde.

Wo sind Sie? Müssen reden.

Das war die Nachricht von Gertie. Oh Scheiße, wir mussten reden. Mit einem Auge auf dem Hund tippte ich meine Antwort mit beiden Händen ein. Zum Glück hatte ich einst gelernt, blind zu tippen. Bevor ich die Nachricht absendete, kontrollierte ich sie trotzdem kurz.

Rufen Sie Deputy LeBlanc zu Hause an. Erklärung später.

Ich klickte auf Senden, ließ das Handy zurück in die Tasche gleiten und betete. Ein paar Sekunden später hörte ich das Telefon im Haus von Deputy LeBlanc klingeln. Er sah auf die Terrassentür, runzelte die Stirn – und für einen Augenblick hatte ich Angst, er könnte den Anruf ignorieren. Schließlich seufzte er, bedeckte den Grill und ging nach drinnen. Leider ließ er Rambo Rottweiler draußen.

Da ich Gertie keine Anweisungen gegeben hatte, wie lange sie den Deputy am Telefon aufhalten sollte, hatte ich nicht viel Zeit. Bei dem eingeschränkten Zeitfenster und dem Hund kam ein Durchqueren des Gartens nicht infrage. Also hob ich einen Stein aus dem Beet auf und warf ihn an den Zaun in der anderen Ecke des Gartens.

Rambo wetzte in die entsprechende Richtung, und ich drehte mich um und sprang den Zaun hoch. Auf halbem Weg bemerkte ich, dass sich eine Strähne meines falschen Haares in der Hecke verfangen hatte. Mein Kopf schnellte nach hinten und meine Augen füllten sich mit Wasser, doch es gab kein Zurück mehr. Ich purzelte über den Zaun und die Haarsträhne löste sich mit einem schmerzhaften Ruck von meinem Kopf.

Ich biss mir auf die Unterlippe und verkniff mir einen langen Fluch, während ich in Richtung der Baumreihe flüchtete. Am Zaun hinter mir hörte ich Rambo bellen und die Terrassentür von Deputy LeBlancs Haus zuknallen, während ich mit einem Satz in ein paar Büsche am Rande des Sumpfes sprang. Ich hörte Deputy LeBlanc den Hund anherrschen und verhielt mich ganz ruhig. Wenn er die Haarsträhne fand, war ich geliefert. Hier in Louisiana gab es nicht viele Frauen mit langen blonden Haaren. Die meisten Haare, die ich in dieser Stadt bisher gesehen hatte, waren silbern oder grau.

Ich wartete noch ein paar Sekunden und lief dann geschwind durch die Büsche zurück in den Park. Als ich durch das Dickicht auf den Spielplatz trat, hielten alle in ihrer Bewegung inne und starrten mich an.

»Vögel beobachten«, erklärte ich knapp und lief weiter.

Mit einer Hand bedeckte ich die Stelle an meinem Kopf, wo die Haarsträhne ausgerissen war, und konnte das Blut durch die Finger sickern spüren. Schnell lief ich aus dem Park, bevor irgendjemand den Sheriff anrufen und eine derangierte, blutende Frau in einem öffentlichen Park melden konnte.

Jetzt, da ich wusste, dass Deputy LeBlanc direkt gegenüber von Gertie wohnte, kam es nicht mehr infrage, einfach den

Block entlangzulaufen und das Haus durch die Vordertür zu betreten. So sehr ich auch das erneute Klettern über einen Zaun vermeiden wollte, schien es nicht anders zu gehen. Ich ging an Gerties Straße vorbei und bog die nächste ein. Erleichtert stellte ich fest, dass einige der Häuser an dieser Seite gar keinen Zaun hatten, sodass ich wenigstens um eine weitere Kletterpartie herumkam.

Ich wählte das Nachbarhaus aus und lief an der Zaunlinie entlang, immer von einer Staude zur nächsten, um möglichst unsichtbar zu sein. Als ich an Gerties Zaun ankam, sah ich mich um, ob mich auch wirklich niemand beobachtete, und eilte dann über den Rasen. Die Hintertür war offen und ich ging in die Küche. Auf der anderen Seite des Hauses konnte ich Gertie reden hören, also schlich ich durch den Flur und lugte um die Ecke.

Sie stand im Wohnzimmer und blickte durch die Jalousien des Fensters auf der Vorderseite des Hauses. »Sie hören sich sehr frustriert an, Carter«, sagte sie. »Sie müssen an Ihrem Ton arbeiten, wenn Sie zum Sheriff gewählt werden wollen, wenn sich Robert E. Lee zur Ruhe setzt.«

Voller Bewunderung schüttelte ich den Kopf. Sie hatte immer noch Deputy LeBlanc am Telefon. Gertie war richtig gut!

Als ich das Wohnzimmer betrat, knackte der Holzfußboden, und Gertie fuhr herum. Die Erleichterung in ihrem breiten Lächeln war unübersehbar.

»Oh mein Gott, entschuldige vielmals, Carter«, plapperte sie ins Telefon. »Ich habe soeben meine Brille im Kühlschrank gefunden. Offensichtlich hat sie doch keiner geklaut.«

Sie beendete das Telefongespräch und ließ das Handy auf die Couch fallen, bevor sie auf mich zukam. »Sind Sie verletzt? Wie schlimm ist es?«

»Ich hatte einen kleinen Haarunfall«, erwiderte ich. »Und bisher nicht die Zeit, mir das näher anzusehen.«

»Kommen Sie in die Küche. Das kriege ich schon hin. Ich habe Ida Belle eine SMS geschickt, während ich mit Carter telefoniert habe. Sie sollte jeden Moment hier sein.«

Ich folgte Gertie in die Küche und setzte mich auf einen Stuhl am Ende des Tischs. Gertie drehte das Wasser in der Spüle an und nahm ein sauberes Handtuch aus der Schublade.

»Wir müssen ein wenig warten, bis das Wasser warm wird«, erklärte sie. »Dann können wir das Blut einfacher von Ihren Haaren entfernen und sehen, welchen Schaden Sie angerichtet haben.«

Ich hielt nach wie vor die Hand auf meinen Kopf gedrückt, konnte jedoch kein Blut mehr fließen spüren. Offensichtlich war das Schlimmste überstanden. Gertie befeuchtete das Handtuch mit warmem Wasser und hatte gerade damit begonnen, das Blut von meiner Kopfhaut zu tupfen, als Ida Belle durch die Hintertür gestürmt kam und dabei wie eine Dampflok schnaufte.

»Die verflixte Autobatterie ist alle. Ich bin den ganzen Weg von mir hierher gelaufen.«

Gertie schüttelte den Kopf. »Du wohnst einen Block entfernt.«

»Und, was willst du damit sagen?«

»Du solltest wirklich anfangen, Sport zu treiben.«

»Ich bin zweiundsiebzig. Wie viele Gründe zu rennen werde ich wohl noch haben, bevor ich sterbe?«

»Bananenpudding, menschenfressende Alligatoren, Textnachrichten von Gertie ...« mischte ich mich ein.

»Schon gut. Was um Himmels willen ist mit Ihrem Kopf passiert?« Ida Belle warf Gertie einen bösen Blick zu. »Hast du etwa auf sie geschossen?«

Ich starrte Ida Belle an. »Ist das hier ein echtes Problem?«

»Die Sache mit dem Postboten war ein Unfall«, maulte Gertie.

»Uh-huh. Und wie war das mit dem Techniker, der die Geschirrspülmaschine repariert hat?«

Gertie grummelte und kümmerte sich wieder um meinen Kopf. »Da passieren einem ein paar Missgeschicke, und schon hat man seinen Ruf weg.«

Eine Sekunde später löste sich eine meiner falschen Haarsträhnen in ihrer Hand. Gertie schrie entsetzt auf und warf die Haare weit von sich.

Für eine Frau, die bereits außer Atem und augenscheinlich außer Form war, sprang Ida Belle von ihrem Stuhl auf wie eine Kriminelle, die soeben die Polizei entdeckt hatte. Die blonde und teilweise rote Haarsträhne landete mitten auf dem Tisch und Ida Belle beugte sich darüber, um zu sehen, was das war.

»Ist das Ihr Haar?« Mit großen Augen sah sie zu Gertie hinüber. »Du hast sie skalpiert.«

»Sie hat mich nicht skalpiert«, beschwichtigte ich die beiden, bevor die Sache aus dem Ruder lief. »Ich hatte mich selbst skalpiert, bevor ich herkam.«

Gertie lehnte sich zu mir und untersuchte meinen Kopf. »Nun, für jemanden, der gerade einen Büschel Haare verloren hat, bluten Sie aber nicht allzu stark. Das ist nur ein kleiner Kratzer.«

»Das liegt daran, dass es nicht meine echten Haare sind. Das sind Haarverlängerungen. Die werden an das echte Haar geklebt. Ich glaube nicht, dass ich mir viel von meinen echten Haaren ausgerissen habe.«

Ida Belle setzte sich wieder hin und starrte mich mit zur Seite gelegtem Kopf an. »Warum hat eine ehemalige Schönheitskönigin so kurze Haare, dass sie sich welche ankleben muss?«

Scheiße! Jetzt musste mir ganz schnell eine plausible Erklärung einfallen, bevor die zwei alten Damen Verdacht schöpften. Meine Gedanken rasten, und plötzlich erinnerte ich mich an eine Frau, die unter Tränen den Schönheitssalon betreten hatte, als ich gerade meine Verlängerungen bekam.

»Ich hatte einen furchtbaren Unfall mit Wasserstoffbleiche«, erzählte ich. »Also mussten wir alles abrasieren.«

Beide machten große Augen und Gerties Mund bildete ein O.

Ida Belle nickte. »Tilly Monroe ist vor ein paar Jahren etwas ganz Ähnliches passiert. Sie dachte, sie könnte ihr Haar von rot auf blond färben, aber die Haare wurden grün. Bei dem Versuch, das Ganze wieder in Ordnung zu bringen, hat sie es bis auf die Kopfhaut runtergebrannt. Die Arme musste ein Jahr lang eine Perücke tragen. Das mit dem Haareankleben machen sie wohl nur in diesen Nobelsalons in New Orleans.«

Gertie nahm die Haarsträhne vom Tisch auf und hielt sie mir an den Kopf. »Sieht nicht so aus, als würde diese die ganze kahle Stelle verdecken.«

»Nein, ich habe vorher schon so eine verloren. Deshalb habe ich ja überhaupt erst geblutet.«

Ida Belle runzelte die Stirn. »Wo verloren?«

»In Deputy LeBlancs Hecke.«

Kapitel 11

Gertie und Ida Belle redeten beide gleichzeitig los.

»Was haben Sie in seinem Garten gemacht?«

»Jetzt wird er doch wissen, dass wir was vorhaben!«

Ich hielt eine Hand hoch, um den Gefühlsausbruch zu stoppen. »Ich war nicht absichtlich in seinem Garten. Es war ein Versehen.« Dann erklärte ich meinen Versuch, zu Gerties Haus zu schleichen, und meine Sorge, dass Deputy LeBlanc mich beobachten könnte, meine geniale Idee, einfach einen fremden Garten zu durchqueren und die nachfolgende Komödie der Irrungen.

Als ich fertig war, sahen sich Ida Belle und Gertie mit einem für mich unlesbaren Gesichtsausdruck an; dann fingen beide erst an zu kichern und schließlich zu lachen. Gertie lachte so laut, dass sie sich nicht mehr auf den Beinen halten konnte und sich prustend auf den Stuhl neben mir fallen ließ.

Mit den Fingern auf dem Tisch trommelnd wartete ich auf das Ende der allgemeinen Heiterkeit. Endlich atmeten beide tief durch, Ida Belle wischte sich mit dem Saum ihrer Bluse die Tränen aus den Augen und beide nahmen wieder auf ihren Stühlen Platz.

»Meine Güte«, sagte Ida Belle. »Sie sind wirklich der größte Pechvogel der Welt. Die Ironie, dass Ihre Mutter Sie Fortune nennt: unbezahlbar.«

Gertie nickte. »Vielleicht sollten wir zu Ihren Tagen als Schönheitskönigin zurückkehren und Sie Miss Fortune nennen. Verstehen Sie? Miss Fortune – Misfortune. Unglück.«

Wieder fing sie an zu lachen. Ida Belle verzog das Gesicht bei dem offensichtlichen Versuch, sich das Lachen zu verkneifen, doch das ging nicht lange gut und schon prustete sie los. Ich riss Gertie das Handtuch aus der Hand und tupfte meine Verletzung damit ab.

»Lachen Sie nur weiter«, schmollte ich. »Sie werden beide lange vor mir sterben und dann habe ich jede Menge Ruhe und Frieden.«

Beide beruhigten sich etwas und schnappten nach Luft.

»Sie müssen aber schon zugeben«, röchelte Gertie, »dass das ein komischer Zufall ist. Wie groß ist die Wahrscheinlichkeit, sich ausgerechnet den Garten auszusuchen, der Carter gehört?«

»Eins zu vierzig, in Angebracht der Größe der Nachbarschaft«, erwiderte ich weit weniger von der Lustigkeit des Intermezzos überzeugt als die zwei Damen. »Wir sind hier ja nicht in Manhattan oder so.«

»Und er hat Sie dabei erwischt, wie Sie Ihre Schuhe in den Sumpf geworfen haben, einen Alligator umbringen wollten, weil Sie dachten, er wäre ein Frosch, sonntags mit den Damen von Sinful zu Mittag gegessen haben und der Knochen wurde in Ihrem Garten gefunden«, zählte Ida Belle auf. »Selbst für eine Stadt dieser Größe ist das eine statistische Unwahrscheinlichkeit, insbesondere in Anbetracht der geringen Zeit, die Sie hier sind.«

Entwaffnet warf ich die Arme hoch. »Und, was soll ich jetzt machen? Sie haben mich doch in diesen Schlamassel gebracht und jetzt sieht es so aus, als würde jemand bei allem, was ich tue, einen Scheinwerfer auf mich richten.«

»Ich mache mir Sorgen wegen der Haarsträhne, die Sie zurückgelassen haben«, überlegte Gertie. »Wenn Carter die findet, weiß er ganz genau, dass sie Ihnen gehört. Hier gibt es nicht viele Platin-Blondinen, und nachdem ich ihn mit all dem Unsinn über meine verschwundene Brille am Telefon festgehalten habe, hegt er vermutlich sowieso schon einen Verdacht.«

»Wir müssen die Strähne holen«, beschloss ich.

Ida Belle nickte. »Da haben Sie recht. Wir können das Haarbüschel nicht dort in der Hecke lassen. Früher oder später macht er Gartenarbeit. Carter macht immer Gartenarbeit, wenn er über etwas nachdenken muss.«

Da fielen mir die Burger und das Bier wieder ein. »Bitte sagen Sie nicht, dass er heute frei hat.«

Gertie biss sich auf die Unterlippe und sah hinüber zu Ida Belle.

»Ich fürchte, doch«, erwiderte Ida Belle. »Und da er die nächsten zehn Tage am Stück arbeiten wird, kümmert er sich sicherlich heute Nachmittag um den Garten.«

»Wir müssen ihn aus dem Haus locken«, überlegte ich.

»Ich weiß nicht«, entgegnete Gertie. »Carter ist sehr pingelig, was seine freien Tage angeht. Er hat nicht so viele davon.«

»Selbst, wenn es heute einen Notfall gäbe, würde sich der Sheriff selbst darum kümmern«, ergänzte Ida Belle.

»Es muss aber einen Weg geben, ihn aus dem Haus zu locken«, sagte ich.

Ida Belle starrte eine Weile die Wand an und nickte dann. »Es gibt einen Weg.« Sie wandte sich an Gertie.

»Hast du noch die Fotos, die du letzte Woche mit deinem Handy gemacht hast?«

Gertie lächelte. »Du bist ein Genie!« Sie rannte aus dem Zimmer und kam Sekunden später mit ihrem Handy wieder zurück. Sie gab es Ida Belle, die eine Weile auf dem Display herumtippte und schließlich lächelte.

»Und jetzt warten wir«, verkündete Ida Belle.

»Warten worauf?«

»Es wird nicht lange dauern«, antwortete Ida Belle. »Wir gucken aus dem Wohnzimmerfenster. Sobald er weg ist, gehen Fortune und ich die Haarsträhne holen. Ich stehe an Carters Zaun Schmiere und Gertie kann so tun, als würde sie die Blumen im Vorgarten gießen, und so die Straße im Auge behalten.«

Ida Belle lief ins Wohnzimmer, Gertie hinter ihr her. Nur für den Fall, dass sie recht hatten, folgte ich den beiden. Gerade hatte ich mich neben Gertie aufgebaut, um durch die Jalousien zu sehen, da flog die Tür von Deputy LeBlancs Haus auch schon auf und er stürmte hinaus. Er trug einen Turnschuh und versuchte, sich während des Rennens den zweiten anzuziehen. Schließlich gab er auf und warf den Schuh in den Truck, bevor er sich hineinsetzte und mit quietschenden Reifen aus der Einfahrt raste.

Kaum war er hinter der Straßenecke verschwunden, da riss Ida Belle auch schon die Haustür auf und lief hinaus.

»Worauf warten Sie noch?«, fragte Gertie und winkte mich herbei. »Los, los!«

Ich rannte aus der Tür und über die Straße mit Ida Belle, die hinter die Hecke an der Vorderseite von Deputy LeBlancs Gartenzaun schlüpfte. Sofort fragte ich mich, was wohl den plötzlichen Aufbruch des stellvertretenden Sheriffs bewirkt hatte, beschloss jedoch, dass es vermutlich besser wäre, es nicht zu wissen. Ich kletterte zu Ida Belle hinter die Hecke und zog mich am Zaun hoch, um einen Blick darüber zu werfen.

»Ist der Hund da?«, fragte Ida Belle.

»Ich sehe ihn nicht.«

»Dann beeilen Sie sich. Wenn Gertie ihn zurückkommen sieht, schickt sie mir eine SMS und ich pfeife.«

»Verstanden«, bestätigte ich und kletterte über den Zaun in den Garten.

Ein paar Sekunden lang blieb ich regungslos stehen und durchsuchte den Garten nach Rambo, doch sofern er sich nicht in den Büschen versteckte, war er nicht draußen. Ich lief über den Rasen zum hinteren Zaun, wo ich die blonde Haarsträhne in der Hecke hängen sah. Sie glänzte im Sonnenlicht wie Aluminium. Ich umfasste das eine Ende und zog daran, doch sie hatte sich in den Zweigen verfangen.

Damit hatte ich nicht gerechnet.

Wie sehr ich mich verrechnet hatte, bemerkte ich, als Rambo seinen Kopf aus der Hecke steckte und knurrend am anderen Ende der Haarsträhne mit zerrte. Sofort ließ ich die Strähne los und rannte um mein Leben über den Rasen. Der Rottweiler schoss aus der Hecke und stürmte hinter mir her.

Ich war schnell, hatte jedoch nicht die geringste Chance, den vorderen Zaun zu erreichen, bevor er mich erreichen würde, also rannte ich über die Terrasse und machte einen Satz auf Rambos Hundehütte zu. Beim Versuch mir zu folgen, knallte er mit voller Wucht gegen deren Seite, und ich sprach ein lautloses Dankesgebet, als er die Seitenwand hinunterrutschte und knurrend auf der Terrasse sitzen blieb.

Ida Belle musste den Radau gehört haben, denn ein paar Sekunden später erschien ihr Gesicht, hochrot von der Anstrengung des Kletterns, über dem Zaun.

»Das ist nicht gut«, bemerkte sie.

»Sagen Sie mir etwas, was ich noch nicht weiß.«

»Wo ist eine Katze, wenn man sie braucht«, grummelte Ida Belle. »Ich guck mal, dass ich was finde, um ihn abzulenken.«

Sie verschwand wieder hinter der Hecke. Ich hoffte, ihre Art der Ablenkung hatte nichts mit Feuerwaffen zu tun. Rambo konnte ich keinen Vorwurf machen, er verteidigte nur sein Eigentum. Das war sein Job, obwohl er mit der blonden Strähne in seinem Mund deutlich weniger furchterregend aussah. Ich sondierte die Umgebung nach Fluchtmöglichkeiten, doch die Hundehütte, der Grill und der Gartenstuhl waren die einzigen Gegenstände im Garten. Und unter Rambos Argusaugen würde ich es niemals bis zum Zaun schaffen.

Dann fielen mir die Bouletten wieder ein.

Ich lehnte mich so weit nach vorne, wie ich konnte, doch meine Finger berührten kaum den Griff des Grills. Ich hielt mich noch mehr mit meinen Unterschenkeln fest und lehnte mich noch etwas weiter nach vorne, sodass ich den Deckel vom Grill anheben konnte. Wie erwartet lagen darunter die halb durchgebrutzelten Hamburgerbouletten. Der Deputy hatte in der Eile zwar daran gedacht, den Grill auszuschalten, jedoch nicht die Zeit gehabt, die Burger herunterzunehmen.

Ich griff nach der Boulette, die am nächsten lag, und warf ein Stück davon rüber zu Rambo. Mit nach wie vor auf mich gerichteten Augen senkte er seinen Kopf und schnüffelte am Fleisch. Dann streckte er seine lange Zunge heraus und fraß den Fraß direkt von der Terrasse, während die Haarsträhne die ganze Zeit aus seinem Mundwinkel hing.

Ich musste den Köder nutzen und eintauschen.

Ich hockte mich auf die Hundehütte und streckte die Hand aus, gerade weit genug, damit Rambo das Fleisch riechen konnte. Er stellte die Ohren auf und kam sofort etwas näher. Ich hatte nur eine Chance und musste mich beeilen. Nur ein Fehler und schon würde meine Hand direkt neben der Haarsträhne aus seinem Maul hängen.

Ich hielt mich so gut es ging mit den Beinen fest und lehnte mich nach vorne, bereit für den Zugriff. Ich hielt Rambo die ganze Boulette hin, um ihn damit nahe genug heranzulocken, damit ich nach der Haarsträhne greifen konnte. Er beäugte mich nach wie vor misstrauisch, doch dann erlag er der Versuchung des Burgers und machte den letzten Schritt auf mich zu.

Als er nach der Boulette schnappte, ergriff ich die Haarsträhne und zog dran, während ich das Fleisch hinter mich warf. Rambo zögerte keinen Moment und lief dem Happen hinterher. Ich sprang von der Hundehütte und rannte zum Zaun, betend, dass er gut durchkaute, bevor er alles herunterschluckte. Ich nahm mir noch nicht einmal die Zeit, hinter mich zu blicken, bevor ich über den Zaun kletterte. Dann hörte ich ein lautes Scheppern und als ich mich umdrehte, konnte ich gerade noch sehen, wie Rambo auf den Grill sprang und die übrigen Bouletten auf der Terrasse verteilte. Dann sprang ich auf der anderen Seite des Zauns in die Hecke, wobei ich ein paar Zweige abbrach und auf eine verwunderte Ida Belle traf.

Beide plumpsten wir aus der Hecke und auf den Rasen wie ein riesiges, rollendes Knäuel aus Händen und Füßen. Ich gewann die Oberhand und sprang unverzüglich auf, voller Sorge, Ida Belle womöglich erdrückt zu haben. Erleichtert lächelte ich, als sie einen Schwall von Flüchen ausstieß. Immerhin lebte sie noch. Ich streckte ihr die Hand entgegen und half ihr, vom Rasen aufzustehen. Dann warf ich einen Blick auf die andere Straßenseite.

Gertie stand in ihrem Vorgarten mit dem Gartenschlauch in einer und ihrem Handy in der anderen Hand. Das Ende des Gartenschlauchs zeigte ins offene Fenster ihres Autos, und ich konnte sehen, wie das Wasser unter der Autotür herausfloss. Sie starrte mit offenem Mund direkt zu uns, was ich erst dem Schock über unseren Fall zuschrieb, doch dann ließ sie ihr Handy fallen und winkte uns wild herbei.

»Wir sollten uns beeilen«, sagte ich.

Ida Belle klopfte ihre Hose aus und rannte mir über die Straße nach. Gertie ließ den Schlauch fallen, der am Außenspiegel der Beifahrertür hängenblieb und somit nach wie vor ins Auto zielte, griff nach ihrem Handy und rannte zur Haustür, um sie für uns zu öffnen. Ida Belle und ich stürmten ins Haus, und Gertie schloss die Tür hinter uns. Als ich aus dem Fenster blickte, sah ich Deputy LeBlanc gerade um die Ecke biegen.

»Gertie, der Schlauch!«, rief ich.

Für den Bruchteil einer Sekunde sah mich Gertie ausdruckslos an, dann begriff sie: »Oh nein!«

»Nicht jetzt!« Ida Belle hielt Gertie am Arm fest, die gerade zur Tür eilen wollte.

Deputy LeBlanc fuhr in seine Einfahrt, stieg aus dem Auto, knallte die Tür hinter sich zu und lief ins Haus.

»Das war knapp«, sagte ich.

»Er sieht wütend aus«, bemerkte Ida Belle.

»Er wird noch wütender aussehen, wenn er bemerkt, dass der Hund all seine Hamburger gegessen hat«, prophezeite ich.

»So haben Sie ihn abgelenkt?« Ida Belle nickte. »Gute Idee.«

»Scheiße«, fluchte Gertie und tippte auf ihrem Handy herum.

»Stimmt was nicht?«, fragte ich.

»Ich muss Margaret anrufen, dass sie ihre Katze nun doch nicht zu bringen braucht.«

★★★

Wir konnten Deputy LeBlancs wütenden Aufschrei bis über die Straße und durch die Wände von Gerties Haus hören. Gertie nahm das Geschrei zum Anlass, nach draußen zu gehen, das Wasser abzudrehen und die Autotür zu öffnen. Eine wahre Flut ergoss sich auf das Pflaster. Ida Belle rannte mit einer ganzen Gallone Backpulver hinterher. Sie öffnete alle Autotüren und streute das Zeug überall hin. Ich hingegen nahm mir vor, für eine Weile nicht mit Gertie Auto zu fahren. Vielleicht zehn Jahre oder so.

Gertie kam wieder in die Küche, wobei ihre patschnassen Schuhe auf dem gesamten Parkett Pfützen hinterließen. Ida Belle folgte ihr und wischte das Wasser mit einem Geschirrtuch auf. Auch ich ging in die Küche und nahm gegenüber von Ida Belle Platz, während Gertie Kaffee kochte.

»Ich nehme an, Sie haben kein Gebäck hier, oder?«, fragte ich. »Ich habe meine Tüte Kekse weggeworfen, bevor ich über Deputy LeBlancs Zaun gestiegen bin.«

Gertie nickte. »Doch, ich hatte gerade Kuchen gebacken, als Sie mir die SMS schrieben. Der passt gut zum Kaffee.«

Ida Belle deutete auf Gerties Füße. »Zieh die nassen Schuhe aus und stell sie zum Trocken auf die Hintertreppe. Das Letzte, was wir jetzt noch gebrauchen können, ist, dass du krank wirst. Wir haben noch viel zu tun.«

Gertie zog sich die Sportschuhe aus und warf sie auf die Hintertreppe. »Fortune, Sie haben noch gar nicht erzählt, weshalb Sie überhaupt hierhergekommen sind«, sagte sie, während sie uns Kaffee einschenkte. »Wäre es nicht einfacher gewesen, anzurufen?«

»Vermutlich, aber ich habe Ihre Telefonnummer nicht. Und weiß auch nicht, woher Sie meine haben.«

Gertie stellte jeweils eine Tasse Kaffee vor mich und Ida Belle und setzte sich anschließend mit ihrer Tasse hin. »Ihr Handy lag am Sonntag auf dem Küchentisch. Ich habe mir Ihre Nummer notiert, falls ich sie mal brauche, und meine und die von Ida Belle in ihre Kontaktliste eingespeichert, die bis dahin übrigens leer war.«

»Mein altes Handy ist kaputt«, wand ich mich heraus, »und ich hatte noch nicht die Zeit, alle Namen neu einzugeben.«

Gertie nickte. »Nun, jetzt, wo Sie wissen, dass Sie uns in Ihren Kontakten haben, brauchen Sie kein Risiko mehr einzugehen, wenn Sie mit uns reden müssen.«

»Welche Nummern hast du ihr gegeben?«, wollte Ida Belle wissen.

Gertie sah sie beleidigt an. »Die geheimen, natürlich.«

»Sie haben geheime Telefonnummern?«, fragte ich.

»Natürlich«, erwiderte Ida Belle. »Wir haben Telefone, die auf unseren Namen registriert sind, aber da Big Brother all unsere Verbindungen einsehen kann, haben wir uns Prepaid-Handys zugelegt. Einmal im Monat fahren wir rüber nach New Orleans und bezahlen neues Guthaben in bar. So hinterlassen wir keine Spuren.«

»Will ich wissen, wozu Sie geheime Handy-Nummern brauchen?«

»Vermutlich nicht«, antwortete Ida Belle.

Wahrscheinlich hatte sie recht, und ich verfolgte die Sache nicht weiter. »Ich bin gekommen, um Ihnen zu erzählen, dass ich Besuch von Harveys Cousin hatte.« Dann erzählte ich vom Hämmern gegen meine Tür, der darauffolgenden Unterhaltung, der wirkungslosen Zustellung der Papiere und Deputy LeBlancs Auftauchen inmitten des Geschehens.

»Warum haben Sie mir nichts von diesem Cousin erzählt?«, wollte ich wissen. »Wir hätten jede Menge Zeit bei der Suche nach einem anderen Verdächtigen verschwendet, obwohl er direkt vor unserer Nase war. Dieser Mann hat ein echtes Aggressionsproblem.«

Ida Belle schüttelte den Kopf. »Die Polizei hat ihn als Ersten verhört, aber er hat ein wasserdichtes Alibi für den Zeitpunkt von Harveys Verschwinden.«

»Absolut wasserdicht?«

»Er saß ein Jahr lang im Gefängnis von New Orleans ein. Vor Harvey Verschwinden war er sieben Monate und danach noch weitere fünf Monate drin. Sofern Harvey nicht die ganze Zeit über am Leben war und Melvin ihn nach seiner Entlassung umgebracht hat, kann er es nicht gewesen sein.«

»Scheiße.« Und wieder eine Option weniger.

Ich trommelte mit den Fingern auf den Tisch und schon schoss mir eine neue Idee in den Kopf.

»Könnte er mit einem Partner gearbeitet haben? Das Gefängnis ist ein perfektes Alibi. Vielleicht hat er das genutzt.«

Ida Belle hob die Augenbrauen. »Kein schlechter Gedanke.« Sie sah hinüber zu Gertie. »Mit wem ist Melvin befreundet?«

Gertie starrte Ida Belle ein paar Sekunden an und schüttelte dann langsam den Kopf. »Mit niemandem, dem er einen Mord zutrauen würde. Seine Freunde und seine Familie würden gut in Sendungen wie ›Die dümmsten Verbrecher‹ passen.«

»Wenn sie so drauf sind wie Melvin«, sagte ich, »verstehe ich das völlig. Aber vielleicht hat er sich mit jemand völlig anderem zusammengetan – mit jemandem außerhalb seiner Familie und seines üblichen Freundeskreises. Wenn er dachte, Harveys Geld zu erben, hätte er sich leisten können, eine Menge dafür zu bezahlen.«

»Nun«, wandte Ida Belle ein, »er verkehrt nicht unbedingt in hohen Kreisen, insofern ist es durchaus möglich, dass er jemanden gefunden hat, mit dem er sich zusammentun konnte.«

Ich nickte. »Am wahrscheinlichsten wäre jemand, den er im Gefängnis kennengelernt hat und der vor ihm entlassen wurde.«

Gertie und Ida Belle spitzen die Ohren, doch plötzlich entdeckte ich den Fehler in meiner Logik und seufzte.

»Vergessen Sie's«, sagte ich.

»Warum?«, fragte Gertie.

»Wenn Melvin jemanden angeheuert hätte, um Harvey umzubringen, hätte er gewollt, dass die Leiche gefunden wird, solange er noch im Gefängnis ist. So wäre Marie mit einer viel größeren Wahrscheinlichkeit des Mordes angeklagt worden und er hätte schon vor langer Zeit mit Harveys Geld verschwinden können.«

Ida Belle runzelte die Stirn. »Vielleicht hatten sie einen Plan, der dann schiefgegangen ist.«

»Inwiefern?«

»Vielleicht wollten sie nicht, dass die Leiche sofort gefunden wird, damit der Todeszeitraum so groß ist, dass Marie dafür kein Alibi haben kann.«

»Also glauben Sie, sie hätten die Leiche versteckt?«

Ida Belle nickte.

»Wo?«

»Irgendwo im Sumpf, nehme ich an«, antwortete Ida Belle. »Aber wenn ein Alligator sie gefunden hat … das würde erklären, weshalb es fünf Jahre gedauert hat, bis ein Teil von Harvey aufgetaucht ist.«

Ich atmete laut aus. »Das ist dünn. Ich meine, richtig dünn.«

»Zu dünn, um den Verdacht von Marie abzulenken?«, fragte Gertie.

Ich nickte. »Wir brauchen mehr als eine Vermutung.«

»Zum Beispiel?«

»Zum Beispiel einen möglichen Partner. Für den Anfang.«

Ida Belle kniff die Lippen zusammen. »Ich finde Ihre Idee, dass er im Gefängnis jemanden kennengelernt haben könnte, sehr gut. Von so etwas habe ich schon in den Nachrichten gehört, insofern ist bekannt, dass es solche Fügungen gibt.«

»Schon, aber wir müssten wissen, wen er im Gefängnis kennengelernt hat, und ich wüsste nicht, wie wir an diese Information kommen sollten.«

»Oh, das ist einfach«, meinte Gertie.

»Ist es das?«

»Wir bitten Myrtle, das für uns nachzusehen. Zumindest über die Zellengenossen wird doch Buch geführt, oder?«

»Meinen Sie Maries Cousine, die im Büro des Sheriffs arbeitet? Sie könnte ziemliche Schwierigkeiten bekommen, wenn Deputy LeBlanc sie erwischt. Was, wenn sie es nicht macht?«

»Oh, sie macht das schon«, sagte Ida Belle.

Ihr Ton klang so, als hätte Myrtle nicht wirklich eine Wahl. Für einen Moment fragte ich mich, ob Ida Belle wohl etwas gegen sie in der Hand hatte. Wenn, dann zweifelte ich nicht eine Sekunde daran, dass sie es auch benutzen würde. Ida Belle war ganz klar niemand, mit der man sich in Sinful anlegen sollte.

Sie war wie der Pate, nur weiblich, mit silbernen Haaren und aus den Südstaaten.

Kapitel 12

Trotz des enormen Stück Kuchens, das ich bei Gertie gegessen hatte – den Nachschlag nicht mitgezählt – knurrte mein Magen, als ich ihr Grundstück wieder über den Zaun verließ und in Richtung Zuhause lief. Augenscheinlich hatten das Sandwich und der ganze Kuchen nicht ausreichend Energie geliefert, um den Verlust zu decken, den ich beim Wettrennen mit Rambo erlitten hatte.

Mir war nicht wirklich nach einem weiteren Sandwich und ganz sicher nicht nach Kochen – nicht bei meinem Pech in letzter Zeit –, also ging ich schnell heimwärts und wusch mir die Haare. Der kahle Fleck war gut zu sehen, wenn ich das Haar offen trug, konnte jedoch leicht verdeckt werden, wenn ich mir einen Pferdeschwanz band, was sowieso meine Lieblingsfrisur war, solange ich einen auf Tussi machen musste.

Vermutlich würde ich das Malheur in einem dieser »Nobelsalons in New Orleans«, von denen Ida Belle erzählt hatte, in Ordnung bringen lassen müssen, bevor es jemand bemerkte und anfing, Fragen zu stellen. Was mich daran erinnerte, dass ich noch bei Walter vorbeischauen und in Erfahrung bringen musste, wann mit der Lieferung der Batterie für Marges Jeep zu rechnen war. Um durch die vier Blocks von Sinful zu fahren, brauchte ich zwar nicht unbedingt ein Auto, aber nach New Orleans kam ich nur schlecht zu Fuß.

Als ich alles gesäubert hatte und wieder vorzeigbar war, schnappte ich mir ein Buch über die Waffen des Amerikanischen Unabhängigkeitskriegs, das ich im Schlafzimmer gefunden hatte, und machte mich auf zu Francines Café. Montags gab es zwar keinen Bananenpudding, doch beim Gedanken an das panierte Beefsteak, das ich am Sonntag gegessen hatte, lief mir das Wasser im Mund zusammen. Davon könnte ich gut noch eine Portion vertragen, gerne mit etwas Fruchtpastete zum Dessert. Gertie hatte gesagt, die gäbe es jeden Tag und war immer gut. Sie müsste fantastisch sein, um Gerties Kuchen toppen zu können, doch im Namen der Wissenschaft war ich gewillt, meinen Magen für diesen Vergleich zur Verfügung zu stellen.

Bis auf zwei grauhaarige Männer in der Ecke war Francines Café leer. Sie sahen interessiert auf, als ich eintrat, steckten die Köpfe zusammen und fingen an zu tuscheln. Vermutlich hatten sie seit mindestens zehn Jahren niemanden mehr unter dreißig gesehen und überlegten gerade, mit welcher Spezies sie es wohl zu tun hatten.

Francine winkte mir vom Grill aus zu und kam dann mit ihrem Notizblock rüber. »Schön zu sehen, dass weder mein Essen noch die Gesellschaft der Damen von Sinful Sie umgebracht haben.«

»Noch nicht; bei den Damen von Sinful steht das Urteil noch aus.«

»Ha. Sie lernen schnell. Nach dem Rennen, das Sie am Sonntag hingelegt haben, werden die Katholiken hinter Ihnen her sein.«

Ich blinzelte. Himmel, so hatte ich das ja noch gar nicht gesehen. Na toll, nun musste ich mir auch noch die Katholiken vom Leib halten. »Es ist nicht leicht, in dieser Stadt ein ruhiges Leben zu führen, oder?«

Francine lachte. »Ja, Leute, die noch nie in einer Kleinstadt gelebt haben, und schon gar nicht in einer Kleinstadt in den Südstaaten, denken immer, dass hier alles ganz langsam läuft und alle Menschen nett lächeln und einander zuwinken. Der zweite Teil stimmt zwar meistens, aber dennoch fehlt es nie an Dramen. Ich glaube, die Leute hier haben vielleicht zu wenig zu tun und suchen sich deshalb Sachen, über die sie sich streiten können.«

»Vielleicht«, sagte ich, obwohl ich nicht wirklich überzeugt war. Ein Mord ist dann doch eine recht extreme Reaktion auf Langeweile, und dennoch gab es einen hier mitten in Geriatrien.

»Möchten Sie etwas essen, meine Liebe?«

»Ja. Ich nehme das panierte Beefsteak, Kartoffelpüree mit Soße, Mais und extra Brötchen.«

Francine nickte, während sie alles auf ihrem Block notierte. »Und zum Runterspülen?«

»Ich nehme nicht an, dass Sie Bier haben?«

»Nein. Sinful ist eine trockene Stadt.«

»Sie machen Witze.« Andererseits, wenn ich so darüber nachdachte, hatte ich im Gemischtwarenladen, in dem ich die Kekse und die Zutaten für das Sandwich gekauft hatte, keinen Alkohol gesehen. Die Notwendigkeit des »Hustensaft«-Verkaufs durch die Damen von Sinful wurde mir immer klarer.

»Schön wär's. Ein paar Bier oder ein Glas Wein haben noch keinem geschadet, aber nie kriegen wir die Wahl durch. Die Leute haben Angst, dass hier auf der Hauptstraße eine Bar eröffnet werden könnte. Es gibt in der Nähe zwei Bars, aber man muss ein paar Kilometer aus der Stadt rausfahren, um dahin zu kommen.«

»Verstehe. Ich vergesse immer wieder, wie religiös diese Stadt ist.«

»Oh, das liegt nicht an der Religion, obwohl sie jedes Mal als Ausrede herhalten muss, wenn das Thema aufkommt. Die Männer wollen keine Bar in Sinful. Dann müssten die anderen zwei Bars vermutlich schließen, und die Männer müssten für all das, wofür sie aus der Stadt rausfahren, um es vor ihren Frauen zu verbergen, hier in der Stadt tun, wo jeder sie sehen kann.«

»Eine Frau geht nicht in die Bar?«

»Zumindest keine anständige Frau.« Sie steckte den Notizblock in ihre Schürze. »Das Stärkste, was wir haben, ist ein Rootbeer.«

»Machen Sie ein Rootbeer Float daraus.« Mit Speiseeis darin war Rootbeer nahezu perfekt.

»Gerne. Essen ist in zehn Minuten fertig«, verkündete sie und ging zurück in die Küche.

»Ich habe es nicht eilig«, erwiderte ich und schlug das Buch an der Stelle auf, an der ich die Nacht zuvor aufgehört hatte zu lesen. Faszinierend, welch furchtbare Waffen es damals gab. Ich konnte mir gar nicht vorstellen, meinen Job ohne die Ausrüstung durchzuführen, die mir heute zur Verfügung steht. Die Bauern, die damals den Krieg um das Land gewonnen hatten, hatten echt Eier.

Ich war derart in die Lektüre vertieft, dass ich ihn nicht kommen hörte.

»Miss Morrow«, ertönte Deputy LeBlancs Stimme direkt rechts neben meinem Stuhl, und ich sprang auf.

»Himmel. Schleichen Sie sich immer so an die Leute heran?«

»Das ist eine sehr merkwürdige Frage, wenn sie von Ihnen kommt, aber warten Sie einen Moment.« Er sah hinüber zu Francine, die mir gerade mein Essen brachte.

Sie stellte den Teller vor mich und wandte sich dann Deputy LeBlanc zu. »Möchten Sie etwas essen?«

»Ich nehme das Tagesgericht.«

Sie blickte ihn verwundert an. »Ich dachte, Sie grillen immer an Ihrem freien Tag.«

Er runzelte die Stirn »Nun, *irgendjemand* kam auf die Idee, Junior Baker Fotos seiner Frau beim Nacktbaden mit seinem Cousin zu schicken. Junior und sein Cousin haben sich in der Sumpfbar geprügelt, und ich war fast dort, als sie mich anriefen und verkündeten, beide Parteien hätten die Bar verlassen und der Streit sei beendet. In der Zwischenzeit hatte Tiny all meine Burger gefressen, die ich in der Eile des Aufbruchs auf dem Grill gelassen hatte.«

Tiny? Winzig? Machte er Witze?

Francine schüttelte den Kopf. »Diese Frau wird für einen der Männer eines Tages noch den Tod bedeuten.«

»Vermutlich haben Sie recht. Ich kann mich nur nicht entscheiden, welcher von beiden der bessere Verlust wäre. Oh, Francine, setzen Sie mein Essen auf Miss Morrows Rechnung.«

Francine bekam große Augen, sagte jedoch nichts und verschwand wieder in der Küche.

»Warum zum Teufel sollte ich Ihr Essen bezahlen?«, fragte ich. »Ich hoffe, Sie glauben nicht, ich hätte die Nacktfotos geschickt. Ich kenne diese Leute nicht einmal.«

»Ich habe meine eigene Theorie darüber, wer sie geschickt hat, werde es aber vermutlich nie beweisen können.«

»Dann weiß ich nicht, wieso Sie glauben, ich würde Ihnen irgendetwas schulden.«

Er steckte seine Hand in die Tasche und zog drei platinblonde Haare heraus. »Die habe ich zwischen den Zähnen meines Hundes gefunden. Genau dort, wo auch die Reste meines Abendessens waren. Die Hecke, die Sie zerstört haben, wird vermutlich überleben, doch das Mindeste, was Sie mir jetzt schulden, ist eine Mahlzeit. Hätten Sie ihn nicht geärgert, hätte er sich niemals über meine Burger hergemacht.«

Heilige Scheiße. *Du bist ein ausgebildeter Profi,* sagte ich zu mir, während ich versuchte, mein ausdruckloses Gesicht zu behalten.

»Ich habe keine Ahnung, wovon Sie reden.«

Er grinste mich amüsiert an. »Mehr haben Sie nicht drauf?«

Er beugte sich zu mir vor und senkte die Stimme. »In anderer Leute Häuser zu spannen ist zwar, wie Sie wissen, verboten, aber wenn Sie mich mal wieder unbedingt beobachten möchten, lassen Sie es mich wissen. Ich bin stets bereit, einer hübschen Frau zu helfen.«

Dann zwinkerte er, legte die Haare quer über mein Buch und ging hinüber zu den zwei alten Männern in der Ecke. Ich spürte eine Hitzewallung meinen Nacken hinabkriechen und versuchte angestrengt, mich unter Kontrolle zu behalten. Der Mann hatte vielleicht Nerven zu denken, ich hätte mich in seiner Hecke versteckt, um ihn im Schlüpfer oder was auch immer zu sehen. Welch ein Ego!

»Möchten Sie noch eines?«, ertönte Francines Stimme neben mir.

Verflixt, ich lasse nach. Das war schon die zweite Person hintereinander, die sich an einem öffentlichen Ort an mich heranschlich.

Ich blickte auf und sah sie auf das leere Glas deuten. »Gerne«, erwiderte ich. Vielleicht kühlte mir ein zweites Getränk den Kopf.

Als sie ein paar Minuten später mit dem Rootbeer Float zurückkehrte, kochte ich immer noch.

»Ist der immer so eingebildet?, fragte ich, als sie das Glas vor mir auf den Tisch stellte.

Francine blickte nervös in Richtung Deputy LeBlanc und nickte. »Er war schon immer irgendwie der Beste in allem: gute Noten, Fußballstar, bester Jäger … alle Mädchen in Sinful liefen ihm hinterher. Manchmal glaube ich, er ist nur zur Marine gegangen, um vor ihnen zu flüchten.«

»Vermutlich«, murmelte ich. »Und wo ist sein Harem jetzt?«

»Nun, manche wollten nicht warten und heirateten jemand anders, andere haben die Stadt verlassen und streben nach Höherem, aber ein paar hier wetteifern durchaus noch um seine Aufmerksamkeit.«

Sie legte den Kopf zur Seite und blickte mich eine volle Minute lang aufmerksam an. »Allerdings hat er sich bisher für keine Frau ernsthaft interessiert– bis Sie kamen.«

»Oh, nein! Ich habe absolut kein Interesse an Deputy Charming. Gäbe es gar so etwas wie negatives Interesse, dann hätte ich das.«

»Deputy Charming. Das gefällt mir.«

»Ist sarkastisch gemeint.«

Francine zuckte die Achseln. »Sie könnten es deutlich schlechter treffen. Sie sind ja nur für den Sommer hier, und ein kleiner Sommerflirt hat noch keinem geschadet. Na ja, außer Maureen Thompson … aber die hat mit dem Mann ihrer Schwester geschlafen.«

Sie drehte sich um und ging zurück in die Küche, während ich nachdenklich in mein Rootbeer Float blickte. Das wurde ja immer schlimmer. Ich hatte nicht nur mein Leben riskiert, um an die Haarsträhne zu kommen, nur damit Tiny – und der Name war nun wirklich absurd – mir ein Beweisstück vorenthält; jetzt glaubte Deputy LeBlanc auch noch, ich wäre in seinem Garten gewesen, weil ich amouröse Ambitionen hatte. Ein wahrer Albtraum.

Sobald ich mit dem Nachtisch fertig wäre, würde ich schnurstracks nach Hause gehen, mich in mein Bett verkriechen und das Haus für den Rest des Tages nicht mehr verlassen, es sei denn, es brennt. Heute war schlicht nicht mein Tag. Ich brauchte Zeit zum Entspannen und um mich neu zu ordnen.

Ich hatte keine Ahnung, was mich dazu verleitet hatte, zu Deputy LeBlanc hinüberzusehen, aber irgendwie konnte ich nicht anders. Er saß nach wie vor bei den alten Herren, doch als ich ihm den Kopf zuwandte, blickte er mir direkt in die Augen und winkte. Ich seufzte. Vielleicht sollte ich noch einen kurzen Zwischenstopp bei Gertie einlegen und etwas Hustensaft besorgen, bevor ich nach Hause ging.

Kapitel 13

Ich goss mir gerade ein Gläschen Hustensaft ein, als das Festnetztelefon klingelte. Für einen Moment überlegte ich, ob ich wirklich an das Telefon einer Verstorbenen gehen sollte, doch dann dachte ich mir, dass ja jeder wusste, dass sie tot war, und wenn dennoch jemand anrief, war der Anruf vermutlich für mich. Ich sah auf die Uhr. Acht Uhr abends. Ich ging ans Telefon und erwartete Gertie oder Ida Belle am anderen Ende der Leitung, stattdessen hörte ich eine ausgesprochen männliche Stimme.

»Miss Morrow?«

»Ja.«

»Bitte entschuldigen Sie, dass ich so spät noch anrufe. Mein Name ist Albert Worley. Ich bin Anwalt bei Worley and Pickard.«

Die Vorladung!

»Es tut mir leid, Mr Worley, aber ich kann Ihnen bei der Suche nach Marie nicht helfen. Ich kenne die Frau noch nicht einmal.«

Für einen Moment war es völlig still und ich fragte mich schon, ob er aufgelegt hatte, als ich ein Räuspern vernahm.

»Jetzt bin ich etwas verwirrt, Miss Morrow. Ich bin der Anwalt Ihrer verstorbenen Tante.«

»Oh. Oh! Tut mir leid, Mr Worley. Hier läuft ein kleines Drama ab, seit ich im Haus meiner Tante bin. Ich dachte, Sie rufen aus einem völlig anderen Grund an.«

Mr Worley räusperte sich erneut. »Ich hoffe, es ist alles in Ordnung …«

»Alles in bester Ordnung. Nur ein kleines Missverständnis. Was kann ich für Sie tun, Mr Worley? Leider habe ich noch nicht einmal damit begonnen, die Habseligkeiten meiner Tante zu katalogisieren.«

»Das hat überhaupt keine Eile. Ihre Tante hatte ein ganz gutes Händchen für Aktien, und mit dem Bestand können die Kosten für Ihren Aufenthalt problemlos gedeckt werden, solange Sie für die Abwicklung brauchen.«

»Oh, okay, ich hoffe wirklich, noch vor Ende des Sommers damit fertig zu sein.«

»Das hört sich gut an, Miss Morrow. Ich wollte Sie nur wissen lassen, dass es von unserer Seite her keinen Grund zur Eile gibt. Ich weiß ja, dass Sie aus der Großstadt kommen; in Kleinstädten geht es in der Regel etwas gemächlicher zu.«

»Davon habe ich auch schon gehört.« Davon hatte ich zwar noch nichts gemerkt, aber ich gab die Hoffnung nicht auf.

»Der Grund, aus dem ich anrufe, ist ein Dokument, das Ihre Tante hinterlassen hat und Ihnen nach ihrem Tod übergeben werden soll.«

»Was für ein Dokument?«

»Das weiß ich leider nicht. Der Umschlag war versiegelt, als sie ihn uns zur Verwahrung übergab. Wir sind angewiesen, Ihnen das Dokument nach ihrem Ableben zu übergeben. Wenn Sie es in unserem Büro in New Orleans abholen möchten, wäre mir das recht, ansonsten können wir auch einen Termin im Haus Ihrer Tante vereinbaren. Ich würde ja einen Kurier schicken, brauche jedoch Ihre Unterschrift für unsere Unterlagen.«

Scheiße. Das Letzte, was ich jetzt noch gebrauchen könnte, war, Sandy-Sues Unterschrift auf einer Urkunde zu fälschen. Abgesehen davon war was immer Marge in dieses Dokument geschrieben hat für ihre Nichte bestimmt – nicht für mich.

»Meine Pläne für diese Woche stehen noch nicht fest, Mr Worley. Im Moment ist der Jeep meiner Tante nicht fahrtüchtig, ich hoffe jedoch, das wird bald behoben. Nach der Reparatur muss ich sowieso nach New Orleans fahren. Kann ich Sie anrufen und Ihnen mitteilen, wann es so weit ist?«

»Natürlich. Wie ich bereits sagte, hat es keine Eile. Wenn Sie in der Stadt sind, mache ich es passend. Vielen Dank, Miss Morrow, und einen schönen Abend noch.«

Ich legte den Hörer auf und ging mit der Flasche Hustensaft und dem Schnapsglas bewaffnet nach oben. Ein Glas hatte ich schon intus, aber zwei wären sicherlich besser, insbesondere, weil ich vorhatte, früh ins Bett zu gehen. Da mir das erste Glas die Stimmbänder weggebrannt hatte, wollte ich mir gar nicht erst vorstellen, was das Zeug mit meinem Kreislauf anstellen würde. Deshalb plante ich, bereits im Pyjama und im Bett zu sein, wenn ich mir die zweite Runde gönnte. Ich würde hier eine Tüte Schlaf kriegen, auch wenn es mich umbrachte!

★ ★ ★

Ich war auf halbem Weg die Treppe oben, als mein Handy klingelte. Ich stöhnte, denn ich war nicht im Geringsten in der Stimmung für einen mitternächtlichen Ausflug mit den beiden Drama-Queens. Ich zog das Handy aus der Tasche, und mein Herz begann zu rasen, als ich sah, dass der Anruf von Harrison kam.

»Was zur Hölle ist denn da unten los?«, dröhnte Harrisons Stimme aus dem Handy, kaum, dass ich den Anruf angenommen hatte.

Wie angewurzelt blieb ich auf der Treppe stehen. »Was meinen Sie?«

»Ich habe einen Alarm für bestimmte Suchen in den nationalen Datenbanken eingerichtet. Der für die Suche nach Ihrer toten Tante ging letzte Nacht los.«

»Oh!« Deputy LeBlanc war schneller, als man ihm zutrauen würde.

»Warum sucht jemand nach einer Frau, die eines natürlichen Todes gestorben ist?«

Ich erklärte die Situation mit dem Knochen, ließ jedoch das Detail meiner Verstrickung in die Alte-Leute-Mafia von Sinful aus, weil ich fürchtete, ihm damit einen Hirnschlag zu verpassen.

»Himmel, Redding, Sie sind ein echter Leichenmagnet. Bitte sagen Sie mir, dass Sie nichts damit zu tun haben.«

»Was sollte ich damit zu tun haben? Der Typ wurde vor langer Zeit umgebracht. Ich kann es gar nicht gewesen sein.«

»Nun, augenscheinlich glaubt ein gewisser Deputy LeBlanc, dass Tante Marge etwas darüber gewusst hat. Warum sonst sollte er Nachforschungen über sie anstellen?«

»Sie war eine gute Freundin der Frau des Toten, und wie ich von den Einheimischen erfahren habe, war der Tote ein widerliches, aber reiches Arschloch. Vielleicht glaubt Deputy LeBlanc, eine ihrer Freundinnen hätte ihr bei ihrem Problem geholfen.«

»Sie haben mit den Einheimischen darüber geredet? Hören Sie damit auf! Sie dürfen sich nicht in den Schlamassel ziehen lassen. Packen Sie einfach nur die Kisten und gießen Sie die Blumen, oder was immer man da unten so macht.«

»Wenn Sie wüssten«, murmelte ich.

»Was?«

»Nichts. Vertrauen Sie mir, ich versuche, mich aus allem rauszuhalten, aber es wäre verdächtigter, wenn ich nicht neugierig wäre. Ich stelle keine Fragen, aber die Leute reden, und ich werde sie nicht aufhalten.«

Für ein paar Sekunden war es in der Leitung ganz still; dann hörte ich Harrison seufzen. »Ich verstehe. Na gut, hören Sie zu, aber äußern Sie nicht Ihre Meinung – über gar nichts.«

»Ich verspreche, meine Meinung nicht zu äußern.« *Außer Ida Belle und Gertie gegenüber.*

Apropos. »Ähm, Harrison«, sagte ich, »es könnten ein paar Namen auftauchen. Die tote Frau war in einer Art Gesellschaft von alten Damen, die die Stadt hier wohl unter Kontrolle haben.«

»Okay. Wenn irgendwelche Senioren auftauchen, weiß ich, dass es nur der stellvertretende Sheriff ist, der im Trüben fischt.«

»Gibt es irgendwas Neues zu meiner Situation?«

»Leider nicht. Ahmad ist untergetaucht. Seit Freitag haben wir keine Spur mehr von ihm.«

»Aber das Kopfgeld steht noch?«

»Ja. Wir haben eine Unterhaltung zwischen zwei brasilianischen Killern abgehört. Wir wissen, dass sie ins Land gekommen sind, konnten sie jedoch noch nicht orten.«

»Okay«, sagte ich. Mehr traute ich mich nicht zu sagen, denn ich wusste, dass er meine Enttäuschung deutlich aus meiner Stimme heraushören konnte.

»Hören Sie zu, Redding. Das alles tut mir wirklich leid. Ich weiß, dass wir nicht immer einer Meinung sind, aber das hier ist Arbeit, nichts Persönliches. Ich möchte, dass Sie wissen, dass ich alles tue, was ich kann, um Sie da rauszukriegen. Und Morrow auch.«

»Ich weiß.« Und ich wusste. Harrison und ich stritten wie ein wütendes Ex-Pärchen, und Morrow erinnerte mich mit seinem ständigen Missfallen und seiner Kritik an meinem Vater, aber ich wusste, dass beide mir nur helfen wollten.

»Okay«, sagte Harrison. »Ich möchte diese Leitung nicht zu lange blockieren. Ich rufe erst wieder an, wenn es etwas Neues gibt, aber checken Sie Ihre E-Mails. Ich halte Sie auf dem Laufenden, wann immer ich eine sichere Verbindung kriege.«

»Danke. Harrison?«

»Ja?«

»Ich weiß wirklich zu schätzen, was Sie für mich tun.«

»Ich weiß«, wiederholte er meine Worte.

Ich legte auf und ging den Rest der Stufen hoch. Bisher hatte Deputy LeBlanc seine Nachforschungen noch nicht auf mich ausgeweitet. Natürlich gab es dafür auch keinen logischen Grund, weil Sandy-Sue zum Zeitpunkt von Harveys Verschwinden noch nicht einmal in der Nähe von Sinful gewesen war, aber irgendwann würde seine Neugierde Überhand gewinnen und dazu führen, meine Vergangenheit auszuloten. Einfach nur so.

Es gab so viele Sachen, die ich einkalkulieren musste, dass mein Kopf zu schmerzen begann. Ich würde mich jetzt umziehen, mich mit meinem Buch ins Bett legen und noch etwas Hustensaft trinken. Mit ein bisschen Glück würde ich dann ins Koma fallen, was all meine Probleme lösen würde.

★★★

Gerade wollte ich mir die Ohrenschützer aufsetzen, als ich es über mir knacken hörte. Sofort ließ ich die Ohrenschützer auf das Bett fallen und schälte mich aus der Bettdecke. Die Nachtluft war furchtbar schwül, und es wehte kein Lüftchen, das zu dem Geräusch beigetragen haben könnte.

Jemand war auf dem Dachboden.

Bei meinem ersten Rundgang durchs Haus hatte ich am Ende des Ganges eine Treppe zum Dachboden entdeckt. Erst dachte ich, es handele sich um einen Wandschrank, doch hinter der Tür verbarg sich die schmalste Treppe, die je ein Mensch gesehen hatte. Auf diesem Dachboden konnte man ganz sicher nichts lagern, da nichts die Treppe rauf passte.

Ich zog mir Socken an, um meine Schritte zu dämpfen, und schlich den Flur entlang zur Treppe. Mit angehaltenem Atem öffnete ich die Tür zum Dachboden und war erleichtert, dass sie nicht quietschte. Dann schlüpfte ich in den schmalen Gang und stieg leise die Treppe hinauf, bis ich einen Blick auf den Speicher werfen konnte.

Es gab nur ein Fenster am Ende des Raums, durch das das Licht des Vollmonds schien und eine schimmernde Spur auf dem Boden hinterließ. Ich sondierte den gesamten Raum und versuchte, Bewegungen in den Schatten zu erkennen, doch alles war ruhig.

Nicht einmal ein Luftzug wehte, und für einen Moment dachte ich, ich hätte mich geirrt.

Dann hörte ich es erneut, am anderen Ende des Dachbodens.

Ich tat einen Schritt darauf zu und betete, dass die Bodendiele nicht knarrte, wenn ich sie betrat. Einen Moment lang hielt ich inne, hörte jedoch nichts als die Stille. Was immer es gewesen war, verharrte jetzt still. Das bedeutete, dass dieses Wesen vermutlich wusste, dass ich da war – weil es mich gespürt, gerochen oder gesehen hatte. Der Überraschungsmoment war vorbei, doch ich hatte eine weitere Überraschung in Form meiner Pistole an meiner Seite.

Hochkonzentriert kroch ich über den Boden und schaltete in den Kampfmodus. Ich verließ mich auf all meine Sinne, um mir einen Vorteil zu verschaffen. Die Wände des Dachbodens standen voll mit Kartons und kleinen Möbelstücken. Manche waren mit Laken bedeckt, wodurch der gesamte Raum wirkte wie aus einem Horrorfilm.

Und da war ich: blond, im Schlafanzug, und kroch auf was immer auch da mit mir im Haus war zu, anstatt davonzulaufen. Ein echtes Klischee, nur, dass ich nicht vollbusig war oder Cheerleaderin und es lässig mit diesen Feiglingen aus *Scream* hätte aufnehmen können.

Am Ende des Speichers wurden die Stapel aus Kartons höher und reichten fast bis zur Dachschräge. Was zum Teufel lagerte Marge hier nur? In meiner winzigen Wohnung in Washington hatte ich einen Wandschrank, und wenn man die Waffen herausnähme, wäre er noch nicht einmal zu einem Viertel gefüllt mit anderem Zeug.

Ich tat ein paar Schritte auf die Kartons zu, und plötzlich bewegte sich eines der Laken. Die Bewegung war auf Schulterhöhe und ich blieb wie angewurzelt stehen. Wenn die Kisten nicht bis zur Seitenwand reichten, könnte sich problemlos jemand dahinter verstecken. Jemand mit einem Gewehr, das auf meinen Kopf gerichtet war.

Im Bruchteil einer Sekunde sprang ich auf die Kisten zu und riss das Laken herunter. Dann duckte ich mich, bevor der Eindringling auf mich schießen konnte. Mein Problem erwies sich jedoch als ein völlig anderes. Als ich mich duckte, landete etwas Großes, Pelziges auf meiner rechten Schulter. Alles, was ich sehen konnte, war das Weiß der Augen und der Zähne.

Ich schrie nicht. Eine ausgebildete Killerin schreit niemals – selbst dann nicht, wenn sie von einem Pelzball mit Zähnen angegriffen wird. Versehentlich schoss ich jedoch ein Loch in die Decke bei dem Versuch, das Ding zu treffen. Erfolglos. Das Fell mit Zähnen rannte über den Dachboden zum anderen Ende, kletterte ein altes Bücherregal hinauf, öffnete das Fenster und sprang nach draußen auf einen Baum.

Ich eilte ihm nach in der Hoffnung, es vielleicht vom Baum holen zu können, stolperte über eine Garderobe und landete in einem Stapel Kartons, die mich unter sich begruben. Behände krabbelte ich darunter hervor und rannte zum Fenster, doch das Fell mit Zähnen war schon längst auf und davon. Angewidert schloss ich das Fenster und verriegelte es diesmal. Dann drehte ich mich frustriert um und stieß mit dem Fuß gegen einen Karton. In meiner Rage kickte ich den schuldigen Karton einen ordentlichen Satz weit weg, sodass die brüchige Pappe zerriss und der Inhalt sich über den Boden verteilte.

Das Funkeln einer Militärmedaille sprang mir ins Auge. Ich bückte mich und bemerkte, dass sie an einer alten Armeeuniform hing, die, wie ich erkannte, aus dem Vietnamkrieg stammte. Ich hob die Jacke auf, um sie mir näher anzusehen, und entdeckte Marges eingestickten Namen darauf. Marge war also eine Vietnam-Veteranin, und in Anbetracht der Streifen und Medaillen war sie nicht dort gewesen, um sich die Fingernägel zu lackieren. Diese Frau hatte richtig was erlebt.

Eine Militärkarriere erklärte die Schlichtheit und die organisierte Ordnung ihres Haushaltes, ganz zu schweigen von ihrem Lesematerial. Und vielleicht erklärte es auch, warum ich mich in ihrem Haus so wohl fühlte, obwohl ich überall sonst völlig fehl am Platze war.

Anstand und Respekt verboten mir, all die Militärtrophäen auf dem Fußboden des Dachbodens liegen zu lassen, also packte ich die Uniformen zurück in die Schachtel und hob sie auf, wobei ich die kaputte Seite mit meinem linken Arm stützte. Morgen würde ich all die Klamotten bügeln und einen geeigneteren Behälter für sie finden.

Schnell ging ich zurück nach unten in das Schlafzimmer und stellte die Kiste auf den Tisch. Beim Blick auf die Uhr musste ich gähnen. Zwei Uhr nachts. Nur noch fünf Stunden Schlaf, bevor mich meine innere Uhr weckte und ein weiterer Tag der Freude in Sinful begann. Louisiana war die Hölle für die schlafende Bevölkerung, und ich fing an, mich zu fragen, ob die hier lebenden Leute Vampire waren.

Ich lud die Pistole und griff nach den Ohrenschützern mit dem unbedingten Vorhaben, das Beste aus der kurzen Zeit zu machen, die mir noch zum Schlafen blieb. Bevor ich sie jedoch aufsetzen konnte, hämmerte jemand gegen die Haustür. Was zum Teufel war nun schon wieder das Problem?

Wütend stürmte ich die Treppe hinunter und riss die Tür auf. Deputy LeBlanc stand auf meiner Veranda und sah ramponiert, erschöpft und keinen Deut entspannter aus als ich.

»Was?«

»Ich habe einen Anruf erhalten wegen Schüssen in dieser Gegend.«

»Und natürlich nehmen Sie an, dass ich das war.«

»Natürlich.«

Gerade wollte ich alles abstreiten, doch dann fiel mir ein, dass ich jemanden anheuern musste, der das Dach repariert, und dann sowieso alles rauskommen würde. »Da war irgendetwas auf dem Dachboden. Ich habe ein paar Mal darauf geschossen, es ist aber entkommen.«

Er zog eine Augenbraue hoch. »Wie ist es entkommen?«

»Das verdammte Ding hat das Fenster geöffnet und ist über den Baum geflohen. Ich wusste nicht, dass es im Sumpf Affen gibt, muss jedoch zugeben, dass ich nicht viel über diesen Staat weiß.«

Er seufzte. »Die einzigen Affen, die es in diesem Staat gibt, leben in einem Zoo oder halten ein politisches Amt inne. Wenn es das Fenster aufgemacht hat, war es ein Waschbär. Die haben opponierbare Damen und sind sehr schlau. Allerdings sind sie in der Regel auch harmlos.«

»Das Ding hat mich angegriffen! Es ist auf mich gesprungen und hat mich umgerannt.«

»Er hat Sie nicht angegriffen. Sie haben ihn erschreckt und er ist vom Dachboden geflohen, weil Sie ihn umbringen wollten. Die eigentliche Frage ist: Woher haben Sie die Pistole?«

Oh-oh. »Walter hat mir ein Gewehr verkauft.«

»Wenn Sie ein Gewehr abgefeuert hätten, hätte ich jetzt kein größeres Problem. Die Leute hier jedoch kennen den Unterschied zwischen einem Gewehrschuss und einem Pistolenschuss. Und da ich nach Marges Tod höchstpersönlich alle Waffen aus dem Haus entfernt habe, weiß ich, dass hier keine mehr war.«

»Sie haben die Waffen entfernt? Das ist mein Erbe! Mit welchem Recht haben Sie sie mitgenommen?«

»Die Waffen lagern sicher und unter Verschluss im Büro des Sheriffs. Ich wollte kein leeres Haus mit geladenen Waffen darin in der Gegend haben, vor allem nicht, weil jeder in der Stadt wusste, dass es sie gibt.«

»Okay, aber was ist Ihre Entschuldigung, sie weiterhin zu behalten?«

»Ich wollte sie zurückbringen, als Sie kamen, doch nachdem ich Sie kennengelernt hatte, habe ich es mir anders überlegt. Und wie sich herausstellte, hatte ich recht, denn augenscheinlich haben Sie ein Loch in Ihr eigenes Dach geschossen.«

Ich suchte nach einem guten Argument, musste jedoch zugeben, dass er mich in dieser Sache irgendwie drangekriegt hatte, was nicht wirklich zur Verbesserung meiner Laune beitrug.

»Ich gehe davon aus«, fuhr er fort, »dass Walter in einem irrigen Versuch, eine hübsche Frau zu beschützen, Ihnen seine eigene Pistole geliehen hat. Ich erwarte, dass Sie sie ihm morgen zurückbringen, oder Sie beide werden von mir hören.«

Er holte einen Block mit Strafzetteln hervor und ich fühlte meinen Blutdruck steigen.

»Sie stellen mir einen Strafzettel aus? Lassen Sie mich raten – es ist gegen das Gesetz, wilde Tiere an einem Dienstag im eigenen Haus zu erschrecken?«

Er ignorierte mich völlig und schrieb unbeirrt weiter. Dann riss er ein Blatt vom Block und reichte es mir. Ich sah mir den Zettel an, doch darauf standen nur der Name »Buddy« und eine Telefonnummer.

»Buddy kann das Dach reparieren«, erklärte er. »Achten Sie darauf, dass er nüchtern ist, wenn er anfängt, sonst fällt er runter und seine Frau muss ihn die kompletten sechs Wochen lang zu Hause ertragen, die es dauert, bis sein Bein ausgeheilt ist. Ich kenne Buddy schon mein ganzes Leben, und glauben Sie mir, diese Behandlung hat keiner verdient.«

»Nüchtern. Verstanden. Und danke.«

Er nickte. »Und jetzt setzen Sie Ihre Ohrenschützer auf und gehen Sie schlafen, bevor etwas verletzt wird oder Schlimmeres. Entladen Sie wenigstens die Waffe, bis ich eine Vertretung gefunden habe, die nicht halb blind und schwerhörig ist. Seit Sie hier sind, habe ich nicht eine Nacht gut geschlafen.«

Mit diesen Worten verließ er die Terrasse und ging über den Rasen zu seinem Truck.

»Damit wären wir schon zwei«, rief ich, als er vom Bordstein fuhr.

Ich sah über die Straße und bemerkte Vorhänge, die wieder zurecht gezogen wurden. Lauter neugierige Menschen hier in der Stadt. Wütend schlug ich die Haustür zu, einfach nur weil ich es konnte, und hörte etwas im Schlafzimmer über mir mit einem Rums zu Boden fallen. Schnell rannte ich die Treppe hoch und fand die Schachtel vom Dachboden auf dem Fußboden. Ich hatte sie wohl zu nah an der Tischkante abgestellt, sodass die Vibration der zuknallenden Tür sie zu Fall gebracht hatte.

Bones, der weder von dem Lärm aus dem Schlafzimmer und dem Schuss noch von Deputy LeBlancs Besuch aufgewacht war, suchte sich genau diesen Moment aus, um mit einem Jaulkonzert zu beginnen.

Ich verließ das Schlafzimmer und sah die Treppe herunter, die er gerade versuchte hochzusteigen. Ohne den geringsten Erfolg. Als er das zweite Mal wegrutschte, beschloss ich, lieber nach unten zu gehen und ihn zu beruhigen, bevor ich es mit noch einer Leiche zu tun hätte.

Es brauchte zwei Leckerli und die vollen zwanzig Minuten, die Bones benötigte, um sie zu fressen, bis er sich beruhigt hatte und wieder einschlief. Erneut trottete ich nach oben und konnte mich des Gedankens nicht erwehren, dass ich während eines CIA-Einsatzes mehr Schlaf und weniger Drama gehabt hatte als hier. Kurz hielt ich inne und seufzte, als ich den Inhalt der Schachtel betrachtete, der nach wie vor über den Fußboden des Schlafzimmers verstreut war.

Völlig platt von der Sache mit der kaputten Schachtel, dem Waschbär, der »geborgten« Pistole und des kompletten Verlusts einer weiteren Nacht, begann ich, die Uniformen einigermaßen ordentlich auf den Tisch zu stapeln. Als ich die letzte vom Fußboden aufhob, fiel ein Bündel Briefumschläge heraus. Ich nahm es und erwartete Briefe von der Familie und von Freunden an Marge, die während des Kriegs versendet worden waren. Überrascht stellte ich jedoch fest, dass die Vorderseiten der Umschläge leer waren.

Ich entfernte das Gummiband von dem Bündel und öffnete die Lasche eines der Umschläge, um das Papier herauszuziehen.

7. September 1961
Hier im Dschungel ist es furchtbar, aber ich bin sicher, solange ich mich auf meine Arbeit konzentriere, wegen der ich hier bin. Trotz der Aufmerksamkeit, die ich meiner Arbeit schenke, ertappe ich mich immer wieder zu den merkwürdigsten Zeiten dabei, dass ich an Dich denke. Manchmal denke ich daran, wie wir jedes Jahr zum Herbstfestival die Hauptstraße entlang gingen. Oder an Dein Gesicht, als wir beim Jahrmarkt oben auf dem Riesenrad stehen blieben. Ich vermisse Dein Lächeln, wenn wir einen Ausflug mit dem Boot unternehmen, und wie Du über die alten, dummen Schwarz-Weiß-Filme lachst.
Ich habe Dich immer geliebt. Die Entfernung zwischen uns und die Opfer, die ich jeden Tag für die Freiheit bringen muss, konnten nie etwas daran ändern. Wenn ich Dir doch nur meine tiefsten Gefühle mitteilen könnte, dann wäre mein Herz nicht so schwer, wie es jetzt ist, weil es das Geheimnis ganz alleine tragen muss.
Marge

Ich zog das Blatt aus dem nächsten Umschlag und fand einen ähnlichen Brief. Die Gedanken und Träume einer Soldatin, die ihre große Liebe vermisste. Ich blättere durch den Stapel und zählte ungefähr fünfzig Umschläge, keiner davon war adressiert.

Marge hatte all diese Briefe an den Mann geschrieben, den sie liebte, sie jedoch nie abgeschickt.

Ich legte die Umschläge neben die Uniformen auf den Tisch, machte das Licht aus und kroch ins Bett. Als ich jedoch im Dunkeln lag, drehten sich die Gedanken in meinem Kopf und ließen mich nicht einschlafen. Wie es sich wohl anfühlte, jemanden so sehr zu lieben? Mitten in einem furchtbaren Krieg zu stecken, aber immer wieder an das Lächeln der Person zu denken, die man zurückließ?

Ich hatte noch nie so für jemanden empfunden und war mir auch nicht sicher, ob ich es könnte.

Natürlich hatte es Männer gegeben, doch ich würde das, was ich mit ihnen hatte, noch nicht einmal eine Beziehung nennen, geschweige denn unsterbliche Liebe. Ich konnte nicht nachvollziehen, warum man all diese Briefe schrieb, dann aber nicht den Mut fand, sie abzuschicken. Was hätte sie dabei verlieren können? Wenn jemand nicht dasselbe fühlt wie man selbst, dann ist es besser, das zu wissen, als es nicht zu wissen. Und wenn der andere die Gefühle erwidert, hat man vielleicht eine Zukunft.

Ich atmete tief aus und zwang mich, die Augen zu schließen und Handgranaten zu zählen. Ich steckte bereits bis zum Hals in Sachen, mit denen ich nicht umgehen konnte, und wollte nicht noch weiter reingezogen werden. Das Letzte, was ich jetzt noch gebrauchen konnte, war eine fünfzig Jahre alte, mysteriöse Geschichte einer unerwiderten Liebe.

Doch selbst, als ich einschlief, ertappte ich mich dabei, dass ich mich fragte, ob Marge ihm wohl jemals ihre Gefühle gestanden hat und ob es an seiner Antwort lag, dass sie all diese Briefe nicht adressiert, aber dennoch all die Jahre aufgehoben hat.

Kapitel 14

Das Tageslicht lugte durch die Vorhänge meines Schlafzimmers, und ich öffnete ein Auge, um einen Blick auf die Uhr auf dem Nachttisch zu werfen. Neun Uhr! Das konnte unmöglich stimmen. Ich öffnete das andere Auge, aber da war sie immer noch, die Neun, die mich groß und weiß anstarrte.

Ich überlegte, ob ich nun glücklich oder besorgt sein sollte.

Einerseits hatte ich endlich mal wieder richtig geschlafen. Andererseits hatte ich erwartet, dass Ida Belle und Gertie schon Stunden zuvor an meine Haustür klopfen würden und rätselte, warum dem nicht so gewesen war. War das nicht traurig? Erst seit drei Tagen war ich in der Stadt und schon hatte ich mich daran gewöhnt, dass mich andere Leute bei Morgengrauen aus dem Bett rissen.

Ich setzte mich auf, nahm die Kopfhörer ab und streckte mich. Bones wollte sicherlich sein Frühstück haben und anschließend sein Geschäft verrichten, also ging ich nach unten, um ihn aus seinem Bett zu scheuchen.

Nachdem Bones wach geworden war, trottete er ins Wohnzimmer anstatt nach draußen und stellte sich bellend vor die Treppe.

»Was ist denn mit dir los?«, fragte ich und versuchte, den Hund aus dem Wohnzimmer und zurück in die Küche zu zerren.

Schließlich brachte ich ihn dazu, den Weg in den Garten durch die Hintertür zu nehmen. Anschließend öffnete ich den Kühlschrank und traf auf gähnende Leere. Als ich von Nummer zwei zurückgekehrt war, hatte ich meine Ohrenschützer und die anderen Sachen geholt, aber nur Brot, Fleisch und die Kekse eingepackt, die ich gestern verloren hatte. Nach meiner Duschorgie hatte ich eigentlich losziehen und mehr Lebensmittel einkaufen wollen, aber der Tag war für mich gelaufen gewesen und kam nie zurück.

Da ich Walter die Pistole zurückbringen musste, stand ein Ausflug zum Gemischtwarenladen auf dem Programm, zumindest, wenn ich vorhatte, halbwegs regelmäßig etwas zu essen, ohne jedes Mal Francine bezahlen zu müssen. Bei der Gelegenheit konnte ich gleich die Sache mit der Autobatterie klären. Ich brauchte den Jeep, damit ich nach New Orleans fahren konnte, und würde mich ganz sicher nicht von Gertie fahren lassen, schon gar nicht nach der gestrigen Noah-und-die-Flut-Aktion mit ihrem Auto. Abgesehen davon wusste ich ja von Ida Belle, dass Gertie zum Autofahren eine Brille tragen musste, dieses jedoch nicht tat.

Mit knurrendem Magen schloss ich die Kühlschranktür und musste an CIA-Assistant Reynolds denken, der stets predigte, dass es nicht gut sei, mit leerem Magen einkaufen zu gehen. Also beschloss ich, dass ein Frühstück bei Francines die beste Voraussetzung für weitere Entscheidungen war.

Ich nahm etwas Geld aus der Sockenschublade, schmiss mich in Jeans, T-Shirt und Sportschuhe, schnappte mir mein Buch und joggte gemächlich zu Francines Café. Während dieser sportlichen Betätigung verbrannte ich vermutlich ein Zehntel dessen, was ich vorhatte zu essen.

Im Café befanden sich nur vier weitere Kunden – zwei ältere Pärchen –, doch ein langer Tisch in der Ecke sah aus, als wäre es dort unmittelbar vor meiner Ankunft zu einer Essensschlacht gekommen. Krümel von was auch immer bedeckten jeden Quadratzentimeter der karierten Tischdecke und des Fußbodens. Jeden halben Meter lag ein umgekipptes Milchglas auf dem Tisch. Da könnte jemand unbedingt bessere Manieren vertragen.

Ich wählte einen Platz am Ecktisch, wo ich auch schon am Tag zuvor gesessen hatte, und nahm mir vor, dieses Mal nicht so tief in mein Buch zu versinken, damit sich nicht wieder jemand anschleichen konnte. Die Küchentür ging auf, und ich erwartete Francine, doch stattdessen kam eine junge Frau mit langen, braunen Haaren, hübschen grünen Augen und einem Notizblock in der Hand auf mich zu.

Mitte zwanzig, einssiebzig, guter Muskeltonus und gute Flexibilität.

Sicherlich die drittgesündeste Person, der ich bisher in Sinful begegnet war, gleich nach mir und Deputy LeBlanc. Sie trat an den Tisch und lächelte.

»Sie müssen Marges Nichte sein. Ich habe schon von Ihnen gehört.«

»Was immer Deputy LeBlanc über mich gesagt hat, ist eine Übertreibung. Wahrscheinlich.«

Sie lachte »Er hat mir gar nichts gesagt, aber jetzt haben Sie definitiv mein Interesse geweckt. Celia Arceneaux ist meine Tante. Sie hat viel von Ihrem Bananenpudding-Lauf am Sonntag gesprochen.«

Etwas bestürzt sah ich zu ihr hoch. »Sie weigern sich jetzt aber nicht, mich zu bedienen, oder?«

»Himmel, nein! Ich mach bei den Spielchen der senilen alten Damen nicht mit, was meine Tante ohne Ende ärgert. Sie denkt, weil ich hier arbeite, sollte ich Einfluss auf Francine ausüben.«

»Und das tun Sie nicht?«

»Niemand kann Einfluss auf Francine ausüben, noch nicht einmal ihr Mann. Die Frau ist so praktisch und sturköpfig, wie der Tag lang ist. Sie bringt das Sich-nicht-in-die-Dramen-der-Stadtbewohner-Einmischen auf ein völlig neues Niveau.«

»Vermutlich sehr schlau von ihr«, murmelte ich und dachte daran, wie viel einfacher die letzten drei Tage für mich verlaufen wären, hätte ich mich aus dem ganzen Drama rausgehalten.

»Himmel, wo sind nur meine Manieren?«, rief die junge Frau. »Ich heiße Ally.« Sie reichte mir die Hand.

Ich schüttelte sie, und mein Eindruck über diese erfrischend direkte Frau war sehr positiv.

»Ich bin Sandy-Sue«, erwiderte ich und versuchte angestrengt, mich nicht zu verhaspeln. »Doch alle nennen mich Fortune.«

»Das gefällt mir«, sagte sie.

»Danke.« Ich deutete auf den versifften Tisch. »Was ist denn da drüben passiert – mochte da jemand sein Essen nicht?«

»Das waren die Mamis.« Amy verdrehte die Augen. »Die kommen mit ihren kleinen Kindern hierher, nachdem sie die älteren in die Schule gebracht haben. Ich will gar nicht wissen, wie es bei denen zu Hause aussieht.«

»Um wie viel Uhr kommen die denn so?«, fragte ich ein wenig angstvoll. »Ich möchte sichergehen, dass ich dann niemals hier bin.«

Ally lachte. »Normalerweise kommen sie gegen acht und gehen um neun. Davor oder danach sind Sie also sicher. Zum Glück sind das Café und der Park die einzigen Orte, an denen man sie antrifft, insofern kann man das Gefecht recht einfach meiden.«

In Gedanken machte ich mir einen Knoten ins Taschentuch.

»Aber jetzt nehme ich am besten Ihre Bestellung auf. In ein paar Minuten habe ich Pause und Oscar, der Koch, springt für mich ein. Und der hat es nicht so mit anderen Menschen.«

Ich weiß nicht, was in mich fuhr – vielleicht war es, weil sie so freundlich war und ich nichts anderes vor hatte. Vielleicht war es Einsamkeit. Wahrscheinlich war es, weil ich dachte, dass ich über sie an ein paar Informationen über die Stadtbewohner käme. Wie auch immer: Ich lud sie dazu ein, mit mir zu frühstücken.

Wieder lächelte sie. »Sehr gerne. Ich hatte heute Morgen einen Bagel, bevor ich mit der Arbeit anfing, aber den habe ich schon vor Stunden verbrannt. Lassen Sie mich eben Ihre Bestellung aufnehmen, und dann bringe ich alles raus, wenn es fertig ist. Dann können wir uns ein wenig unterhalten.«

Sie reichte mir die laminierte Frühstückskarte und ich lachte über die Liste: Sünde Spezial, Ohne Sünde, Todsünde, Die sieben Todsünden, Stellen Sie sich Ihre eigene Sünde zusammen.

»Die Mittagskarte sieht da ganz anders aus«, bemerkte ich.

»Die Mittagskarte ist anders, weil wir das eine Gericht sonntags servieren. Da es hier sonntags jedoch kein Frühstück gibt, nehmen wir dafür diese pietätlose Karte. Francine hat einen etwas merkwürdigen Sinn für Humor.«

»Und einen richtig guten Geschmack! Ich nehme die Sieben Todsünden.« Eier, Speck, Würstchen, Kekse, Soße, Bratkartoffeln und Pfannkuchen. Ich konnte förmlich hören, wie meine Arterien verstopften.

»Sehr gerne. Ist in fünf Minuten fertig.«

Ich schlug mein Buch auf, um ein paar Seiten zu lesen, bis mein Essen kam. Mitten im Kapitel über Sprengstoffe kam Ally zurück und trug ein Tablett mit so vielen Leckereien vor sich, dass man damit problemlos eine komplette Armee hätte sattkriegen können. Sie verteilte die Teller auf dem Tisch und beim Anblick all der Köstlichkeiten lief mir das Wasser im Mund zusammen.

»Passt das denn alles auf den Tisch?«, fragte ich.

»Natürlich«, versicherte Ally. »Wenn ich fertig bin, sieht das hier zwar aus wie ein Buffet, aber es passt.«

Als sie den letzten Teller auf den Tisch gestellt hatte, war nur noch ein winziger Fleck frei für die Flasche Ketchup, die sie aus der Schürze zog.

»Sie wissen gar nicht, welch eine Wohltat es ist«, sprach sie, als sie sich auf den Platz mir gegenüber setzte, »mit einer anderen alleinstehenden Frau unter sechzig zu essen.«

»Nach meiner Erfahrung der letzten Tage kann ich das völlig verstehen«, pflichtete ich ihr bei, schob mir eine Gabel mit einem ganzen Stapel Bratkartoffeln in den Mund und genoss mit geschlossenen Augen die unglaubliche Kombination aus auf den Punkt gegarten Kartoffelscheiben, Gewürzen und Zwiebeln.

Ich schluckte und öffnete mit einem zufriedenen Seufzer die Augen. Ally sah mich amüsiert an.

»Möchten Sie mit Ihren Kartoffeln alleine sein?«, wollte sie wissen.

»Nein. Ich bin bereit, meine Liebe zu diesen Kartoffeln öffentlich zu machen, aber ich komme auf Ihr Angebot zurück, wenn ich bei den Pfannkuchen bin.«

Ally lachte. »Als ich hörte, dass Sie nach Sinful kommen, hätte ich nie gedacht, dass Sie so viel Humor haben.«

»Warum nicht?«, fragte ich, neugierig zu erfahren, was vor meiner Ankunft über mich geredet worden war.

»Ich fürchte, ich habe nur Schönheitskönigin und Bibliothekarin gehört, und das klingt nicht unbedingt nach jemandem, mit dem man beim Frühstücken Spaß haben kann.« Sie guckte ein wenig verlegen. »Ich bin mit einer in die Schule gegangen, die an Schönheitswettbewerben teilnahm. Wir sind nicht wirklich gut miteinander ausgekommen.«

»Ich glaube, ich habe ihre Seite bei Facebook gesehen«, erzählte ich. »Und es wundert mich gar nicht, dass Sie mit ihr nicht auskamen. So viel öden Kram habe ich noch nie auf einer einzigen Seite gelesen. Und, nur für das Protokoll, die Sache mit den Schönheitswettbewerben war die Idee meiner Mutter. Seit ich meine Rechnungen selber zahle, habe ich nichts mehr damit zu tun.«

»Klingt gut.«

»Mir ist aufgefallen, dass es hier nicht allzu viele junge Menschen gibt«, legte ich mit meiner Befragung los. »Ich nehme an, die Mamis sind mit ihren kleinen Scheißerchen im Park oder zu Hause, aber wo sind ihre Männer?«

»Hier gibt es nicht viele Arbeitsmöglichkeiten, weshalb viele Männer unter der Woche auf dem Bau in New Orleans oder auf Bohrinseln arbeiten. Die Bauarbeiter treffen sich in der Regel samstags am Gemischtwarenladen. Die Bohrarbeiter sind meist zwei Wochen hier, zwei Wochen weg, und im Moment sind sie weg. Die Frauen sitzen mit ihren Kindern fest und versuchen, über die Runden zu kommen, weshalb man nicht viel von ihnen sieht. Wenn es um Frauen und Karriere geht, ist Sinful eine sehr altmodische Stadt.«

»Und die Singles?«

»Es gibt nicht viele erwähnenswerte alleinstehende Männer hier. Die Guten sind schnell weggeschnappt, und jede Frau, die sich noch nicht binden will oder nicht schon seit der High School in festen Händen ist, verlässt die Stadt auf der Suche nach einer größeren Auswahl anderswo.«

Ich warf einen Blick auf ihren nackten Ringfinger. »Und was ist mit Ihnen? Sie sind intelligent und ich wette, Sie hätten keine Schwierigkeiten, sich einen Mann zu schnappen, was immer das auch bedeuten mag. Aber dennoch sind Sie hier, ohne Kinder, und senken das Durchschnittsalter ganz erheblich.«

Ally seufzte. »Ich war schon fast weg. Mein Vater starb, als ich noch ein Teenager war, und meine Mutter hatte keine nennenswerte Ausbildung. Sie arbeitete am Empfang einer Abfertigungsstelle im Nachbarort. Für das College war kein Geld da, also arbeitete ich nach der High School ein paar Jahre im Café, um die ersten zwei Studienjahre bezahlen zu können. Danach, dachte ich, würde ich in New Orleans halbtags arbeiten, um den Rest zu bezahlen, und nebenbei aufs College gehen. Aber im ersten Jahr wurde meine Mutter krank.«

»Und Sie sind nach Hause gekommen, um sich um sie zu kümmern?«

Ally nickte. »Francine war mir eine Riesenhilfe und gab mir meinen alten Job zurück. Ich habe Online-Kurse belegt, wann immer es möglich war, doch für die Krankenschwesternausbildung gibt es nicht viele Angebote.«

»Und Ihre Mutter – wie geht es ihr?«

»Sie stirbt … Krebs. Eine der schmerzhaftesten Arten, die einen in wenigen Monaten dahinraffen oder sich jahrelang hinziehen kann. Bei meiner Mutter dauert es nun schon drei Jahre.«

»Wow. Das tut mir sehr leid. Das muss sehr schwer für Sie sein.«

»Oh, es liegt schon seit einem Monat nicht mehr in meiner Hand. Damals ging es ihr so schlecht, dass die Ärzte darauf bestanden, sie in ein Hospiz in New Orleans zu verlegen.«

»Und warum sind Sie dann noch hier?«

Sie zuckte mit den Achseln. »Ich weiß es nicht. Ich meine, als ich aufs College ging, war ich mir ganz sicher, dass ich Krankenschwester werden und in der Stadt leben will. Dann kam ich zurück nach Hause, um mich um meine Mutter zu kümmern, und plötzlich erscheint mir der Plan gar nicht mehr so gut.«

»Vielleicht sind das nur kalte Füße, weil Sie zurück zum College müssen.«

»Vielleicht«, sagte sie, klang jedoch wenig überzeugt. Sie nahm einen Löffel voll Haferflocken auf, ließ ihn wieder in die Schüssel sinken und sah mich direkt an. »Hatten Sie schon einmal das Gefühl, alles zu wissen, während Sie in einer Situation steckten? Aber dann treten Sie einen Schritt zurück und bemerken, dass Sie so damit beschäftigt waren, Ihren Weg zu gehen, dass Sie nie innegehalten und sich gefragt haben, ob das, was Sie da tun, wirklich das ist, was Sie tun wollen?«

Ihre Worte trafen mich wie ein Güterzug. Zu Hause in Washington war ich immer beschäftigt gewesen. Wenn ich nicht gerade arbeitete, dachte ich an die Arbeit, bereitete mich für die Arbeit vor oder überprüfte die erledigte Arbeit, um festzustellen, wo Verbesserungsbedarf bestand. Nie gönnte ich mir eine Pause und schon gar keinen Schritt zurück. Vielleicht, weil ich Angst hatte, mir genau die Fragen zu stellen, die Ally sich stellte. Und ich wusste, dass ich keine guten Antworten darauf hatte.

Dann fiel mir auf, dass ich ihr nicht geantwortet hatte, wusste jedoch auch nicht, was ich sagen sollte. Also beschloss ich, bei der Wahrheit zu bleiben: »Ich fürchte, ich habe noch nie darüber nachgedacht. Ich bin schon sehr lange auf Autopilot.«

Ally nickte. »Wenn meine Mutter nicht krank geworden wäre, wäre ich in New Orleans geblieben, hätte das College beendet und vielleicht dort einen Job gefunden. Ich glaube, manchmal braucht es ein lebensveränderndes Ereignis, damit wir wirklich sehen, wie wir mit den Entscheidungen, die wir getroffen haben, leben.«

»Das sehe ich auch so.«

»Vielleicht gibt es in Ihrem Leben auch mal ein solches Ereignis und zwingt Sie dazu, alles zu überdenken.«

Zum Beispiel, wenn ein Kopfgeld auf mich ausgesetzt wird und ich mich im Sumpf verstecken und so tun muss, als sei ich eine Ex-Schönheitskönigin?

»Vielleicht haben Sie Glück«, fuhr Ally fort, »und kommen dann zu dem Schluss, dass Sie die richtigen Entscheidungen getroffen haben.«

»Irgendwie bezweifle ich das. Im Nachhinein ist man immer klüger. Ich fürchte, die meisten Menschen sind nicht mit allem glücklich, was sie getan haben.«

Mit Ausnahme meines Vaters. Mr Perfektion.

»Das ist wohl wahr«, stimmte Ally zu.

»Also wissen Sie nun, was Sie tun wollen?«

»Ich denke schon, aber vermutlich halten Sie mich dann für verrückt.«

»Sie sind die am wenigsten verrückte Person, der ich hier begegnet bin. Das Gute daran ist, dass Sie nichts sagen können, was mich überraschen könnte.«

Sie grinste. »Ich hätte gerne eine eigene Konditorei, in der ich tolle, ausgefallene Torten herstelle.«

»Ich nehme an, Sie meinen damit nicht in Sinful.«

»Nein. Eine Konditorei würde sich in Sinful nicht halten. Die Leute hier haben kein Geld für tolle Torten, und die meisten Frauen können sowieso backen wie die Profis. Aber ein kleiner Laden in der Innenstadt von New Orleans wäre ein Traum. Den ganzen Tag lang frischen Kaffee aufbrühen … die Leute kommen herein und kaufen Schokolade und kommen dann wieder, um ihre Hochzeitstorte und Petit Four für die Party zu bestellen.«

Sie seufzte. »Als ob es jemals so werden könnte.«

»Warum nicht?«, fragte ich. »Sie können eine Ausbildung zur Konditorin machen und eine Weile in einer Konditorei arbeiten, bis Sie Ihren Abschluss haben. So können Sie all die tollen Sachen lernen, die man nicht in der Schule oder aus Büchern lernt.«

»Ja, das ist wohl wahr. Ich fürchte, der Teil, an dem es scheitern wird, ist das Kapital, das ich für die Geschäftseröffnung brauche. In einer Konditorei würde ich nicht viel verdienen und Gott weiß, dass der Verkauf des Hauses meiner Mutter kaum die Arztrechnungen decken wird.«

»Dann bleiben Sie doch noch eine Weile hier und sparen. Hier ist es billiger als in New Orleans, vor allen, weil Sie kostenlos wohnen können. Wenn Sie die Ausbildung machen und arbeiten, sparen Sie noch mehr, und dann bewerben Sie sich um Fördergelder.«

Einen Moment lang starrte sie mich mit gerunzelter Stirn an, und ich konnte förmlich hören, wie ihr Kopf die Einzelheiten durchdachte. Schließlich nickte sie. »Sie haben recht. Ich muss einen Plan ausarbeiten, anstatt nur hier zu sitzen und mir selbst leidzutun.«

»Das ist schon okay. Wann immer Sie das Bedürfnis haben, rumzusitzen, so tolle Sachen zu essen und sich leid zu tut, setze ich mich gerne dazu und sage Ihnen, dass Sie damit aufhören sollen.«

Sie lachte. »Abgemacht.«

»Und wenn Sie backen üben müssen und einen Testesser brauchen, melde ich mich ebenfalls freiwillig.« Ich sah auf ihre Schüssel mit Haferflocken; der einzige Teller auf dem Tisch, der ihr gehörte. »Für eine zukünftige Konditorin sind Haferflocken aber etwas dürftig.«

»Offensichtlich habe ich nicht Ihren Stoffwechsel. Wenn ich all das essen würde, läge ich bereits im Koma. Treiben Sie regelmäßig Sport?«

»Hauptsächlich Jogging und Stress«. *Vor allem in letzter Zeit.*

»Ich will nicht noch mehr Stress, aber vielleicht fange ich auch an zu joggen, wenn Sie das so fit hält.«

»Sie könnten vor der Polizei davonlaufen. Das wäre dann Jogging und Stress in einem.« Bei mir hatte das tags zuvor funktioniert.

Sie lachte. »Ich dachte da an etwas weniger Interessantes.«

Tun wir das nicht alle? »Erzählen Sie doch mal, was es mit der Gesellschaft der Damen von Sinful auf sich hat.«

Ally sah zu den Gästen in der Ecke herüber und lehnte sich dann zu mir. »Meine Mutter hat sie immer die Geritol-Mafia genannt. Sie ziehen in Sinful schon die Fäden, seit die meisten Leute hier denken können.«

»Aber wie tun sie das? Ich meine, sie sehen wie harmlose, alte Damen aus.« Ich glaubte das zwar selbst nicht, ging jedoch davon aus, an mehr Informationen zu kommen, wenn ich die Dumme spielte.

Ally runzelte die Stirn. »Ich weiß. Dasselbe habe ich meine Mutter auch mal gefragt, aber sie schüttelte nur den Kopf und meinte, dass man eine schlaue Frau niemals unterschätzen darf. Sie sagte, dass Ida Belle immer einen Weg fand, ihre Belange durchzusetzen, doch ich habe sie nie ihre Stimme erheben oder jemanden um einen Gefallen bitten hören. Ich habe keine Ahnung, wie sie das alles macht.«

Da fielen mir die Fotos wieder ein, die Gertie dem nichts ahnenden Ehemann geschickt hatte, um Deputy LeBlanc aus dem Haus zu treiben.

»Erpressung?«, warf ich in den Raum.

Ally zuckte mit den Schultern. »Vermutlich ist alles möglich. In Kleinstädten geht viel mehr vor sich, als die Leute sich vorstellen können.«

»In Anbetracht der Tatsache, dass an meinem ersten Tag in der Stadt ein menschlicher Knochen in meinen Garten geschwemmt wurde, kann ich Ihnen da nicht widersprechen.«

»Das ist wirklich ein dickes Ding. Ich habe gehört, der Knochen soll Harvey Chicoron gehört haben, wobei der Sheriff das nicht bestätigt hat.«

»Ich hörte, Harvey war nicht sehr beliebt.«

»Das ist die Untertreibung des Jahrhunderts, wirklich. Die meisten Leute, die ihn länger als fünf Minuten kannten, hassten ihn.«

»Klingt, als seien alle froh, ihn los zu sein.«

Ally nickte, sah jedoch besorgt aus. »Das Problem ist, dass die Leute sagen, seine Frau, Marie, hätte ihn umgebracht. Und alle lieben Marie; keiner würde es ihr übel nehmen, wenn sie es getan hätte, aber wir wollen auch nicht, dass sie ins Gefängnis kommt.«

»Und was sagt Marie dazu?«

Allys Augen weiteten sich. »Ich dachte, Gertie oder Ida Belle hätten es Ihnen erzählt – Marie wird vermisst. Deputy LeBlanc ist wütender als eine Hornisse, versucht es sich jedoch nicht anmerken zu lassen.«

»Das trägt nicht unbedingt zur Lösung des Falls bei. Und wo, glauben die Leute, hält sie sich auf?«

»Keiner weiß es, aber ich hoffe, sie ist irgendwo, wo es kein Auslieferungsabkommen gibt.«

Ich biss in den Pfannkuchen und verkniff mir einen Seufzer.

Ich hoffte dasselbe.

Kapitel 15

Ich war so vollgestopft, als ich Francines Café verließ, dass ich beschloss, eine Weile nichts mehr zu essen, zumindest bis zum Abendessen. Mit Ally zu reden, hatte Spaß gemacht, was mich etwas überraschte. Die einzigen Frauen, mit denen ich öfter als einmal so etwas wie eine persönliche Unterhaltung gehabt hatte, die länger als ein paar Minuten dauerte, waren die Gerichtsmedizinerin und Hadley in Washington. Das Gespräch mit Ally hatte mich auch auf eine Idee gebracht. Ally war jung und eine Weile weg gewesen, insofern kannte sie nicht alle Sünden und Geheimnissen der Vergangenheit in dieser Stadt, aber ich verwette mein ganzes Geld darauf, dass Walter besser informiert war.

Jeden Tag saß er in seinem Gemischtwarenladen, plauderte mit den Kunden und beobachtete Ebbe und Flut der Einheimischen. Darüber hinaus hatte er dem Objekt meiner Neugierde wiederholt einen Heiratsantrag gemacht. Wenn Walter nicht wusste, wie Ida Belle das machte, dann hatte sie vermutlich alle hypnotisiert. Es könnte auch durchaus interessant sein, eine männliche Meinung über Harvey und Marie zu hören. Bisher war der einzige Mann, der irgendwie mit der Sache zu tun hatte, Deputy LeBlanc, und der behielt seine Meinung für sich – bis auf die über mich.

Beim Gedanken an Deputy LeBlanc fragte ich mich kurz, was er wohl machen würde, wenn er mich dabei erwischte, wie ich mit Walter plauderte – aber immerhin hatte er ja von mir verlangt, die Pistole zurückzubringen. Im Prinzip war es also seine Schuld, wenn das Zurückbringen der Pistole zu einer Unterhaltung führte. Immerhin wäre es unhöflich, insbesondere in den Südstaaten, in den Laden eines Mannes zu gehen, ihm seine Waffe zu überreichen und noch nicht einmal zu fragen, wie sein Tag war.

Also ging ich nach Hause, weckte Bones aus seinem Schläfchen auf der Veranda und ließ ihn zurück in die Küche, schnappte mir die Pistole und machte mich auf zum Gemischtwarenladen.

Walter saß wie üblich hinter dem Ladentisch auf einem Hocker und las die Zeitung. Als ich hereinkam, sah er von der Zeitung auf zu mir und schüttelte den Kopf. »Ich hörte, die Ohrenschützer haben nicht so gut funktioniert«, begrüßte er mich.

Ich ging zum Tresen, holte mir einen Hocker und setzte mich in der Annahme, dass er von meiner unglücklichen Begegnung mit dem Waschbären sprach. »Deputy LeBlanc hat wieder über mich geredet, oder? Wenn er so weiter macht, muss ich davon ausgehen, dass er mit mir flirtet.«

Walter grinste. »Nun, das mag schon sein. Normalerweise meidet Carter Frauen im Allgemeinen, doch Sie scheint er im Visier zu haben.«

»Wo wir schon beim Thema sind«, erwiderte ich, zog die Pistole aus dem Hosenbund und schob sie ihm rüber. »Er hat verlangt, dass ich Ihnen die hier zurückgebe. Ich hoffe, ich habe Sie nicht in irgendwelche Schwierigkeiten gebracht.«

Walter verstaute die Pistole unter dem Ladentisch und machte eine wegwerfende Handbewegung. »Carter hat mich nur missbilligend angesehen – das war alles. Er weiß selber, dass er sich weitere Kommentare verkneifen sollte. Nach dem Tod seines Vaters habe ich den Jungen praktisch aufgezogen. Er ist mein Neffe.«

Ich blinzelte. Keine Ahnung, warum ich überrascht war. In Anbetracht der Größe der Stadt mussten ja einige der Einwohner miteinander verwandt sein.

»Oh, das wusste ich ja gar nicht. Natürlich, das klingt logisch«, sagte ich und führte die Unterhaltung in die gewünschte Richtung. »Ich bin ja neu hier und weiß nicht viel über alle hier.«

Walter lachte. »Ja, das war offensichtlich, als Ida Belle und Gertie es geschafft haben, Sie in ihren Unsinn mit reinzuziehen. Die meisten Leute hier halten sich so gut wie möglich von ihnen fern.«

»Wirklich? Nach dem, was ich gehört habe, hält Ida Belle in Sinful praktisch das Zepter in der Hand.«

»Das ist wohl so.« Er sah nach oben. »Der Herr beschütze uns vor den Machenschaften einer intelligenten Frau.«

Ich legte meine Ellbogen auf den Tresen und lehnte mich vor zu Walter. »Aber *wie* genau stellt sie das an?«

Er zuckte mit den Achseln. »Ich mache, was sie will, weil ich sie schon seit der Grundschule liebe. Die Gründe der anderen kenne ich nicht. Hab sie nie gefragt.«

Das half mir wenig weiter. Entweder sagte er die Wahrheit, was ich sehr charmant fand, oder er log.

Zeit für eine andere Taktik. »Sicher haben Sie davon gehört, dass wir Marie auf Nummer zwei nicht gefunden haben.«

»Ich habe Ihre langen Gesichter gesehen, als Sie am Steg angelegt haben, und dachte mir so etwas bereits.«

»Wie ist das denn nun? Von Gertie und Ida Belle habe ich erfahren, dass Harvey nicht allzu beliebt war, aber ich verstehe nicht, warum alle davon ausgehen, dass es Marie war.«

Mit halb zugekniffenen Augen sah er mich an. »Verstehe ich das richtig: Zwei Fremde erzählen Ihnen, dass sie Ihre Hilfe brauchen, um eine Frau zu finden, von der sie glauben, sie hätte ihren Mann umgebracht und die sich auf einer stinkenden Insel versteckt; und Sie halten es für eine gute Idee, mitzugehen?«

Ich runzelte die Stirn. »Wenn Sie das so ausdrücken, klingt das vermutlich etwas merkwürdig.«

»Etwas?« Er schüttelte den Kopf. »Sie sind so ganz anders, als Marge Sie beschrieben hat. Wir hatten ein Mauerblümchen erwartet, das die Provinzler hier von oben herab ansieht. Das Letzte, womit ich gerechnet hätte, war, dass Sie sich mit Ida Belle und Gertie verbünden und eine Frau beschützen, die des Mordes beschuldigt wird.«

»Marge und ich standen uns nicht sehr nah. Ich glaube, sie wusste nur, was meine Mutter ihr über mich erzählt hat, und meine Mutter hatte die Angewohnheit, nur das zu glauben, was sie glauben wollte, und nicht die Realität. Ich weiß nicht, was ich Ihnen sagen soll, außer, dass ich dachte, es wären zwei nette, alte Damen, die Hilfe brauchen.«

»Ha. Zwei nette, alte Damen. Ich verstehe, wie Sie auf diese Idee kamen, immerhin sind Sie nicht von hier. Aber ich gehe davon aus, dass Sie sie mittlerweile ganz anders einschätzen.«

»Ja, aber sie scheinen eine gute Menschenkenntnis zu haben, und Marie war eine Freundin von Marge. Ich glaube, meine Tante hätte ihnen geholfen, wenn sie noch am Leben wäre, insofern finde ich, ist es das Mindeste, was ich tun kann. Abgesehen davon halten Ida Belle und Gertie Marie nicht für gefährlich, also warum sollte ich es tun?«

Walter seufzte. »Das ist sie vermutlich auch nicht, und Marge hätte sich ganz sicher in die Sache gestürzt. Um Ihre frühere Frage zu beantworten: Harvey Chicoron war das größte Arschloch auf dieser Seite des Atchafalaya. Aber soweit ich weiß, darf man niemanden umbringen, nur weil er ein Arschloch ist.«

»Was eigentlich irgendwie schade ist«, bemerkte ich.

Walter zog die Augenbrauen hoch. »Denken Sie da an jemand Bestimmten?«

»Im Moment nicht, aber das ist nur eine Frage der Zeit.«

»Ich beginne zu verstehen, warum Ida Belle Sie um Hilfe gebeten hat.«

Ich schüttelte den Kopf. »Offensichtlich ist aber alles für die Katz. Wir haben nicht die geringste Spur von Marie gefunden, und absolut jeder scheint von ihrer Schuld überzeugt zu sein. Ich glaube, der Ausgang dieses Schlamassels steht bereits fest. Da bleibt nur noch der Prozess.«

Walter nickte traurig. »Ich fürchte, Sie haben recht, aber niemand in Sinful wird glücklich darüber sein.«

»Oh, das stimmt nicht. Harveys Cousin Melvin erschien die Tage bei mir zu Hause, hämmerte gegen meine Türen und Fenster und warf mir vor, Marie zu verstecken. Aus irgendeinem Grund dachte er, ich sei ihre Anwältin. Hat versucht, mir Unterlagen zuzustellen, um zu verhindern, dass sie ihr eigenes Geld ausgibt.«

»Melvin war schon immer ein nutzloser Störenfried. So faul wie der Tag lang ist und immer bestrebt, andere dazu zu bringen, Geld in sein neustes Projekt à la ›Wie werde ich reich in 10 Tagen?‹ zu stecken. Aus Harvey konnte er nie Geld herauskitzeln, was ihn immer gewurmt hat. Vermutlich macht es ihn wahnsinnig, dass Marie all die Jahre über Harveys Vermögen verfügen konnte.«

»Bekommt Melvin denn das Geld, wenn Marie ins Gefängnis kommt?«

»Ich habe nie davon gehört, dass Harvey ein Testament hinterlassen hätte. Ziemlich dumm für einen reichen Mann, aber Harvey war nicht gerade das, was man ein Genie nennt. Soweit ich weiß, ist Melvin sein nächster Verwandter, insofern würde er dann wohl alles kriegen.«

Ich pfiff durch die Zähne. »Und den Jackpot gewinnen.«

»Jepp. Darauf läuft es hinaus.«

»Und warum glauben die Leute dann nicht, dass Melvin Harvey umgebracht hat?«

Walter runzelte die Stirn. »Auf die Idee bin ich auch schon ein, zwei Mal gekommen, aber ein paar Sachen passen einfach nicht zusammen. Erstens hätte Melvin sicherstellen müssen, dass Marie für Harveys Tod verantwortlich gemacht wird, denn sonst hätte er ja nichts davon.«

»Das stimmt. Und Sie glauben nicht, dass er gerissen genug ist, um das entsprechend zu planen?«

»Ganz sicher nicht. Und wenn er es geplant hätte, hätte er den Teil des Verbrechens mit dem Finden der Leiche gründlich versaut. Man kann Marie nicht für den Mord an ihrem Mann verurteilen, wenn keiner beweisen kann, dass er tot ist.«

»Aber Harvey wäre sicher nicht verschwunden, ohne all das Geld mitzunehmen.«

»Es gibt da ein paar Gerüchte – und ich kann nichts davon beweisen, so viel muss klar sein –, dass er etwas mit einer Frau in

New Orleans hatte und die beiden planten, gemeinsam durchzubrennen. Ich hörte ein Vögelein zwitschern, dass auf seinen Konten eine stolze Summe Geld fehlte, konnte jedoch keine Einzelheiten aus Carter herauskitzeln.«

Das konnte ich mir vorstellen »Sie sprachen von ein paar Sachen, die nicht zusammenpassen ...«

»Ja. Das zweite ist, dass zu dem Zeitpunkt, als Harvey verschwand, Melvin in New Orleans im Gefängnis saß.«

»Aber er könnte doch einen Freund beauftragt haben – vor allem, weil er das perfekte Alibi hatte?«

»Ich weiß es nicht. Mir ist nicht bekannt, dass Melvin irgendwelche Freunde hatte ... und abgesehen davon, wo zum Teufel war dann die Leiche die ganze Zeit? Wenn es einen großen Plan gab, dann ist der ganz schön schiefgelaufen.«

Ich seufzte. »Vermutlich haben Sie recht. Also gibt es niemanden sonst, der sich um Harvey gekümmert haben könnte?«

»Och, werfen Sie einen Stein und Sie treffen mit Sicherheit jemanden, der sich gerne um Harvey gekümmert hätte. Vielen Leuten in Sinful geht es ohne Harvey Chicoron besser – mich eingeschlossen. Aber zwischen jemanden hassen und jemanden erschießen liegen Welten.«

»Ja, das ist wohl so.« *Bei normalen Leuten.*

Dann fiel mir der Rest seiner Aussage auf. »*Sie,* Walter? Sie machen so einen ruhigen Eindruck. Warum hätten Sie ihn erschießen wollen?«

»Harveys Familie hat die Hauptstraße gebaut und besaß den Großteil davon. Ich, der Metzger, die Kirchen und Francine waren alle nur Mieter. Jahrelang haben wir versucht zu kaufen, doch Harveys Eltern haben immer abgelehnt. Als sie starben, bekam Harvey das Sagen und beschloss, uns Daumenschrauben anzulegen. Er verdoppelte die Miete, und wir mussten entweder bezahlen oder aufgeben.«

Ich schüttelte den Kopf. »Wäre ich hier gewesen, ich hätte ihn für Sie erschossen.«

»Normalerweise bin ich ein recht friedliebender Mensch, aber ich müsste lügen, wenn ich behaupten würde, dass mir nicht viel öfter als nur einmal der Gedanke durch den Kopf ging, dass es der Stadt viel besser ginge, wenn Harvey tot wäre.«

»Also nehme ich an, das Problem war gelöst, nachdem er weg war.«

»Klar. Das Erste, was Marie tat, als sie über sein Vermögen verfügen konnte, war, die Miete wieder auf das ursprüngliche Niveau zu senken. Dann verkaufte sie uns unsere Gebäude zu einem mehr als fairen Preis.«

Walter sah mich mit verengten Augen an. »Warum interessiert Sie das alles überhaupt so? Sind Sie etwa eine Amateurschnüfflerin?«

»Ich finde das Ganze hochinteressant.« Die Lüge ging mir ganz einfach von den Lippen. »Aber ich glaube, vor allem habe ich gehofft, einen anderen potenziellen Täter als Marie zu finden. Jeder scheint sie zu mögen, und je mehr ich über sie höre, desto sympathischer finde ich sie.«

»Das ist allerdings wahr. Es wird ein schwarzer Tag, wenn Marie für den Mord an Harvey eingebuchtet wird. Vermutlich wird niemand außer Melvin darüber erleichtert sein.«

Ich nickte, und aus irgendeinem Grund wanderten meine Gedanken zurück zu den Briefen, die ich auf Marges Dachboden gefunden hatte. »Kann ich Sie etwas fragen?«

Walter lachte. »Sie fragen mich schon seit zwanzig Minuten etwas.«

Ich lächelte. »Okay. Kann ich Sie noch etwas fragen?«

»Da ich nicht oft die Gelegenheit habe, mit einer hübschen jungen Frau zu reden, können Sie hierbleiben und Fragen stellen, solange Sie wollen.«

»In dieser Stadt gibt es viele alte, alleinstehende Personen – Ida Belle und Gertie, Marge, Sie. Warum ist das so? Nichts für ungut, aber in Ihrem Alter beschäftigt man sich eigentlich nur noch mit Enkelkindern, Hunden und weißen Gartenzäunen.«

»Ida Belle, Gertie und Ihre Tante waren alle als Feministinnen ihrer Zeit weit voraus. Ich kann es ihnen nicht verübeln, dass sie mehr wollten als die Rolle in der Gesellschaft, die ihnen zugeteilt war. Und auch ich lasse mir nicht gerne sagen, was ich tun soll.«

»Ich auch nicht. Hatte meine Tante mit irgendjemandem eine Romanze am Laufen?«

Er runzelte die Stirn und schüttelte den Kopf. »Nicht, dass ich wüsste, wobei ich mich oft gefragt habe, ob sie jemanden in Vietnam kennengelernt hatte.«

»Und warum?«

»Als sie zurückkam, guckte sie manchmal so … als ob sie an jemanden dachte, den sie nicht haben kann. Ich kenne das Gefühl.«

»Ida Belle?«

Er nickte. »Mein ganzes Leben lag gab es nur eine Frau für mich. Wenn ich sie nicht haben kann, will ich auch keine andere.«

»Walter, Sie sind ja ein alter Romantiker!«

Er lächelte mich schüchtern an. »Es gibt vermutlich Schlimmeres.«

★★★

In Anbetracht der Größe meines Frühstücks hätte ich vermutlich nach Hause joggen sollen, doch mir fehlte die Energie. Stattdessen schlurfte ich zurück, beide Hände voll mit Einkaufstüten. Walter hatte mir geholfen, einen ordentlichen Vorrat an leicht zuzubereitenden Mahlzeiten zusammenzustellen und mir versichert, dass die Batterie für den Jeep unterwegs sei. Dann hatte er mir noch eine kostenlose Flasche des Hustensafts der Damen von Sinful überreicht und mir nachgewunken, als ich den Laden verließ. Meiner Ansicht nach hätte es Ida Belle deutlich schlechter treffen können als mit Walter.

Während des Nachhausewegs ging mir alles durch den Kopf, was seit meiner Ankunft in Sinful passiert war. So sehr ich auch versucht hatte, mich herauszuhalten, befand ich mich inmitten des Mysteriums um Harvey Chicorons Tod, um die Annahme aller Einwohner, dass Marie seine Mörderin war sowie um die allgemeine Überzeugung, Harvey hätte sein Schicksal verdient, weshalb keiner wollte, dass Marie zur Rechenschaft gezogen wurde.

Fast verspürte ich Mitleid mit dem Staatsanwalt, doch dieses Mitleid war nicht halb so groß wie die Sympathie, die ich für die Einwohner von Sinful empfand. Wenn es zum Prozess käme, müsste sich die Staatsanwaltschaft auf eine ganze Menge Ärger mit ihnen einstellen. Mit Ausnahme von Melvin. Dieser Idiot würde vermutlich jeden Tag im Gericht sitzen und ein Schild mit der Aufschrift MARIE WAR ES hochhalten, sofern der Richter so etwas erlaubte.

Meine Suche nach einem alternativen Verdächtigen brachte mich keinen Schritt weiter. Ich hatte gehofft, im Gespräch mit Walter eine andere Blickweise zu gewinnen. Anscheinend waren jedoch die Leute, denen Harvey am übelsten mitgespielt hatte, der Pastor, der Pfarrer, der Metzger, Francine und Walter.

Ich seufzte. Je mehr ich über Harvey erfuhr, desto mehr überlegte ich, ob die allgemeine Annahme von Maries Schuld vorschnell war. Offensichtlich hatte eine Reihe von Leuten sehr gute Gründe, ihn sich wegzuwünschen.

In meiner Fantasie spielte ich immer noch die verrücktesten Möglichkeiten durch, als ich feststellte, dass ich an meinem Haus vorbeigelaufen war. Ach du Schande. Ich muss wirklich an meiner Konzentration arbeiten. Da hätte mich doch glatt jemand vom Bürgersteig weg klauen können, und ich hätte ihn noch nicht einmal kommen sehen.

Ich schleppte mich zum Haus zurück und atmete erleichtert auf, als ich an der Haustür rüttelte und diese verschlossen war. Wenigstens hatte Sinful nicht all meine Überlebensinstinkte lahmgelegt.

Bones war zur Abwechslung mal wach und stand an der Hintertür. Ich interpretierte das so, dass es Zeit für seinen Spaziergang war, und öffnete sie. Da es ein schöner Tag war und die Küchenmesser in Reichweite lagen, ließ ich die Tür offen, damit er wieder hereinkommen konnte, wenn er fertig mit dem war, was ein hundert Jahre alter Jagdhund so tut, wenn er nicht gerade Leichen ausgräbt.

Kaum hatte ich mir ein Glas Mineralwasser eingeschenkt, kam er auch schon wieder zurückgeschlurft und kroch in sein Bett in der Ecke. Für jemanden, der die ganze Aufregung verursacht hatte, konnte er ganz schön gut schlafen. Meiner Schätzung nach pennte er gut und gerne dreiundzwanzig Stunden pro Tag.

Ich schloss die Hintertür ab und machte mich an die Lebensmitteltüten. Das Auspacken dauerte nur ein paar Minuten; dann lief ich eine Weile im Haus herum, unschlüssig, was ich tun sollte. Als ich zum vierten Mal durch das Wohnzimmer kam, ließ ich mich in einen Sessel fallen und atmete hörbar aus.

Mir war langweilig.

Zum ersten Mal, seit ich in Sinful war, bekam ich die Sache mit der Langsamkeit zu spüren. Wenn man nicht gerade Schlafgewohnheiten wie Bones hatte, war das überhaupt nicht so erholsam, wie man es sich vorstellte. Einen Moment lang überlegte ich, was es wohl über mich aussagte, dass ich lieber meine Tarnung riskierte und mich in die Untersuchung eines Mordes reinziehen ließ, der von einer Frau, die ich nicht kannte, an ihrem Mann begangen worden war, den keiner mochte, als ein Nickerchen zu halten.

Eine Minute später beschloss ich, dass ich nicht für die Langsamkeit gemacht war. Die aktuelle Aufregung, die Sinful erfasst hatte, war vermutlich die erste seit Harveys Verschwinden. Insofern sollte ich dankbar für das Timing sein, das mir immerhin eine gewisse Abwechslung bot. Eigentlich sollte ich vermutlich die Sachen im Marges Haus katalogisieren und für den Verkauf verpacken, aber das hörte sich noch langweiliger an, als einfach nur hier herumzusitzen.

Ich holte mein Handy aus der Tasche und sah zum zehnten Mal, seit ich wieder zu Hause war, auf das Display. Keine Anrufe. Keine Nachrichten. Vielleicht nahmen sich Ida Belle und Gertie einen Tag frei. Das war ja klar – kaum steckte ich knietief im Schlamassel, taten sie einen Schritt zurück.

Ich starrte auf die zwei Frauen auf dem Bild über dem Kamin, die Gertie als Marge und Marie identifiziert hatte. Sie standen auf der Hauptstraße und lächelten. Luftschlangen hingen von den Straßenlaternen herab, insofern musste zum Zeitpunkt der Aufnahme irgendeine Feier stattgefunden haben. Auf dem Foto daneben stand Marge mit einer Gruppe Männer neben einem riesigen toten Hirsch. Alle trugen Tarnkleidung und sahen aus, als würden sie sich prächtig amüsieren.

Das Bild erinnerte mich an Marges Militäruniformen, die sich oben auf dem Tisch stapelten, und so sprang ich vom Sessel auf und lief ins Schlafzimmer. Ich konnte es nicht gut haben, dass die Uniformen zerknitterten, und dies war die perfekte Gelegenheit, sie zu bügeln und wieder in die Form zu bringen, die ihr gebührten. Bügeln gehörte zwar nicht unbedingt zu meinen Lieblingsbeschäftigungen, aber es war immer noch besser, als tatenlos herumzusitzen. Außerdem würde es mir durchaus zu einer gewissen Befriedigung verhelfen, die Uniformen in einen tadellosen Zustand zu bringen; ein Gefühl, das ich seit meiner Ankunft in Sinful nicht mehr verspürt hatte.

Ich holte Bügelbrett und -eisen aus dem Raum gegenüber des Zimmers, in dem ich mich einquartiert hatte, und richtete mich vor dem Fenster in meinem Zimmer ein. Das Licht war gut und außerdem hatte ich dort eine wunderbare Aussicht auf die Straße.

Während das Bügeleisen aufheizte, holte ich die Stärke aus der Küche. Dann griff ich nach dem ersten Set aus Hose und Jacke und machte mich an die Arbeit. Normalerweise konnte man mich mit Hausarbeit jagen, aber Bügeln war etwas anderes. Wenn man mit einem ehemaligen Militärkommandeur als Vater aufwächst, lernt man so etwas. Er bügelte sogar Bettlaken und Unterwäsche.

Natürlich ließ ich den ganzen Unsinn bleiben, nachdem ich von zu Hause ausgezogen war. Doch der Geist der Militäruniformen verfolgte mich. Manchmal ist das Bügeln von Uniformen genau das Richtige. Bewaffnet mit Stärke und Bügeleisen machte ich mich an die Jacke.

Nachdem ich sie bis zur Perfektion geplättet hatte, hielt ich sie einen Moment lang hoch und dachte mir, dass es wirklich schade drum war, ein so gut gebügeltes Gewand zusammenzufalten. Vielleicht sollte ich die Uniformen lieber aufhängen. Für ein Museum oder einen Sammler könnten die Stücke interessant sein. Die Leute interessierten sich für die merkwürdigsten Sachen.

Alle Bügel in meinem Zimmer hatte ich für meine eigene Garderobe gebraucht, von denen ich die allermeisten Stücke sicherlich nie tragen würde. Also machte ich mich auf die Suche nach weiteren Bügeln. Die Wandschränke in den anderen Gästezimmern enthielten nur sorgsam aufeinander gestapelte und beschriftete Schachteln, und so sah ich in Marges ehemaligem Schlafzimmer nach.

Dort befand sich ein großer, begehbarer Kleiderschrank mit Kleiderstangen auf beiden Seiten und Regalbrettern darüber. Marges Kleidung war nach Funktion und Farbe sortiert. Wenig überraschend, wenn ich an die Ordnung in ihrer Speisekammer dachte. Hinten hingen ein paar leere Bügel auf der Stange, von denen ich eine Handvoll nahm.

Dabei war ich wohl etwas übermütig gewesen, denn die Bügel fielen mir aus den Händen und auf den Boden des Kleiderschranks. Seufzend bückte ich mich, um sie wieder aufzusammeln. Der letzte hatte sich anscheinend irgendwo verhakt, und ich zog kräftig daran. Da hörte ich ein leises Klicken.

Eine Sekunde später bewegte sich die Hinterwand des Schranks zur Seite – und offenbarte eine Wand voller Waffen.

Heilige Scheiße!

Pistolen, Gewehre, halbautomatisch, vollautomatisch, Messer, Schwerter, Granaten … mein Herz schlug bis zum Hals und ich bekam ganz weiche Knie. Welch eine wunderschöne Sammlung. Ehrfürchtig ließ ich meine Finger über einen Granatenwerfer gleiten, den ich schon seit Monaten haben wollte. Marge hatte wirklich Geschmack.

Offensichtlich ahnte Deputy LeBlanc nichts von Marges verstecktem Schatz. All die Jagdgewehre und Pistolen hatte er weggeschafft, doch die Kronjuwelen verbargen sich hier.

Ich nahm ein Sturmgewehr von der Wand und betrachtete es. Es war in perfektem Betriebszustand. Was zum Teufel hatte Marge beim Militär gemacht, um ein solches Arsenal von Waffen zusammenzustellen? Ich wusste, dass sie gejagt hatte. Aber diese Art von Waffe verwendete man in der Regel nicht zum Erlegen von Wild.

Ich hängte das Gewehr zurück und griff nach einer hinreißenden Neunmillimeter. Der Ladestreifen war voll und sie war eine echte Schönheit. Marge hatte sicherlich nichts dagegen, wenn ich mir ihre Waffe borge, solange ich zu Besuch war. Ich steckte sie mir in den Hosenbund und ging in die Hocke, um das Holz zu befühlen, auf dem sich der Bügel befand. Unter dem Rand der Sockelleiste befand sich tatsächlich ein kleiner Schalter. Ich schob den Bügel beiseite und betätigte den Schalter. Leise bewegte sich die Rückwand wieder an ihren Platz.

Was immer sie geplant hatte, Marge hatte augenscheinlich die Notwendigkeit verspürt, ihre Sammlung unter Verschluss zu halten. Ich konnte mir nicht vorstellen, dass ein solches Geheimnis lange eins bliebe, wenn jemand aus der Bevölkerung von Sinful davon wüsste. Und wenn es kein Geheimnis war, hätte Deputy LeBlanc ganz sicher nach ihrem Tod alle Waffen aus dem Haus gebracht.

Ich lächelte, als ich mit den Bügeln in der Hand und der Pistole im Hosenbund zurück in mein Zimmer ging. Dabei hörte ich ein Boot den Sumpf hinterm Haus entlang fahren und zwei Vögel draußen auf einem Baum landen – alles, ohne einen Blick aus dem Fenster werfen zu müssen. Faszinierend, wie sehr eine gute Pistole in der Hand das Wahrnehmungsvermögen steigerte. Langsam fühlte ich mich wieder normal.

Was Deputy LeBlanc nicht wusste, würde ihn auch nicht heißmachen.

Kapitel 16

Nach dem Bügeln all der Uniformen verbrachte ich einen guten Teil des Nachmittags damit, Marges Waffensammlung zu bewundern, und gönnte mir anschließend ein langes Nickerchen, bevor ich mich auf die Couch haute und mir stundenlang schlechte Fernsehsendungen gab. Niemand rief mich an, schlug gegen die Tür oder grub Knochen in meinem Garten aus – und ich sehnte mich zunehmend nach etwas Aufregung.

Fast weinte ich vor Freude, als um neun Uhr abends mein Handy klingelte und ich Gerties Namen auf dem Display erblickte.

»Ich hab etwas über Melvin herausgefunden«, sagte Gertie. »Wir holen Sie in fünf Minuten ab.«

Sie legte auf, bevor ich irgendetwas Vernünftiges fragen konnte, zum Beispiel, wohin wir gehen, oder noch schlauer, bevor ich mich weigern konnte, mitzukommen.

Ich sprang von der Couch auf und rannte nach oben, um meine Schuhe zu holen. Wem wollte ich etwas vormachen? Die Sache machte mich neugierig und in diesem Moment hatte ich mehr Angst, mich zu Tode zu langweilen, als von einem Killerkommando aus dem Nahen Osten entdeckt zu werden. Abgesehen davon würde es mir das größte Vergnügen bereiten, Marie vor Deputy LeBlanc zu entdecken und mit einer realistischen Alternative für Harveys Mörder aufzuwarten.

Als ich wieder unten im Wohnzimmer war, sah ich Scheinwerfer am vorderen Fenster vorbeiwandern und hörte, wie ein Auto die Einfahrt herauf fuhr. Sofort erkannte ich, dass das leise Schnurren nicht von Gerties altem Cadillac stammte. Ich ging nach draußen und blieb angesichts der schwarzen, sexy Corvette vor meinem Haus wie angewurzelt stehen.

Das Beifahrerfenster öffnete sich und Gerties Arm erschien, der mich heranwinkte. »Nun beeilen Sie sich schon!«

Ich verschloss die Haustür und lief zum Auto, aus dem Gertie stieg und mir zu verstehen gab, dass ich auf dem, was wohl ein Rücksitz sein sollte, Platz zu nehmen hätte. Ich setzte einen Fuß in das Auto, verdrehte meinen Körper wie eine Brezel, quetschte mich auf den Rücksitz und entknotete mich wieder. Gertie schob einfach ihren Hintern über den Beifahrersitz und ließ sich anschließend fallen.

Ida Belle runzelte die Stirn. »Du musst mehr Sport treiben. Deine Knie wären nicht so kaputt, wenn du dich ein bisschen bewegen würdest.«

»Meine Knie bräuchten keinen Sport, wenn du dir ein Auto zulegen würdest, das einer Frau in deinem Alter angemessen ist. In diesem verdammten Ding sitzt man ja fast auf dem Boden.«

»Dieses Auto ist total sexy«, mischte ich mich ein. »Ich hätte Sie nie für eine Corvette-Fahrerin gehalten.«

»Es gibt eine Menge Dinge, die Sie nicht über mich wissen«, erklärte Ida Belle, »aber ich werde Ihnen ein paar davon verraten. Erstens ist das hier mein Garagenauto, was bedeutet, dass ich es nicht oft heraushole und noch viel seltener andere Leute darin mitnehme. Ich habe einen Truck für den alltäglichen Bedarf, aber der ist im Moment in der Werkstatt, weil ich den Fehler begangen habe, ihn *jemandem* auszuleihen.«

Gertie tat so, als würde sie sich mit ihrem Sicherheitsgurt beschäftigen.

»Und da Gertie ihren Cadillac in ein Schwimmbad verwandelt hat«, fuhr Ida Belle fort, »und er jetzt bis zum Himmel stinkt, hatte ich keine andere Wahl, als mein Baby rauszuholen; immerhin handelt es sich um einen Notfall.«

Sie drehte sich um und deutete mit dem Finger erst auf mich, dann auf Gertie und sah uns beide bedeutungsvoll an. »Aber wenn eine von euch beiden einen Kratzer oder eine Delle an diesem Auto hinterlässt, werde ich diejenige erschießen und ihre Leiche an die Alligatoren verfüttern.«

Ich nickte und hielt wohlweislich den Mund. Da ich unlängst Zeugin von Ida Belles Schießkünsten geworden war, hielt ich es für das Beste, das Auto wie teures Porzellan zu behandeln.

Gertie nickte, doch kaum hatte sich Ida Belle wieder nach vorne gedreht, sah sie über die Schulter zu mir und verdrehte die Augen.

»Gehe ich recht in der Annahme, dass Sie von Myrtle gehört haben?«, fragte ich, als Ida Belle aus der Einfahrt bog und in Richtung Hauptstraße fuhr.

»Jepp«, erwiderte Gertie. »Sie hat uns die Namen von Melvins ehemaligen Zellengenossen gegeben. Es waren drei, zwei saßen jedoch noch mit ihm ein, als Harvey verschwand.«

»Und der dritte?«

»Ist nach seiner Entlassung bei einem Autounfall umgekommen.«

»Und ich nehme an, dass Harvey zu dem Zeitpunkt noch gesund und munter war?«

»Leider ja.«

Schon wieder eine Sackgasse. Ich blickte aus dem Fenster und stellte fest, dass wir aus Sinful herausgefahren waren und uns nun auf einem einsamen Stück Highway mitten im Sumpf befanden. »Wohin fahren wir?«

»Ida Belle ist darauf gekommen, dass Melvin, weil er bei Ihnen aufgetaucht ist, um die Dokumente zuzustellen, dringend an das Geld kommen will«, erläuterte Gertie. »Er muss alles schon vorbereitet haben für den Fall, dass Harveys Leiche entdeckt wird. Niemals hätte Melvin die Unterlagen so schnell und ohne Hilfe zusammenbekommen. So schlau ist er nicht.«

Ida Belle nickte. »Also dachte ich mir, wenn wir ihn mit einem zwielichtigen Genossen in Verbindung bringen können, der Harvey damals hätte töten können, haben wir unseren Verdächtigen.«

Ich stöhnte. »Bitte sagen Sie nicht, dass wir auf den Weg irgendwohin sind, wo es viele zwielichtige Genossen gibt.«

Gertie klatschte in die Hände. »Wir gehen in die Sumpfbar. Da war ich noch nie!«

Oh nein. »Die Bar, in die Sie Deputy LeBlanc gestern gelockt haben?«

»Genau die.« Gertie sah mich anerkennend an. »Schön, dass Sie schwarz tragen. Ich fürchte, ich habe vergessen, das zu sagen.«

»Gibt es dort eine Kleiderordnung?«

»Nein. Wir können nicht wirklich *in* die Bar gehen. Zu viele Stammgäste dort mögen Ida Belle nicht besonders.«

»Sollte ich fragen, warum?«

Ida Belle zuckte mit den Achseln. »Irgendein Unsinn wegen des Schießwettbewerbs bei der jährlichen Messe.«

Gertie nickte. »Die Wahrheit ist, dass Ida Belle alle anderen jedes Jahr ziemlich alt aussehen lässt.«

»Natürlich tut sie das«, murmelte ich. »Wenn wir also nicht reingehen können, was ist dann der Plan?«

»Wir parken am Ende des Parkplatzes, von wo aus wir am leichtesten wieder wegkommen, und gucken dann durch die Fenster.« Gertie überschlug sich fast vor Aufregung. »Und ich mache ein paar Fotos mit meinem Handy. Solche Fotos kann man immer gebrauchen.«

»Finden Sie das aufregend?«, wollte ich wissen. »Im Sumpf herumzuschleichen und zwielichtigen Genossen nachzuspionieren? Ich habe diese Rumschleicherei in Sinful ausprobiert, und die Sache ist nicht ganz so gut ausgegangen, besonders nicht für Deputy LeBlancs Hamburger. Ich bin mir ziemlich sicher, dass Herumschleichen im Sumpf eine noch blödere Idee ist.«

»Sie machen sich zu viele Gedanken, meine Liebe«, wiegelte Gertie ab. »Das ist nicht gut für Ihre Gesundheit.«

»Das Wichtigste, das wir nicht vergessen dürfen«, ergänzte Ida Belle, »ist, unsere Schuhe auszuziehen, bevor wir wieder ins Auto steigen. Im Kofferraum liegen ein paar Mülltüten.«

Unglaublich. Bei allem, was die Damen geplant hatten, war es Ida Belles größte Sorge, dass ihr Auto dreckig werden könnte. Ich befürchtete viel mehr, dass mit unseren Schuhen noch etwas völlig anderes in diesen Mülltüten landen und noch in dieser Nacht in den Kofferraum geworfen werden könnte.

Meine Befürchtungen verzehnfachten sich, als Ida Belle vom befestigten Highway ab und in eine Straße einbog, die komplett aus Dreck und Muscheln bestand und direkt in den Sumpf zu führen schien. Sie fuhr jetzt nur noch Schrittgeschwindigkeit, und ich konnte die Muscheln unter den Rädern knacken hören. Ich konnte nur hoffen, dass – falls wir in Schwierigkeiten gerieten – Ida Belle eher unsere Hintern retten würde als den Lack ihres Autos.

Je weiter wir fuhren, desto enger wurde die Straße, oder vielleicht lag es auch nur am dichter werdenden Gestrüpp, das weiter in den Fahrweg ragte. So oder so überkam mich angesichts des pechschwarzen Himmels und des Nichtvorhandenseins jeglichen Lichts mit Ausnahme der Scheinwerfer des Autos das ambivalente Gefühl von Klaustrophobie und gleichzeitig von totalem Verlorensein in einer weitläufigen Wüste. Normalerweise würden mich solche Befindlichkeiten nicht weiter stören. Normalerweise würde ich solche Gefühle als kontraproduktiv für die Mission abtun und weitermachen. Doch seit ich in Louisiana war, hatte ich mein Gleichgewicht verloren. Merkwürdigerweise fühlten sich fremde Länder für mich weit vertrauter an als dieses Stück der USA.

Endlich sah ich inmitten der Dunkelheit ein fahles Licht auftauchen. Als wir näher kamen, wurden die blassen Konturen eines Gebäudes sichtbar. Es bestand aus verwittertem Holz – teilweise verrottet – und einem Blechdach mit Rostlöchern darin. Nun konnte ich Francines Aussage, dass eine anständige Frau hier nichts zu suchen hatte, vollends verstehen. Selbst ich würde einen solchen Schuppen nicht betreten, es sei denn, ich hätte zwei geladene Pistolen in den Händen und eine frische Tetanusimpfung im Blut.

Ida Belle parkte ihr Auto im Dreck am Rande der ebenen Fläche, die als Parkplatz diente. Ein Truck mit gigantischen Rädern verdeckte jedem die Sicht von der Bar aus – jedem, der im Dunkeln sehen konnte, versteht sich.

Ich schälte mich aus dem Rücksitz und sah meine beiden Komplizen an. »Worauf warten wir?«

»Wir dachten, Sie brauchen vielleicht einen Moment, bis das Blut wieder durch Ihre Beine fließt«, erklärte Gertie und sah hinüber zu Ida Belle. »Sie ist wirklich gut in Form.«

Ida Belle machte eine wegwerfende Handbewegung. »Bringen wir's hinter uns. Ich werde den Rest der Nacht damit verbringen müssen, den Dreck vom Lack zu bekommen, und dann muss ich mir noch die Haare eindrehen.«

»Da ist Melvins Truck«, flüsterte ich und deutete auf die verrostete Kiste, mit der ich ihn von meinem Haus hatte wegfahren sehen.

»Gut«, erwiderte Ida Belle. »Dann ist unser kleiner Besuch hier keine Zeitverschwendung.«

Ich machte mir gar nicht erst die Mühe zu antworten. Die Geschworenen würden das sicher anders beurteilen.

Wir gingen über die offene Fläche in Richtung Gebäude, und plötzlich zögerte ich irritiert. »Wo sind die Fenster?«

Ich konnte das Gebäude jetzt deutlich von vorne und von einer Seite erkennen. An der Seite mit der Tür in der Mitte war eine Lampe, aber kein Fenster in Sicht. Nicht ein Fitzelchen Licht drang aus den Wänden.

»Zu viel Glas ist in einem solchen Etablissement gefährlich«, erklärte Ida Belle. »Zur Sumpfseite hin gibt es Fenster, die sie mit Sperrholz verdecken, wenn die Bar geschlossen wird.«

Nett. »Das hört sich nach ganz schön viel Arbeit an. Um wie viel Uhr machen sie denn zu?«

»Ich glaube, das letzte Mal war im Jahr 1982.«

»Aha. Wegen Katrina?«

»Wo denken Sie hin! Damals war Dollar-Abend – jedes Bier für einen Dollar!«

Ich wusste, dass ich meine Frage bereuen würde, stellte sie aber dennoch. »Und warum wurde damals die Bar geschlossen?«

»AC/DC gab ein Konzert in New Orleans. Die Brüder, denen die Bar gehört, sind echte Fans und keiner von beiden wollte hier bleiben, um auf die Bar aufzupassen. Normalerweise wäre das kein Problem, weil ihr Vater einspringt, wenn Not am Mann ist. Aber der war damals gerade im Knast, weil er einen Kunden erschossen hatte.«

Jepp. Ich bereute es.

»Gibt es den schießwütigen Vater denn noch?«

»Ja, er ist der Türsteher, aber seine Augen sind so schlecht, dass er Sie vermutlich nicht treffen würde.«

»Vermutlich« hörte sich nicht nach einer guten Chance an, aber das war wohl meine Strafe dafür, dass ich nicht nach Einzelheiten gefragt hatte, bevor ich in Ida Belles Auto gestiegen war. Sollte ich hier heil rauskommen, würde ich in Zukunft eine detaillierte – schriftliche – Beschreibung der Mission verlangen, bevor ich mich jemals wieder auf so etwas einließ.

»Alle Geschichten über Rockbands der Achtzigerjahre und Schießereien mal beiseite ... Wie genau sollen wir denn in die Bar linsen, wenn die einzigen Fenster über dem Sumpf liegen?«

»Wir klauen ein Boot, was sonst«, antwortete Gertie.

»Was sonst?«, wiederholte ich seufzend. Warum hatte ich überhaupt gefragt. Eigentlich war es doch offensichtlich. »Und wenn uns jemand sieht?«

»Oh, warte!« Gertie griff in ihre überdimensionale Handtasche und holte drei schwarze Skimasken hervor. »Damit maskieren wir uns.«

Ich verkniff mir eine Bemerkung darüber, dass es nicht allzu schwierig sein würde, unter allen Bewohnern von Sinful die drei Personen – zwei alte, eine junge – zu ermitteln, die vor einer Bar im Sumpf mitten in der Nacht auf die Idee kamen, ein Boot zu stehlen, um jemanden nachzuspionieren. Stattdessen zog ich mir die Skimaske über. Was soll's.

Beim Anblick von Ida Belle und Gertie zuckte ich zusammen. Schwarze Skimasken, schwarze Jogginghosen und schwarze Rollkragenpullover würden definitiv nicht die neuste Mode für Senioren werden. Ida Belle deutete nach links und lief los. Ich folgte den zwei diebischen Damen zum Anleger, starrte in das fahle Licht der Stegbeleuchtung und wägte unsere Optionen ab. Alle sahen aus, als wären wir nur fünf Sekunden vom nächsten Untergang der Titanic entfernt und ich fürchtete, dass keine der beiden Leonardo DiCaprio oder jemand auch nur entfernt ähnlichen an Bord hatte.

»Das hier eignet sich am besten«, bestimmte Ida Belle. »Es ist leise und einfach zu steuern.«

Beides gute Eigenschaften, wenn man etwas klaut, nahm ich an.

»Okay«, sagte Ida Belle. »Ihr beide nehmt das Boot. Ich laufe um die Bar herum und stehe vom Ufer hinter der Bar aus Schmiere.«

»Sie wollen mich alleine mit Gertie im Boot lassen?«, fragte ich entgeistert. »Welche Brille hat sie auf?«

»Sie muss nur drei Meter weit fahren. Das kriegt sie hin. Aber wenn etwas passieren sollte, würden Sie dann die Person mit den einzigen Autoschlüsseln mit Ihnen an Bord haben wollen?«

Ich seufzte und stieg in das Boot, während Ida Belle in der Dunkelheit verschwand. Gertie kam hinzu und hob eine lange Stange vom Boden des Boots auf. Sie reichte sie mir, schnappte sich ein Ruder und ging zur Rückseite des Boots.

»Stecken Sie die Stange ins Wasser und drücken Sie uns damit vom Ufer ab«, erklärte sie. »Ich möchte lieber kein Risiko eingehen und den Motor nicht anwerfen.«

Da ich ihr bei diesem Risiko hundertprozentig zustimmte, steckte ich die Stange in den schleimigen Schlamm am Grund des Sumpfs und drückte. Als wir uns der Seite der Bar näherten, fiel mir auf, dass sich buchstäblich die Hälfte davon auf mächtigen Pfählen direkt über dem Wasser befand. Schwaden von Zigarettenrauch waberten über den Öffnungen, die als Fenster dienten, und ich konnte bereits spüren, wie sich meine Lungen verengten. Laute Countrymusik dröhnte aus einer Jukebox, und ich konnte das Geräusch von mindestens einer Schlägerei hören.

Bevor wir uns unter dem Fenster positionieren konnten, erkannte ich auch schon das nächste Problem. Das Fenster befand sich in gut dreißig Zentimeter Höhe über meinem Kopf, selbst, wenn ich auf dem Bug stand.

»Verflixt«, zischte Gertie und griff nach einem Ast, um uns in Position zu halten. »Es herrscht Ebbe.«

»Kann ich mich irgendwo draufstellen?«

Gerties Gesicht erhellte sich. »Stimmt ja! Sie haben den Gleichgewichtssinn einer Katze. Da hinten ist ein Plastikeimer. Reicht der?«

»Muss ja«, grummelte ich und wollte die Sache nur noch hinter mich bringen.

»Beeilt euch!«, flüsterte Ida Belle vom nahen Ufer herüber.

Ich platzierte den weißen Eimer mit der Öffnung nach unten auf dem Bug und stellte mich geduckt darauf. Gertie reichte mir ihr Smartphone und ich erhob mich langsam, bis ich in die Bar sehen konnte.

Der Rauch war so dick, dass ich zunächst kaum etwas sehen konnte. Ich suchte die Bar nach diesem Idioten Melvin ab und erkannte ihn an einem Tisch in der Ecke, wo er sich angeregt mit einer Frau unterhielt.

Ich blinzelte und versuchte, sie zu identifizieren, kam jedoch zu dem Schluss, dass sie mir völlig unbekannt war.

»Sehen Sie ihn?«, raunte Gertie.

»Ja. Er redet mit einer Frau.«

Einssiebenundsechzig, achtundsechzig Kilo, vermutlich gut bei einer Barschlägerei.

»Sie ist etwas jünger als er«, fuhr ich fort, »und etwas rundlich. Ziemlich derber Typ.«

»Na toll. Wir versuchen, einen Verdächtigen zu finden, und er versucht, was fürs Bett zu kriegen. Egal, machen Sie trotzdem ein Foto von den beiden. Man was nie, wofür man es mal gebrauchen kann.«

Ich stellte das Smartphone auf den Fenstersims und zoomte auf Melvin und seine Süße. Dann schoss ich ein paar Fotos von den beiden, bis er aufstand und zum Tresen ging.

»Er geht rüber zur Bar. Vielleicht erwische ich ihn, wie er mit jemand anderem redet.«

»Wir nehmen, was immer Sie kriegen können.«

Melvin setzte sich auf einen Barhocker am Tresen und winkte den Barkeeper heran, einen bulligen Mann, dem selbst ich nicht im Mondschein begegnen wollte.

Einsfünfundneunzig, hundertfünfzehn Kilo Bosheit.

Bei einem Wettrennen würde ich ihn zweifellos schlagen, aber irgendetwas sagte mir, dass er diesen Vorsprung vermutlich mit einer Waffe verringern würde. Der Barkeeper füllte zwei Gläser mit Bier und stellte sie vor Melvin. Der beugte sich über die Bar, um mit dem Barkeeper zu reden, der sich so weit vorlehnte, dass die beiden nur ein paar Zentimeter voneinander entfernt waren.

Ich schoss ein paar Bilder. Dieser Barkeeper würde einen tollen Verdächtigen abgeben. Er sah furchterregend aus, hatte eine zweifelhafte polizeiliche Vorgeschichte und keinen Grund, ein Geheimnis mit Melvin zu teilen, schon gar nicht, nachdem er ihm sein Bier bereits serviert hatte.

»Seid ihr fertig?«, hörte ich Ida Belle wieder zischen. »Es kommen immer mehr Autos her. Wir müssen hier weg.«

»Nur noch kurz«, sagte ich, senkte das Smartphone und beobachtete Melvin, wie er sich wieder vom Tresen entfernte. Falls er auf seinem Weg durch die Bar irgendwo stehen blieb und mit jemandem redete, könnte ich noch in Foto machen.

Diese Verzögerung war mein Verderben.

Eine nuttige Rothaarige mit einem tieferen Ausschnitt, als ich jemals in der Öffentlichkeit gesehen hatte, kam in die Bar. Melvins Kopf fuhr so schnell herum, um besser sehen zu können, als wäre er mit einem Gummiband geschnalzt worden; dann lief er geradewegs in die Lehne eines Stuhls, auf dem ein mächtiger, glatzköpfiger Kerl saß, und schüttete ihm ein komplettes Bierglas über den Kopf.

Der Kerl sprang mit einem Satz auf, wobei der Holzstuhl in zwei Hälften zerbrach, und verpasste Melvin einen Faustschlag, bevor dieser auch nur eine Entschuldigung stottern konnte. Drei weitere Männer warfen sich ins Getümmel und mir kam der Gedanke, dass dies ein guter Zeitpunkt wäre, uns auf die Socken zu machen.

»Barschlägerei«, sagte ich knapp und reichte Gertie das Smartphone.

Ich warf einen letzten Blick in die Kneipe, als der Barkeeper hinter dem Tresen hervortrat. Die Schlägerei hatte sich in die Nähe des Fensters verlagert und es war offensichtlich, dass Melvin nicht als Gewinner daraus hervorgehen würde, da er gerade zusammengerollt auf dem Boden lag. Ich blickte gerade in dem Moment auf, als der Barkeeper einen Eimer über den beiden Streithähnen ausschüttete, und eine Sekunde später traf mich ein Schwall Eiswasser voll ins Gesicht.

»Was zum Teufel …«, schrie der Barkeeper.

Verschwommenen Blickes bemerkte ich, dass er mich anstarrte.

»Los!«, rief ich Gertie zu, die mir bereits zuvor gekommen war und den Motor anließ.

Bevor ich vom Eimer springen konnte, ging der Motor an, und das Boot machte einen Satz rückwärts, woraufhin ich in den Sumpf plumpste.

»Schwimmen!«, rief Ida Belle vom Ufer aus, während Gertie weiterhin rückwärts fuhr und keine Anstalten machte, langsamer zu werden.

Die Bartür ging auf und ich hörte Menschen herausrennen, während ich wie eine olympische Sportlerin ans Ufer schwamm. Die Rufe der wütenden Bargäste hallten über den Sumpf.

»Da klaut jemand mein Boot!«

»Auf sie!«

»Gib mir mein Gewehr!«

»Diese Schlampe!«

Kaum hatten meine Hände das Land erreicht, sprang ich auf und rannte los, so schnell es der treibsandartige Matsch erlaubte. Ida Belle stand wild gestikulierend auf einer Stelle im Mondlicht. Wir rannten hinter die parkende Autoreihe und dann am Rand des Sumpfes entlang, bis wir Ida Belles Corvette erreichten.

»Die sind alle hinter Gertie her«, stellte Ida Belle fest, als sie den Kofferraum aufschloss. »Das ist unsere Chance, hier wegzukommen.«

Sie griff in den Kofferraum und warf mir ein paar Müllsäcke zu. »Ziehen Sie die Klamotten aus.«

Ich starrte sie an. »Ist das Ihr Ernst?«

»Machen Sie sich nackig oder ich lasse Sie hier, aber behalten Sie die Maske auf, für den Fall, dass wir auf dem Nachhauseweg jemandem begegnen.« Sie reichte mir ein Handtuch. »Und wischen Sie den Schlamm von Ihren Händen.«

Die Suchtruppe wurde hörbar größer und verärgerter, doch Ida Belle stand einfach nur da und machte keinerlei Anstalten, das Auto aufzuschließen. Da ich keine Lust hatte, mitten im Sumpf durch die Hände der Leute zu sterben, von denen es jeder Einzelne nicht wert wäre, zog ich meine Klamotten aus, packte sie in den Müllsack und wickelte mich in den zweiten Müllsack ein.

Endlich schloss Ida Belle das Auto auf und ich hüpfte auf den Beifahrersitz, während sie die dreckige Kleidung in den Kofferraum warf. Ein paar Sekunden später setzte sie sich auf den Fahrersitz, und wir fuhren ohne Scheinwerfer los. Oh mein Gott!

»Um Himmels willen«, beschwerte sich Ida Belle, »fassen Sie bloß nichts an. Und lassen Sie Ihre Füße brav auf der Fußmatte.«

Ich fühlte, wie sich mein Rücken versteifte, als sie die Corvette um eine Ecke fuhr, die ich noch nicht einmal sehen konnte, und betete, dass sich unter uns eine Straße befand. »Sie haben ein echtes Problem. Aber das wissen Sie selber, oder?«

»Wenn Sie meinen. Aber wenigstens riecht mein Auto nicht wie eine Algenblüte.«

»Und was ist mit Gertie? Helfen wir ihr nicht?«

»Gertie geht es gut. Sie kennt diese Kanäle wie ihre Sockenschublade. Sie wird sicher entkommen und das Boot treiben lassen.

In Anbetracht von Gerties Augenproblemen, selbst wenn sie diese stets abstritt, erschien mir die Sache gar nicht so sicher, wie Ida Belle es mir weismachen wollte, doch ich war nicht in der Stimmung, mich zu streiten. Alles, was ich wollte, war nach Hause zu kommen.

»Oh-oh«, sagte Ida Belle. »Wir haben Gesellschaft.«

Ich drehte mich auf meinem Sitz um, konnte aber außer dem diffusen Licht der Bar jedoch nichts hinter uns erkennen.

»Nicht da«, belehrte mich Ida Belle.

Ich drehte mich wieder nach vorne und sah Scheinwerfer, die sich durch den Sumpf auf uns zu bewegten. »Ich nehme an, es besteht nicht die Möglichkeit, dass sie sich auf einer anderen Straße befinden.«

»Es gibt hier nur eine Straße.«

»Wir bleiben einfach ruhig«, schlug ich vor. »Die wollen sicherlich zur Bar und fahren einfach an uns vorbei.«

»Vermutlich haben Sie recht«, stimmte Ida Belle mir bei, klang jedoch alles andere als überzeugt.

Doch ehe ich meinen Satz zu Ende gesprochen hatte, wusste ich, dass wir geliefert waren. »Ich nehme nicht an, dass es hier in der Gegend noch mehr Corvettes gibt …«

»Darauf können Sie Gift nehmen. Warum, denken Sie, habe ich mir wohl ein amerikanisches und kein deutsches Modell ausgesucht? Natürlich ist meiner in einem viel besseren Zustand, aber alle Drogendealer fahren schwarze Corvettes. Im Dunkeln falle ich also gar nicht auf.«

Ich gab mir noch nicht einmal die Mühe, die Logik zu hinterfragen, weshalb sie unter Drogendealern nicht auffallen wollte. Im Moment war das jedenfalls besser, als erkannt zu werden. Ich hielt den Atem an, als wir um die Ecke fuhren, nach der wir frontal auf das andere Fahrzeug zufahren würden. Es stand in der Straßenmitte, sodass wir keinen Platz hatten, darum herumzufahren.

Ida Belle fuhr langsamer und hielt schließlich an. »Das ist nicht gut.«

Ich wollte nach meiner Waffe greifen, doch dann fiel mir ein, dass diese sich im Müllsack im Kofferraum befand und vermutlich ohnehin voller Wasser war.

Irgendjemand klopfte an mein Autofenster und ich schrak auf. Ida Belle ließ das Fenster herunter und Deputy LeBlanc lehnte sich hinein, um das Auto zu öffnen. Er schien nicht im Geringsten überrascht zu sein, uns beide zu sehen – und ich hatte keinen

Zweifel, dass er uns trotz der Masken erkannte. Doch er machte große Augen, als er sah, was ich diesmal anhatte.

Er seufzte. »Als ich dieses Auto sah, habe ich mir geschworen, dass ich, egal, was passiert, keine Fragen stellen würde, zu denen ich die Antwort nicht wissen will. Ich muss jedoch zugeben, dass mir gerade eine Frage ganz unglaublich unter den Nägeln brennt.«

»Sie ist in den Sumpf gefallen«, erklärte Ida Belle. »Und mit den nassen Klamotten lasse ich sie ganz sicher nicht in mein Auto, also mussten wir improvisieren. Stellen Sie mir einen Strafzettel aus, wenn es Ihnen dann besser geht.«

»Und wie genau sind Sie in den Sumpf gefallen?«, fragte er mich.

»Ich wollte eine Kneipenschlägerei verhindern«, erwiderte ich. Das war die Wahrheit und nichts als die Wahrheit. Wenn auch in stark verkürzter Form.

»Ah ja. Und was haben Sie überhaupt bei der Sumpfbar gemacht?«

»Die lokale Kultur studiert.«

»Tragen Sie immer Skimasken, wenn Sie die lokale Kultur studieren?«

»Wir haben Gesichtsmasken aufgetragen, bevor wir bei mir losgefahren sind«, mischte Ida Belle sich ein. »Danach werden wir zehn Jahre jünger aussehen.«

»Verstehe. Also hat Ihr Besuch nichts damit zu tun, dass Melvin gerne in der Sumpfbar rumhängt, wenn er nicht gerade im Gefängnis ist.«

»Wirklich?«, tat Ida Belle erstaunt. »Das wusste ich ja gar nicht, aber wir waren ja auch nicht lange da.«

Er schnaubte. »Das habe ich auch nicht anders erwartet. Und wo ist Ihre Komplizin?«

»Gertie hat Kopfschmerzen und ist zu Hause geblieben, um sich auszuruhen«, antwortete Ida Belle.

Deputy LeBlanc hob eine Augenbraue. »Wenn ich sie also jetzt zu Hause anrufe, geht sie ans Telefon?«

»Natürlich nicht. Ich sagte doch, dass sie sich ausruht.«

»Ah ja. Dann weiß sie also nichts über den Anruf wegen eines gestohlenen Bootes, der mich vorhin erreicht hat …«

»Nicht, wenn sie keine hellseherischen Fähigkeiten hat«, fiel ich ein.

Einen Moment lang schloss Deputy LeBlanc seine Augen, und ich konnte sehen, dass er innerlich bis zehn zählte. Dann öffnete er die Augen wieder und deutete auf Ida Belle. »Machen Sie die Scheinwerfer an, nehmen Sie diese lächerlichen Masken ab, fahren Sie direkt nach Hause und verlassen Sie für den Rest der Nacht nicht das Haus. Wenn Sie eine vernünftige, nette Person wären, würde ich Sie bitten, auch noch den morgigen Tag im Haus zu verbringen, damit ich mich kurz erholen kann, aber den Atem spare ich mir.«

»Und Sie«, sagte er zu mir gewandt, »wenn Sie sich weiterhin mit diesen zwei Damen abgeben – gegen meinen guten Rat, wie ich ausdrücklich hinzufügen möchte –, dann nehmen Sie wenigstens Kleidung zum Wechseln mit. Ich habe Sie schon häufiger mehr oder weniger unbekleidet gesehen als meine letzte Freundin.«

Ida Belle ließ das Fenster wieder hoch und rettete mich damit vermutlich vor einer Retourkutsche, die ich mir in Anbetracht der Umstände nicht leisten konnte. Deputy LeBlanc ging zurück zu seinem Truck und setzte zurück, damit Ida Belle an ihm vorbeifahren konnte.

»Scheinwerfer!«, rief er uns zu, als wir auf seiner Höhe waren.

Ida Belle zog ihre Maske aus und schaltete das Licht an, während wir die holprige Straße entlangschlichen. Auch ich entledigte mich endlich der Maske und meine Haut atmete erleichtert auf, von diesem stickigen, nassen Stoff befreit zu werden. Kaum waren wir auf dem Highway, trat Ida Belle dermaßen auf das Gaspedal, dass ich mich ängstlich am Sitz festkrallte.

Mit Blick auf meine verkrampften Hände meckerte sie: »Ich sagte doch, dass Sie nichts anfassen sollen, Sie Weichei.«

Ich ließ den Sitz los und blickte zu ihr rüber. »Sie und ich müssen reden. Sobald ich wieder meine richtigen Klamotten anhabe und bewaffnet bin.«

Ida Belle öffnete den Mund und wollte etwas erwidern, doch ihr Handy klingelte und unterbrach sie darin, was immer sie sagen wollte. In Anbetracht meiner aktuellen Laune war das vermutlich auch gut für sie.

»Es ist Gertie«, ließ Ida Belle mich wissen, nachdem sie den Anruf angenommen hatte.

»Wo bist du?«, fragte Ida Belle.

Mit angehaltenem Atem wartete ich auf die Antwort, doch Ida Belle murmelte nur ein paar Mal unverständlich.

»Wir treffen uns in Marges Haus«, bellte sie ins Telefon und beendete das Gespräch.

»Und?«, wollte ich wissen.

»Sie geht jetzt duschen und dann treffen wir uns bei Ihnen.«

»In ihrer eigenen Dusche?«

»Nein, sie duscht bei irgendeinem heißen Typen, den sie während der Flucht auf dem Heimweg kennengelernt hat. Natürlich in ihrer eigenen Dusche.«

Ich schüttelte den Kopf. Da saß ich, nackt, in einen Müllsack verpackt, und mich erwarteten weitere zwanzig Minuten der Demütigung, während die alte Bootsdiebin bereits ganz gepflegt eine Dusche nahm. Das Ganze war in so vielerlei Hinsicht falsch, dass ich gar nicht alles aufzählen konnte.

Den Rest des Heimwegs verlief schweigend. In dieser Atmosphäre war es das Beste, meine Gedanken für mich zu behalten. Gertie öffnete die Tür mit einer Tasse frischen Kaffee in der Hand. Ich ging wortlos an ihr vorbei und direkt nach oben, um zu duschen und mir etwas Frisches anzuziehen. Mit ein bisschen Glück verstanden die beiden den Wink mit dem Eiffelturm und waren weg, bis ich fertig war. Als ich jedoch fünfzehn Minuten später herunterkam, aßen sie den Schokoladenkuchen, den ich bei Walter gekauft hatte, und tranken Kaffee.

Kaum betrat ich das Zimmer, hörten sie auf zu reden. Gertie sah mich an und Ida Belle ihren Kaffee. Dann trat Gertie Ida Belle unter dem Tisch ans Bein und sie erhob ihren Blick zu mir.

»Es tut mir leid, dass ich Sie gezwungen habe, nackt und in einem Müllsack in meinem Auto zu fahren«, sagte sie, doch es klang überhaupt nicht so, als würde es ihr wirklich leidtun.

»Es tut Ihnen nicht leid«, kommentierte ich. »Und was noch schlimmer ist: Glauben Sie wirklich, eine einfache Entschuldigung könnte mich dafür entschädigen, dass Deputy LeBlanc mich in diesem Aufzug gesehen hat?«

Gertie hielt den Atem an und starrte Ida Belle erschrocken an. »Den Teil hast du mir nicht erzählt.«

»Natürlich nicht. Der Teil lässt sie ja auch richtig schlecht aussehen. Außerdem muss ich Deputy LeBlanc jetzt beim nächsten Schützenfest gewinnen lassen, damit er vergisst, dass Fortune pitschnass in der Nähe der Sumpfbar rumgeirrt ist, kurz nachdem dort ein Boot gestohlen wurde.«

Gertie sah Ida Belle mit gerunzelter Stirn an und schüttelte den Kopf. »Du musst mit diesem Auto klarkommen oder es verkaufen. Es macht dich verrückt.«

»Oh, was mich angeht, kann sie das Auto behalten«, sagte ich. »Selbst wenn ein Hurrikan auf uns zukommen würde und es das einzige Fahrzeug in der Stadt wäre: Ich würde keinen Fuß mehr da reinsetzen.«

»Und ich kann es ihr nicht verübeln«, pflichtete Gertie mir bei.

Ida Belle hob die Hände entwaffnet in die Luft. »Schon gut! Es tut mir leid. Ich wollte niemanden lächerlich machen oder schlecht aussehen lassen. Und ich werde an meinem Auto-Problem arbeiten.«

Da sie endlich ein kleines bisschen Reue zeigte, nickte Gertie, und ich goss mir einen Kaffee ein und setzte mich.

»Ich habe Ihre Kleidung in die Waschmaschine gesteckt«, sagte Gertie. »Sie müssen sie aber noch in den Trockner werfen. Nicht vergessen. Bei der Feuchtigkeit hier wird sie leicht muffelig.«

Wieder so eine tolle Eigenart von Louisiana.

Ich trank einen Schluck von meinem Kaffee. »Bitte sagen Sie mir, dass uns das Ganze heute weitergeholfen hat.«

»Oh ja!«, rief Gertie und ihre Laune besserte sich zusehends.

»Gut. Dieser Barkeeper sah richtig furchterregend aus. Der würde sicherlich eine gute Zielperson für uns abgeben.«

Gertie schüttelte den Kopf. »Oh, nein. Nicht der Barkeeper.«

Ich runzelte die Stirn. »Die Frau?«

»Nicht einfach irgendeine Frau. Das war Maries Cousine dritten Grades, Cheryl.«

Ida Belle nickte. »Dieses dreckige Miststück wurde vor Jahren aus Sinful gejagt. Sie war immer neidisch auf Marie.«

»Okay. Angenommen, sie hatte die Gelegenheit und so etwas wie ein Motiv, dann brauchen wir immer noch Beweise. Und wie hätte sie sich mit Melvin zusammentun können, während er eingebuchtet war?«

»Das ist das Beste daran.« Gertie lächelte. »Sie arbeitet als Gefängniswärterin.«

Das haute mich um. »Im gleichen Gefängnis, in dem Melvin inhaftiert war?«

»Jepp. Da staunen Sie, was?«

Tausend Möglichkeiten schossen mir durch den Kopf. »Okay, das ist gut. Das ist richtig gut. Bitte sagen Sie mir, dass das Bild, das ich geschossen habe, scharf ist.«

»Scharf wie eine Chillischote«, bestätigte Gertie. »Wir sind im Geschäft. Naja, mit Ausnahme einer Kleinigkeit.«

Ida Belle sah Gertie böse an. »Welche Kleinigkeit?«

»Ich glaube, Melvin hat mich gesehen. Ich konnte das Boot nicht mit der Maske auf dem Kopf steuern. Für eine Sekunde war ich im Licht und duckte mich, doch er stand am Ende des Anlegers.«

Jetzt guckte Ida Belle noch böser.

»Meinen Sie, er wird sich rächen?«, fragte ich.

»Ich glaube nicht«, meinte Ida Belle. Er ist dumm, so viel ist klar, aber er hat keinen Grund zu glauben, dass wir ihn des Mordes überführen wollen. Selbst wenn er weiß, dass wir ihm hinterherspionieren, inwiefern sollte ihm das seiner Ansicht nach schaden?«

»Auch wieder wahr«, stimmte ich zu, aber ich hätte mich durchaus besser gefühlt, wenn Melvin Gertie nicht erkannt hätte.

»Wir haben es geschafft!«, rief Gertie und klatschte in die Hände.

»Sicher«, bemerkte ich, »sobald wir Marie finden, wird sie verhaftet, wir suchen ihr einen Anwalt und dem erzählen wir von unserer Theorie und geben ihm das Bild.«

Gerties Gesicht fiel etwas in sich zusammen. »Vielleicht gibt es noch das eine oder andere zu tun, aber das ist immer noch ein großer Schritt weiter zur Vollendung unseres Plans.«

»Ja«, stimmte ich zu. »Es ein sehr großer Schritt.«

»Und jetzt«, stellte Ida Belle fest, »müssen wir nur noch Marie finden.«

Ich atmete hörbar aus. Ja, *nur noch.*

Kapitel 17

Nach all der Aufregung, der heißen Dusche und dem Kuchen hätte ich eigentlich sofort einschlafen müssen, doch egal, wie oft ich mich auch im Bett umdrehte, es klappte einfach nicht. Vielleicht war es zu viel Aufregung gewesen, oder etwas wahrscheinlicher: zu viel Kaffee. Irgendwann gab ich es auf und beschloss, mir mein Buch zu nehmen und mich in den Schlaf zu lesen.

Ich hüpfte aus dem Bett und ging hinüber zum Schreibtisch, auf den ich das Buch am Nachmittag gelegt hatte. Als ich danach griff, fegte ich den Stapel Umschläge mit Marges nie verschickten Briefen um. Das Gummiband riss und die Umschläge verteilten sich großflächig auf dem Fußboden.

Seufzend bückte ich mich, um sie wieder aufzuheben. Als ich nach einem Umschlag fischte, der unter das Bett gerutscht war, entdeckte ich Markierungen, die mit einem Stift gemacht worden waren und auf den anderen Briefen fehlten. Ich erhob mich und besah mir das Ganze genauer. Es war eine Art Zeichnung, doch nichts, was mir bekannt vorgekommen wäre. Dann bemerkte ich, dass ich den Umschlag verkehrt herum hielt. Als ich ihn umdrehte, wurde das Motiv erkennbar.

Es war eine Zeichnung des Gesichts einer Frau. Klare, einfache Linien, nicht größer als eine Münze. Eine Träne rollte die Wange der Frau herunter. Ich stapelte die übrigen Umschläge auf dem Schreibtisch und kroch mit meinem Buch und dem Brief mit der

Zeichnung in mein Bett. Vielleicht war dieser Brief ja aus gutem Grund anders als die anderen?

Die Antwort darauf erhielt ich, als ich den Brief las.

Ich habe es von Francine erfahren. Du heiratest. Ich wusste, dass jemand wie Du sein Leben nicht alleine verbringen würde, doch diese Nachricht traf mich wie ein Messer ins Herz. Warum, Harvey? Der Schmerz, den ich fühle, ist fast unerträglich.

Nichts ist mehr wichtig. Nicht der Krieg und nicht einmal meine Rückkehr.

In zwei Monaten werde ich zum ersten Mal seit zwei Jahren wieder nach Sinful kommen, aber ich werde alleine sein.

Hier im Dschungel habe ich wenigstens einen Zweck. Ich habe Leute, um die ich mich kümmern muss. Ich habe wichtige Aufgaben zu erledigen.

Ich habe Angst vor meiner Reaktion, wenn ich Euch beiden zum ersten Mal begegne. Ich weiß nicht, wie ich den Rest meines Lebens verbringen soll, ohne Dich haben zu können, weil Du in den Armen von jemand anderem liegst.

Ich hielt die Luft an beim Lesen.

Harvey?

Der Mann, nach dem sich Marge die ganze Zeit gesehnt und dem sie all diese nie verschickten Briefe geschrieben hatte, war Harvey Chicoron – das größte Arschloch weit und breit?

Völlig perplex ließ ich mich wieder ins Kissen fallen. Das änderte alles. Wenn Marge all die Jahre lang eine unerwiderte Liebe für Harvey gehegt hatte, zugesehen hatte, wie er Marie heiratete, und dann, wie er Affären mit einem Großteil der Frauen der Gemeinde hatte – nur Gott weiß, wie sie sich gefühlt haben muss.

Was hatte sie geplant?

Ich holte tief Luft. War es wirklich möglich, dass sie ihn so sehr geliebt hat, dass sie ihn umbrachte? Das war keine Liebe – keine wahre Liebe. Aber vielleicht hatten all die Jahre, in denen sie wegen einer hübscheren oder jüngeren oder gefügigeren Konkurrentin weggestoßen wurde, diese überwältigenden Liebesgefühle in etwas anderes verwandelt – in düsteren Hass.

Gott weiß, Marge hatte die Waffen, um ihn umzulegen, und mit ihrer Militärerfahrung auch die Fähigkeit, sie zu benutzen. War es möglich, dass sie so weit gegangen war für einen Mann, der ihre Freundin schlug und mit allem schlief, was einen Puls hatte?

Und wer wusste noch von Marges Gefühlen für Harvey? Ida Belle und Gertie sicherlich nicht, sonst hätten sie Marge von Anfang an als mögliche Täterin ins Spiel gebracht. Natürlich hätten sie ihre Freundin nicht gerne verpfiffen, aber in diesem Fall war die Freundin schon lange nicht mehr auf dieser Welt und konnte durch die Anschuldigung nicht mehr verletzt werden.

Wenn Marge es geschafft hatte, ihre Liebe für Harvey vor Gertie, Ida Belle und vor allem vor Marie geheim zu halten, dann muss sie die beste Schauspielerin gewesen sein, die die Welt je gesehen hat.

Ich sah aus dem Fenstern in die pechschwarze Nacht und schüttelte den Kopf. Wie konnten an einem so kleinen Ort nur so komplizierte Dinge vor sich gehen? Niemals hätte ich mir so etwas auch nur annäherungsweise vorstellen können. Ich hatte mir alle potenziellen Komplikationen stets vom Leib gehalten – was, wie mir plötzlich klar wurde, bedeutete, sich alle Menschen vom Leib zu halten. Menschen waren ganz sicher die größten Komplikationen, die das Leben bereiten konnte.

Ich steckte den Brief zurück in den Umschlag und legte ihn auf den Nachttisch. Mit einem Seufzer löschte ich das Licht, machte es mir unter der kühlen Decke bequem und versuchte, nur nicht an mein eigenes Leben zu denken. Seit ich in Sinful war, hatte ich schon viel zu viele unangenehme Einblicke in mein Wesen erhalten. Weitere Offenbarungen konnte ich ohne eine Mütze Schlaf ganz sicher nicht bewältigen.

Ich war gerade weggedöst, als ich unvermittelt hochfuhr.

Da waren Schritte auf dem Dachboden!

Ich sprang aus dem Bett und lief hinüber zu der Tüte mit den Sachen, die ich im Gemischtwarenladen erstanden hatte. Dieses pelzige kleine Nagetier würde mich nicht noch einmal zum Narren halten. Ich hatte eine Taschenlampe und eine Kugelpistole, beide aus dem Gemischtwarenladen. Wegen letzterer hatte Walter keine Hintergrundinformationen über mich einholen müssen und ich konnte damit auch das Dach nicht kaputt machen.

Bewaffnet mit meinen legal erworbenen Gegenständen schlich ich die Dachbodentreppe hoch und blieb eine Minute lang stehen, damit sich meine Augen an die Dunkelheit gewöhnen konnten. Ein schmaler Streifen Mondlicht fiel durch das Dachbodenfenster und hüllte den vollgestellten Raum in ein trübes Licht.

Ich suchte den Dachboden rechts und links von mir mit den Augen ab, fand jedoch nicht die geringste Spur meines pelzigen Eindringlings. Dann hörte ich ein leises Kratzgeräusch hinter der Reihe aus Kartons an der Rückseite des Raums und schlich über den Boden, wobei ich jede Diele sorgfältig testete und nur auf diejenigen trat, die am unwahrscheinlichsten knarren würden. Nur noch ein paar Schritte und ich würde den kleinen Racker sehen können.

Eins, zwei, drei …

Ich sprang über die Kartons und schaltete während des Springens die Taschenlampe an. Explosionsartig erhellte das Licht den Dachboden. Ich blinzelte, um mich an das grelle Licht zu gewöhnen, und richtete dann meine Kugelpistole auf das Kratzgeräusch in der Ecke.

»Nicht schießen!«, rief eine Frauenstimme direkt vor mir.

Völlig überrascht ließ ich die Taschenlampe fallen, die auf dem Boden landete und hinter mich leuchtete. Ich sah in den Schatten, aus dem sich eine Gestalt löste, und erwartete eine der Damen von Sinful, die mir Wunder weiß was erzählen würde, was sie hier auf Anweisung von Ida Belle oder Gertie zu erledigen hatte. Dann erstarrte ich vor Schrecken.

»Marie!«

Ich hatte nicht den geringsten Zweifel, dass sie es war. Trotz ihres Alters sah ihr Gesicht noch genauso aus wie auf den Fotos, die ich von ihr als junge Frau gesehen hatte. Langsam und mit erhobenen Händen kam sie auf mich zu.

Ich steckte die Pistole in meinen Hosenbund. »Was zum Teufel machen Sie auf meinem Dachboden? Und nehmen Sie die Hände runter. Ich werde Sie nicht erschießen. Ich habe die ganze Zeit versucht, Sie zu finden.«

Sie nahm die Hände herunter und nickte. »Ich weiß. Ich habe Sie mit Ida Belle und Gertie reden hören. Die Lüftung in der Küche führt direkt hoch in mein Versteck.«

»Sie haben sich die ganze Zeit über hier oben versteckt?«, fragte ich, doch kaum hatte ich es ausgesprochen, fielen mir Bones ständige Versuche, die Treppe hochzusteigen, ein. Ich hatte sie auf seine Senilität oder den Geruch des Waschbären geschoben, aber es war Marie.

»Es muss Ihnen furchtbar ergangen sein«, sagte ich, während ich die Taschenlampe vom Boden aufhob.

»Och, so schlimm war es nicht«, erwiderte sie und winkte mich in die Ecke zu sich. Dort befand sich ein Schaukelstuhl mit einem Stapel Stricksachen, daneben ein paar Bücher. Eine Militärpritsche mit einem Laken darauf stand an der Wand neben dem Stuhl.

»Hinter den Kartons ist mein Versteck nicht zu sehen. Wenn man nicht genau hinsieht, fällt es gar nicht auf …«

Es war mir tatsächlich nicht aufgefallen. Ich war ja eine tolle CIA-Agentin.

Die gesamte Zeit über war ich auf der Suche nach Marie durch den Sumpf gestampft, während sie sich die ganze Zeit über direkt über meinem Bett befunden hatte. Ich konnte förmlich spüren, wie mein Vater die Stirn runzelte, und war unendlich erleichtert darüber, dass Director Morrow niemals von meinem zeitweiligen kompletten Verlust von Konzentration und Können erfahren würde.

»Also haben Sie das alles hier eingerichtet, während ich mit Ida Belle und Gertie herumgelaufen bin?«

»Nicht wirklich. Die Pritsche und der Stuhl waren schon hier. Marge litt ein wenig unter PTBS. Manchmal war sie gerne hier oben. Ich glaube, hier fühlte sie sich sicher, als ob sie im Millitärcamp wäre.«

»Nun ja, es ist sicherlich ein sehr gutes Versteck. Hier oben hat niemand nach Ihnen gesucht.«

»Mit Ausnahme der Sache mit dem Waschbären war alles gut. Ich kannte all die Orte, an denen jeder suchen würde. Deshalb war ich auf Nummer zwei und habe das Laken dort gelassen in der Hoffnung, die Leute damit auf eine falsche Fährte zu locken. Am Samstag habe ich in einem Motel auf dem Weg nach New Orleans eingecheckt und für eine komplette Woche im Voraus bezahlt, für den Fall, dass die Fahndung sich über Nummer zwei hinaus ausweiten würde.«

Ich schüttelte immer noch den Kopf bei der Vorstellung, dass Marie die ganze Zeit über auf meinem Dachboden gewesen war. »Aber warum? Warum haben Sie sich versteckt, wenn Sie damit nur das Unvermeidbare herauszögern?«

Marie seufzte. »Ich weiß es auch nicht. Ich weiß, es war feige, aber ich wollte mich nicht der Meute aussetzen, bevor ich keine gute Erklärung hatte.«

»Aber Ida Belle und Gertie hätten Ihnen geholfen.«

»Und sich selbst damit in Schwierigkeiten gebracht. Nein, ich musste selbst einen Plan schmieden, und das kann ich nicht, wenn ich im Gefängnis sitze oder von diesem Idioten Melvin gestalkt werde.«

»Und, ist Ihnen etwas eingefallen?«

Die Traurigkeit in ihrem Gesicht war unübersehbar. Sie schüttelte den Kopf.

»Na, dann können Sie genauso gut runterkommen. Sie haben eine Menge zu erklären, und ich muss Ida Belle und Gertie anrufen. Die beiden haben sich schon viel zu lange Sorgen gemacht. Das schreit nach Kaffee.«

»Und vielleicht einem Whiskey?«

»Unbedingt.«

Wir stampften hinunter ins Wohnzimmer, wo Bones schwanzwedelnd am Fuß der Treppe wartete. So aufgeregt hatte ich ihn nicht mehr gesehen, seit er den Knochen ausgegraben hatte. Marie blieb kurz stehen, um ihn hinter den Ohren zu kraulen, und er leckte ihren Arm. Dabei sah er mich an und ich schwöre, da war ein »Hab ich's doch gesagt«- Ausdruck in seinem Blick. Dann drehte er sich um und trottete zurück in sein Bett in der Küche, wobei er bereits schnarchte, bevor wir ihm folgen konnten.

Ich legte meine Waffe auf den Tresen und holte den Kaffee aus dem Schrank. Marie ließ sich auf einen Stuhl am Küchentisch fallen und seufzte. Sie sah völlig erschlagen aus und mehr als nur etwas besorgt, was in Anbetracht der Situation völlig verständlich war. Doch ich hatte den Eindruck, dass mehr an ihr nagte als das, was ich wusste.

»Gibt es etwas, was Sie mir gerne sagen möchten … bevor ich Gertie und Ida Belle anrufe?«

Marie sah mich an und versuchte sich an einem lockeren Gesichtsausdruck, was ihr jedoch nicht gelang. »Nein. Wie kommen Sie denn darauf?«

»Weil Sie aussehen, als wäre etwas nicht in Ordnung – über dem Offensichtlichen hinaus.«

»Es ist ja auch eine ganze Menge nicht in Ordnung. Es wäre weit merkwürdiger, wenn ich nicht besorgt aussehen würde.«

Ich löffelte das Kaffeepulver in die Kaffeemaschine, gab Wasser in den Behälter und drückte auf den Knopf. Dann holte ich Teller und Gabeln und legte sie auf den Tisch neben dem, was von dem Schokoladenkuchen noch übrig war. So schnell, wie der wegging, war es eine gute Idee gewesen, gleich drei davon zu kaufen.

Ein paar Sekunden lang blickte ich Marie aufmerksam an, was ihr sichtliches Unbehagen bereitete. Dann setzte ich mich auf den Platz ihr gegenüber.

»Was ich sehe, ist keine Sorge. Das ist Schuld.«

Maries Augen wurden größer. »Es gibt nichts, weswegen ich mich schuldig fühlen sollte.«

Bei ihrer Wortwahl musste ich lächeln. »Ich habe nicht gesagt, dass Sie sich schuldig fühlen *sollten.* Ich habe gesagt, dass Sie schuldig aussehen. Aber Sie wissen sich recht gut aus der Affäre ziehen.«

»Ich weiß nicht, was Sie meinen.«

Ich schnitt ein Stück Schokoladenkuchen ab, legte es auf einen der Teller und schob ihn vor Marie. »Sie haben Ihren Mann nicht umgebracht, oder?«

»Nein.«

»Aber Sie wissen, wer es getan hat.«

Sie seufzte. »Nicht von Anfang an, ich schwöre es. Aber im Laufe der Zeit bekam ich einen Verdacht.«

Ich stand auf, um uns jeweils einen Kaffee einzugießen, und stellte eine der Tassen vor Marie. Dann setzte ich mich und schnitt auch mir ein Stück Kuchen ab. Ich hatte es mir redlich verdient.

»Haben Sie Beweise?«

»Nein, und ich habe sie auch nie gefragt. Ich wollte es wohl gar nicht sicher wissen.«

Ich steckte mir ein großes Stück Kuchen in den Mund und spülte es mit dem Kaffee herunter. »Aber dennoch sind Sie sich sicher.«

Sie sah hinunter auf ihren Teller und nickte.

»Es war Marge, oder?«

»Ich glaube, ja«, flüsterte sie kaum hörbar. »Es tut mir so leid, dass ich Ihnen das sagen muss.«

Die Traurigkeit in ihrer Stimme verwirrte mich. Ich ließ meine Gabel auf den Teller sinken und sah sie fest an. »Das verstehe ich nicht. Ich meine, ich verstehe, dass Harvey kein Hauptgewinn war und ihr Leben ohne ihn besser ist, aber ich dachte, Marge sei ihre Freundin gewesen. Sie hat Ihren Mann geliebt und ihn dafür gehasst, dass er Sie geheiratet hat. Macht Sie das nicht wenigstens ein bisschen wütend?«

Marie sah zu mir auf, sichtlich erschrocken. »Das … ich … Wie kommen Sie denn darauf?«

»Auf dem Dachboden habe ich Briefe gefunden, die Marge an Harvey geschrieben hat, als sie in Vietnam war, die sie jedoch nie abgeschickt hat. Vorhin habe ich einen gelesen, in dem Harvey namentlich genannt wurde. Bis dahin wusste ich nicht, an wen sie die Briefe geschrieben hatte.«

Ich lief nach oben und holte den Stapel Briefe vom Schreibtisch in meinem Schlafzimmer. Dann rannte ich wieder nach unten, suchte den Brief heraus, den ich zuletzt gelesen hatte, und zeigte ihn Marie, während ich neben ihrem Stuhl stehen blieb.

»Sehen Sie?« Ich deutete auf die einzige Stelle, die ich in den Briefen entdeckt hatte, an der das Objekt ihrer Begierde genannt wurde.

Ich habe es von Francine erfahren. Du heiratest. Ich wusste, dass jemand wie Du sein Leben nicht alleine verbringen würde, doch diese Nachricht traf mich wie ein Messer ins Herz. Warum, Harvey? Der Schmerz, den ich fühle, ist fast unerträglich.

»Sie fragt ihn, warum er Sie heiratet«, sagte ich. »Selbst, wenn Sie diesen Mann niemals geliebt haben, ist es doch irgendwie beleidigend, wenn Ihre Freundin ihn für sich selbst wollte.«

Marie las den Brief durch und ihr Gesichtsausdruck änderte sich wieder von erschrocken zu traurig. »Vermutlich kann die Wahrheit jetzt keinem mehr wehtun. All die Zeit habe ich mich versteckt und mir Sorgen gemacht …«

Ich setzte mich wieder auf den Stuhl ihr gegenüber. »Welche Wahrheit?«

Sie deutete auf die Stelle im Brief, auf die ich mich bezogen hatte. »Das ist kein Komma nach dem ›Warum‹. Das ist nur ein Fleck auf dem Papier, vielleicht vom Alter oder ein versehentlicher Tupfer mit dem Füller.« Marie legte den Brief auf den Tisch und blickte mich an.

»Sie hat nicht Harvey gefragt, warum er mich heiratet«, erklärte sie schnell. »Sie hat mich gefragt, warum ich Harvey heirate.«

»Oh.« Ich starrte Marie an. »Oh!«

»Aber fühlten Sie … haben Sie …«

»Nein. Ich habe Marge wie eine Freundin geliebt, hatte jedoch nicht diese Art von Gefühl für sie. Das wusste sie und sie hat akzeptiert, dass wir nur Freundinnen sind. Ich glaube, wenn ich einen guten Mann geheiratet hätte – einen netten Mann –, hätte es sie nicht so aufgeregt. Aber Harvey, nun ja ...«

»Er hat Sie nicht gut behandelt. Und das hat sie wahnsinnig gemacht.«

»Ja. Sie hat versucht, mich zu überreden, ihn zu verlassen, hat mir sogar einen Platz zum Wohnen und Geld angeboten, doch sie hatte nicht genug, um die Ausgaben für Charlie zu decken. Abgesehen davon konnte ich das nicht von ihr annehmen, eben weil ich wusste, was sie für mich empfand. Das wäre nicht richtig gewesen.«

Ich versuchte mir vorzustellen, wie Marie sich gefühlt haben musste, gefangen mit einem bösartigen Mann, abhängig von ihm, weil er ihren einzigen Verwandten finanziell unterstützte, konnte jedoch nicht annähend das Ausmaß ihrer Verzweiflung erahnen. Ich war zu unabhängig – zu eigenständig –, um ihre Situation nachvollziehen zu können.

Genauso wenig konnte ich begreifen, wie Marge sich gefühlt haben muss, all diese Jahre eine Frau zu lieben, von der sie wusste, dass sie schlecht behandelt wurde, und nichts gegen diese Liebe oder die Misshandlungen tun zu können. Wobei ich glaubte, dass sie letztendlich etwas gegen die Misshandlungen getan hat, weshalb wir uns heute alle in diesem Schlamassel befanden.

»Okay, ich verstehe, dass es Marge nicht gefallen hat, wie Sie behandelt wurden, aber dennoch hat sie sich alles jahrelang untätig angesehen. Warum, glauben Sie, hat sie ihn schließlich umgebracht?«

»Ich hatte damals die Grippe und lag ein paar Tage im Bett. Marge wollte mir gerade einen Auflauf rüberbringen, damit Harvey rechtzeitig sein Abendessen bekam. Sie war nicht die beste Köchin, aber Harvey hatte sowieso keinen Geschmackssinn. Solange das Essen pünktlich auf dem Tisch stand, war ihm alles egal. Doch dann hatte Bones einen Unfall, bei dem er sich ein Bein brach, und Marge musste mit ihm zum Tierarzt, bevor sie mir den Auflauf bringen konnte.«

»Und Harvey wurde wütend?«

Marge nickte. »Harvey erwartete immer, dass alles genau so lief, wie er es wollte. Ich hätte tot sein können, und er hätte immer noch um fünf Uhr sein Essen erwartet.« Sie legte den Kopf zur Seite und hob eine Augenbraue. »Wussten Sie, dass ich seit Harveys Verschwinden kein einziges Mal mehr um fünf gegessen habe? Nicht ein einziges Mal. Entweder habe ich früher gegessen oder viel später. Bisher habe ich nie darüber nachgedacht, das hat wohl mein Unterbewusstsein übernommen.«

»Klingt logisch. Und was ist dann passiert?«

Marie runzelte die Stirn und sah wieder nach unten. »Er schlug mich, wie er es immer tat, wenn er der Ansicht war, ich hätte etwas verkehrt gemacht. Dieses Mal jedoch schlug er mich mitten ins Gesicht. Normalerweise hinterließ er nur Spuren an meinem Körper, sodass ich sie verstecken konnte. Marge war durch den Garten gekommen und verfolgte alles durch die Hintertür. Sie hat alles gesehen.«

»Hat sie ihn in Ihrem Haus umgebracht?«

»Nein. Sie stürmte in die Küche und warf ihm den Auflauf ins Gesicht. Dann schrie sie ihn an zu verschwinden, bevor sie die Polizei riefe. Ich wusste, dass sie das nicht tun würde, weil das die Sache nur verschlimmert hätte, doch Harvey hat ihr geglaubt. Er stampfte aus dem Haus und drohte, mich und sie umzubringen.«

Wut überkam mich. Schläge, weil das Abendessen nicht rechtzeitig fertig war? Vermutlich hätte ich ihn höchstselbst umgebracht, wenn ich da gewesen wäre. »Und was ist dann passiert?«

»Marge half mir, meine Verletzungen zu säubern. Ich hatte eine Wunde über der Augenbraue und ein blaues Auge, doch da ich krank war, konnte ich den meisten Menschen für ein paar Tage aus dem Weg gehen. Danach haben mir Gertie und Ida Belle geholfen, die Spuren mit Make-up zu verdecken, damit ich am Sonntag in die Kirche gehen konnte.«

»Ist die Kirche hier so wichtig?«

Marie sah zu mir auf. »Damals war sie es. Wissen Sie, Harvey war bereits verschwunden, und Ida Belle und Gerte hatten Angst, dass die Leute mich des Mordes verdächtigen würden, wenn sie wüssten, dass er mich geschlagen hatte. Die beiden waren es auch, die das Bankkonto auf den Bahamas eröffnet und mich dazu gebracht haben, mit Harveys Passwort Geld dorthin zu überweisen, damit die Leute dachten, er wäre mit einer seiner Schlampen weggelaufen.«

»Wirklich?«

Da hatten Ida Belle und Gertie aber einen wesentlichen Teil an der Geschichte von Harveys Verschwinden ausgelassen. Kein Wunder, dass sie so verzweifelt nach einem anderen Verdächtigen gesucht hatten! Sie wussten, dass Marie schon vor dem Prozess verurteilt worden wäre, wenn bekannt werden würde, dass Harvey sie unmittelbar vor seinem Verschwinden geschlagen hatte. Und da ein Teil seiner Leiche aufgetaucht war und Harvey somit aller Wahrscheinlichkeit nach das Geld nicht überwiesen hatte, blieb nur noch Marie, und Gertie und Ida Belle steckten bis zum Hals in der Sache mit drin.

»Also haben Sie das Geld die ganze Zeit lang dort gelassen?«, fragte ich.

»Nein. Ida Belle sagte, wir müssten es so aussehen lassen, als würde Harvey sein Geld woanders hinbringen, und zwar so, dass es nicht zurückverfolgt werden könne. Es gab ein paar komplizierte Überweisungen von Land zu Land und ein paar zwielichtige Anwälte waren involviert, aber schlussendlich habe ich mit dem Geld ein Strandhaus auf Tahiti gekauft.«

»Sie verschaukeln mich.«

»Ganz und gar nicht. Gertie, Ida Belle und ich sind jedes Jahr einen Monat lang da. Den anderen erzählen wir dann, dass wir auf Missionsarbeit in Südamerika sind. Wir mussten ja irgendwie die Sonnenbräune erklären.«

»Natürlich.«

Marie sah mich verlegen an. »Ich nehme an, das haben sie Ihnen nicht alles erzählt.«

»Nein, ein paar Sachen haben sie ausgelassen. Hauptsächlich die Sachen, die sie schlecht aussehen lassen.«

Unfassbar. Für all die Geheimnisse schulden die beiden mir aber mächtig was. Im Kopf stellte ich schon mal eine Liste zusammen. Gertie würde mir einen Kuchen pro Tag für die gesamte Dauer meines Aufenthalts backen und Ida Belle mir ihre Corvette leihen müssen.«

»Ich nehme an, die Polizei hat geglaubt, dass Harvey weggelaufen ist?«, fragte ich, denn irgendwas an der ganzen Sache war immer noch nicht schlüssig.

Marie nickte.

Und plötzlich fiel es mir wie Schuppen von den Augen. »Haben Sie Ida Belle und Gertie erzählt, was Marge gesehen hat?«

»Nein. Marge hat mich gebeten, es für mich zu behalten, und bis heute habe ich das auch getan.«

Jetzt fügte sich das Ganze für mich zusammen. »Also haben Gertie und Ida Belle wirklich die ganze Zeit gedacht, Sie hätten Harvey getötet?«

»Ja. Ich wollte Marge nicht verraten. Nach einer Weile wuchs Gras über die Sache und es gab keinen Grund, schlafende Hunde zu wecken. Abgesehen davon hat Marge mich beschützt. Ich wollte sie keinem Risiko aussetzen.«

»Bis heute. Sie wissen, dass die Wahrheit ans Licht kommen muss.«

»Ich weiß, aber ich habe Angst, dass mir nach all den Lügen niemand mehr glauben wird.«

Ich atmete hörbar aus. »Ich auch.«

Kapitel 18

Obwohl ich sie aus dem Bett geholt hatte, trafen Gertie und Ida Belle innerhalb von Minuten nach meinem Anruf bei mir ein. Beide trugen Bademantel und Hausschuhe und Ida Belle hatte den Kopf voller Lockenwickler, doch beide waren hellwach und sichtlich überrascht von der Wende der Ereignisse.

Es dauerte eine Weile, bis wir Gerte und Ida Belle alles erklärt hatten. Sie schwankten zwischen Freude, dass es Marie gut ging, Überraschung, dass sie Harvey gar nicht umgebracht hatte, und Verblüffung, dass Marge verliebt in Marie gewesen war und offensichtlich die Tat begangen hatte.

»Jetzt ergibt alles einen Sinn«, erkannte Ida Belle. »Wer hätte das gedacht?«

Gertie schüttelte den Kopf. »Es tut mir so leid, Marie. All die Jahre haben wir gedacht, du hättest ihn umgebracht.«

»Das ist schon in Ordnung. Ich wusste, dass ihr so denkt, als ihr mir mit dem Offshore-Konto geholfen habt.«

»Aber warum hast du uns nicht alles erzählt?«, fragte Gertie.

»Sie wollte Marge schützen«, antwortete ich.

Marie nickte. »Sie hat Harvey getötet, um mich zu schützen, und ich konnte sie doch nicht für etwas büßen lassen, was ich selbst schon vor Jahren hätte in Ordnung bringen müssen. Und schon gar nicht mit dem Wissen, was sie für mich empfand. Das wäre wie ein Messer in ihr Herz und in ihren Rücken gewesen.«

»Das war ein großes Risiko«, pflichtete Ida Belle bei. »Wäre Harveys Leiche gefunden worden, bevor Marge starb, hättest du eine Entscheidung treffen müssen.«

»Das bezweifle ich«, mischte ich mich ein. »Ich glaube, dass Marge ein Geständnis abgelegt hätte, wenn sie noch leben würde. Niemals hätte sie zugelassen, dass Marie ins Gefängnis kommt. Von Maries Standpunkt aus wäre es sogar besser, wenn Marge noch hier wäre und gestehen könnte. In Anbetracht all der Tricks, Lügen und Geheimnisse wird es schwierig werden, die Leute von der Wahrheit zu überzeugen.«

»Vermutlich haben Sie recht«, seufzte Ida Belle. »Wenn wir nur Beweise hätten. Beweise, die die Geschworenen nicht von der Hand weisen können.«

Plötzlich schoss mir ein Gedanke in den Kopf. Ich sprang von meinem Stuhl auf und erschreckte die drei anderen damit mächtig.

»Marges Rechtsanwalt hat mich Anfang der Woche angerufen. Er sagte, er hätte einen Brief, der mir nach Marges Tod zugestellt werden soll.« Ich wurde immer aufgeregter. »Was, wenn sie ein Geständnis hinterlassen hat, für den Fall, dass die ganze Sache rauskommt und sie schon tot ist?«

Drei Augenpaare voller Hoffnung saugten sich an mir fest.

»Es würde zu Marge passen, so etwas zu tun«, meinte Gertie. »Sie war eine grundehrliche Person.«

Ida Belle nickte. »Wann können Sie an diesen Brief herankommen?«

Ich sah auf die Uhr. »Die Kanzlei macht in ein paar Stunden auf. Also haben wir noch genug Zeit, uns anzuziehen, zu frühstücken und nach New Orleans zu fahren, um dort zu sein, sobald die Tür aufgeschlossen wird.«

Ida Belle und Gertie sprangen von ihren Stühlen auf.

»Guter Plan«, sagte Gertie aufgeregt. »Wir können mein Auto nehmen, das den ganzen Tag lang gelüftet wurde.«

Ida Belle nickte. »Marie, du bleibst am besten hier. Noch hat keiner dein Versteck entdeckt.« Sie warf mir einen spöttischen

Blick zu. »Selbst die Person, die hier wohnt, hat sehr lange dafür gebraucht. Hier solltest du also sicher sein, solange du dich nicht erwischen lässt. Melvin hat bereits ein paar falsche Vorstellungen von Fortunes Funktion. Er darf dich nicht sehen, wenn er hier herumschnüffelt.«

»Sobald es hell wird, bin ich wieder auf dem Dachboden«, versprach Marie. »Ich will nur schnell duschen und mich umziehen. Endlich kann ich mir wieder Zeit im Badezimmer lassen. Bisher bin ich nur schnell runtergehuscht, sobald Sie weg waren, immer in der Angst, erwischt zu werden.«

Gertie runzelte die Stirn. »Sie muss sich doch nicht mehr auf dem Dachboden verstecken, oder?«

»Das ist schon in Ordnung«, beschwichtigte Marie sie. »Bis ihr alle zurück seid, fühle ich mich dort sicherer. Nur für alle Fälle.«

»Sie hat recht«, sagte ich. »Melvin kann zwar unmöglich so dumm sein, am helllichten Tag in das Haus einzubrechen, aber nach unserer Begegnung kann ich für nichts garantieren.«

Gertie tätschelte Maries Arm. »Sobald wir mit dem Brief zurück sind, holen wir dich ab und fahren direkt zum Sheriff. Und dann ist dieses ganze Chaos ein für alle Mal beendet.«

Ich fühlte, wie sich mein Rücken und mein Nacken versteiften. Wir setzten alle eine ganze Menge Hoffnung in einen Brief, von dem wir noch nicht einmal wussten, ob er existierte.

Ich hoffte, Gertie lag mit ihrer Prophezeiung richtig.

★★★

Ich musste meine gesamte Selbstbeherrschung zusammennehmen, um Mr Worley höflich anzulächeln und geduldig zu wirken, während er mich mit Geschichten über die Frau erfreute, die er für meine Tante hielt. Plötzlich schienen die Dinge tatsächlich so langsam zu laufen, wie jeder es in einer Kleinstadt für üblich hielt. Und natürlich passierte dies genau zu einem Zeitpunkt, an dem ich wollte, dass alles in Lichtgeschwindigkeit abläuft. Nun ja, jetzt und bei der Predigt am Sonntag.

Er saß mir gegenüber in einem riesigen Ledersessel, der seine ganzen sechsundsechzig Kilo zu verschlingen schien, und hielt den heiligen Briefumschlag in der Hand. Leider machte er nicht den Eindruck, als würden ihm in nächster Zukunft die Geschichten ausgehen. Fast war ich soweit, einen Unfall mit meinem Kaffee zu inszenieren, damit er endlich zu quatschen aufhörte, doch dann steckte die Empfangsdame ihren Kopf durch die Tür und teilte ihm mit, dass sein nächster Termin hier wäre. Überrascht sah er auf seine Uhr und schob mir dann ein Blatt Papier über den Schreibtisch.

»Es tut mir leid«, sagte er. »Wir haben uns so gut unterhalten, dass ich gar nicht bemerkt habe, wie schnell die Zeit verging.«

Sechsundfünfzig Minuten. Zehn Sekunden. Elf. Zwölf.

»Das ist schon in Ordnung«, flötete ich und nahm den Stift, den er mir reichte, damit ich das Dokument unterzeichnen konnte.

Ich schob ihm das Papier zurück über den Schreibtisch und erhob mich von meinem Stuhl. Auch er sprang sofort auf, händigte mir den Brief aus und schüttelte mir anschließend gefühlte fünf Minuten lang die Hand. Als ich aus dem Büro trat, war mein Puls ungefähr auf Herzinfarkt-Frequenz. Ich rannte praktisch auf die Straße und sprang auf den Rücksitz von Gerties Cadillac.

Beide Damen drehten sich erwartungsvoll zu mir um.

»Und?«, fragte Ida Belle.

»Ich weiß es noch nicht«, erwiderte ich und riss den Umschlag auf. »Er hat so lange gequasselt.«

»Nun machen Sie schon«, drängte mich Gertie, die Hände fest in die Kopfstütze des Vordersitzes gekrallt.

»Ich beeile mich ja«, murmelte ich, während ich den Brief aus dem Umschlag zog und ihn mit zittrigen Händen auseinanderfaltete.

Ida Belle atmete hörbar aus, als sie die Schrift erkannte. »Gott sei Dank hat sie ihn per Hand geschrieben. Ihre Handschrift kann verifiziert werden.«

»Nun lesen Sie doch schon!«, rief Gertie.

Ich holte tief Luft und begann, den Brief laut vorzulesen.

Sandy-Sue,
bevor ich zum eigentlichen Zweck dieses Briefes komme, möchte ich mich dafür entschuldigen, Dich damit zu belasten. Wenn Du mehr über die Einzelheiten der Situation erfährst, wirst Du verstehen, warum ich keine meiner Freundinnen aus Sinful mit in die Sache hineinziehen konnte.
Ich habe Harvey Chicoron umgebracht.
Als ich seiner Frau Marie einen Auflauf bringen wollte, habe ich mit ansehen müssen, wie er sie schlug. Ich hatte immer einen Verdacht, dass er sie misshandelte, aber nie einen Beweis. Als ich diese Gewissheit bekam, sah ich rot. Ich schwor mir, dass Harvey Marie nie wieder etwas antun würde.
Ich wusste, dass Marie ihn nicht verlassen konnte. Ohne Harveys Geld hätte sie nicht mehr für ihren Bruder sorgen können, und ich wusste, dass Marie jede Demütigung ertragen würde, nur, damit ihr Bruder weiterhin die für ihn notwendige Pflege erhielt.
Also habe ich ihn umgebracht und es so aussehen lassen, als wäre er mit einer anderen Frau durchgebrannt. Ich wusste, dass dies die einzige Möglichkeit war, damit Marie an das Geld kommt und den Rest ihres Lebens in Ruhe verbringen konnte.
Es tut mir leid, wenn mein Handeln irgendjemanden in Sinful nach meinem Ableben Kummer bereitet hat, doch ich bereue nicht, was ich getan habe.
Bitte zeige dem Sheriff diesen Brief, damit der Verdacht nicht mehr auf Marie liegt, sondern die Schuld dorthin kommt, wo sie hingehört.
Deine Dich liebende Tante
Marge

Ein paar Minuten lang waren wir alle still. Tränen traten aus Gerties Augen – sie schniefte und wischte mit dem Finger über die Unterseite ihrer Nase. Ida Belle starrte hinunter auf den Boden und so sehr sie sich auch bemühte, ihn zu verstecken, war ihr Kummer offensichtlich.

Schuld überkam mich, weil ich so tat, als gehöre ich zur Familie einer Frau, die so sehr vermisst wurde. Die ganze Zeit über war die Sache mit Marie und Harvey für mich wie ein Spiel gewesen – ein Rätsel, das ich lösen musste. Über den Verlust, der meiner Ankunft in Sinful vorangegangen war, oder wie sehr er diese Frauen belastete, obwohl sie es nicht zeigten, hatte ich keinen Gedanken verschwendet.

Dann wurde ich traurig. Traurig wegen Ida Belle, Gertie, Marie und all der anderen Frauen, für die Marge eine Nachbarin und Freundin gewesen war. Ihr Engagement für den Schutz des Friedens der anderen, die sich nicht selbst schützen konnten, ging weit über ihre Funktion beim Militärdienst hinaus. Schade, dass ich sie nie kennengelernt hatte, als sie noch lebte. Ich glaube, ich hätte sie sehr gemocht. Ganz sicher respektierte ich sie bereits.

»Nun denn«, sagte Ida Belle und schwieg dann wieder.

»Schade, dass ich sie nicht besser kennenlernen konnte«, brach ich das Schweigen. »Und es tut mir sehr leid, dass Sie alle eine so gute Freundin verloren haben.«

Eine einzelne Träne trat aus Gerties Auge und lief über ihre Wange. Sie wischte sie mit dem Finger weg und lächelte mich an. »Sie hätte Sie geliebt. Sie hat sich immer so viele Sorgen darum gemacht, was aus Ihnen werden würde. Ich glaube, sie wäre überrascht und sehr erfreut gewesen.«

Ich spürte einen leichten Stich in meinem Herz. Natürlich gab ich nur vor, Marges Nichte zu sein, aber das wussten die beiden nicht. Und die Tatsache, dass Gertie dachte, Marge wäre erfreut gewesen, berührte mich. Es war das erste Mal seit dem Tod meiner Mutter, dass jemand mir ein echtes Kompliment gemacht hatte. Ich hatte völlig vergessen, wie sich das anfühlte.

»Ich glaube, über Marie und das Gefängnis müssen wir uns nun keine Sorgen mehr machen«, erklärte Gertie.

»Nein«, stimmte ich zu, doch im Moment war das nur ein kleiner Trost.

★★★

Die Fahrt von New Orleans zurück nach Sinful verlief recht nüchtern; keine von uns hatte viel zu sagen. Niemand hatte daran gedacht, Marie ein Handy dazulassen, weshalb sie erst erfahren würde, was wir herausgefunden hatten, wenn wir wieder in Marges Haus waren. Aber vermutlich war das auch gut so. Einen Brief am Telefon vorzulesen war so gefühllos. Das gehörte zu den Dingen, die man persönlich erledigen musste.

Meine Gedanken drehten sich um all die Wirrungen und Irrungen der letzten paar Tage in Sinful, und ich bewunderte die Stärke der Frauen, die ich kennengelernt hatte, und der Frau, die bereits verstorben war. Mir graute davor, Marie den Brief zu zeigen, die sich wegen der ganzen Sache sicherlich schuldig fühlen würde.

Kurz nach Mittag erreichten wir wieder Marges Haus. Marie lugte die Treppe hinunter, als wir eintraten, und stieß dann schnell zu uns, kaum dass Ida Belle die Jalousien geschlossen hatte. Angesichts der Angst in ihrem Gesicht zog es mir das Herz zusammen. Wie musste sie sich fühlen – ihre Freiheit und die finanzielle und medizinische Sicherheit ihres Bruders hing davon ab, dass ihre geliebte Freundin ein furchtbares Verbrechen gestand! Wie hatte sie nur all diese Jahre gelebt, Marge jeden Tag gesehen, während beide so taten, als sei nichts geschehen?

»Wir haben ihn«, eröffnete Gertie. »Trinken wir einen Kaffee und reden.«

Ein nachmittägliches Kaffeekränzchen war in Anbetracht der sommerlichen Hitze von Louisiana etwas unpassend, aber wir hatten während der Rückfahrt von New Orleans einen kurzen Stopp eingelegt und eine Flasche Bourbon gekauft. Ein kräftiger Schuss davon würde vermutlich in Maries Tasse landen, was sicherlich nicht die schlechteste Idee war. Noch dazu bemerkte ich, dass Gertie den entkoffeinierten Kaffee herausholte und nicht den richtigen.

»Hast du heute schon etwas gegessen?«, wollte Gertie von Marie wissen, nachdem sie den Kaffee aufgesetzt hatte.

»Ich habe ein Glas Orangensaft getrunken«, antwortete Marie.

Gertie nickte ihr zu. »Ich mache dir ein paar Toasts. Du musst etwas essen. Wenn du jetzt krank wirst, hilft das keinem weiter.«

Bones erwachte, streckte sich, lief dann hinüber zu Marie und schleckte ihre Hand. Sie kraulte ihn hinter den Ohren und er legte sein Kinn auf ihr Bein und sah sie mit seinen großen, traurigen Hundeaugen an.

»Was passiert jetzt mit Bones?«, fragte ich.

Maries Augen wurden größer. »Nun ja, das liegt an Ihnen. Sie haben ihn mitsamt Marges übrigem Eigentum geerbt.«

Ich ließ mich auf einen Stuhl am Tisch gegenüber von Marie fallen. »Oh … So habe ich das noch gar nicht gesehen.« Insbesondere, weil ich nicht Sandy-Sue war und somit gar nichts geerbt hatte. Dennoch war ich gerade dabei, eine Entscheidung über das Eigentum einer anderen zu treffen.

»Niemals würde ich ihn von hier wegbringen«, sagte ich. »Ich kann mir nicht vorstellen, dass er in der Stadt glücklich wäre.«

Ich sah hinüber zu Marie. »Würden Sie sich seiner annehmen?«

Marie blickte hinunter zu dem alten Jagdhund und lächelte. »Sehr gerne. Bones ist der beste Mann, mit dem ich jemals zusammengelebt habe.«

»Das ist richtig«, pflichtete Ida Belle ihr bei. »Lass dir das eine Lehre sein. Noch fünf Jahre und du bist in der Gesellschaft der Damen von Sinful. Bleib bei Bones und beim Stricken. Das ist sicherer.«

Ich schwöre, der alte Hund war teils Mensch, denn er trottete unter dem Tisch durch zu mir und schleckte zum Dank meine Hand, bevor er wieder zurück in seinen Korb in der Ecke ging und sich dort einrollte. Ich lächelte. Bei dem Gedanken, dass Marie nicht mehr alleine wäre, fühlte ich mich gleich viel besser. Ida Belle nickte mir anerkennend zu, und Gertie schniefte und tat dann so, als würde ihre Nase jucken, als sie den Teller mit dem Toast vor Marie auf den Tisch stellte.

»Ist der Kaffee fertig?«, fragte Ida Belle.

»Schon unterwegs«, erwiderte Gertie und füllte die Tassen.

Marie nahm sich eine Scheibe Toast und knabberte dran, doch ganz offensichtlich war ihr nicht nach essen. Ich konnte es ihr nicht verdenken. Wenn ich Stress hatte, konnte ich auch nichts essen, obwohl ich normalerweise über einen gesegneten Appetit verfügte. Ich sah, wie Gertie einen großzügigen Schuss Bourbon in Maries Kaffee kippte, bevor sie die Tassen an den Tisch brachte und sich setzte.

Marie nahm einen Schluck und zog eine Grimasse. »Der ist ein bisschen stark, Gertie. Reich mir bitte den Zucker.«

Gertie schob die Zuckerdose über den Tisch zu Marie. Ein paar Minuten lang tranken wir schweigend unseren Kaffee. Ich nahm an, dass alle abwarteten, bis Marie mehr von dem Toast gegessen und von dem Kaffee getrunken hatte, bevor sie mit dem Brief konfrontiert wurde.

Ich schlürfte meinen Kaffee und versuchte, geduldig zu sein, doch gerade, als ich es aufgeben wollte, schluckte Marie den letzten Bissen herunter, und Gertie nickte mir zu. Ich holte den Brief hervor und schob ihn über den Tisch zu Marie. Ihn ihr laut vorzulesen, fühlte sich nicht richtig an.

Marie zögerte, die Angst stand ihr ins Gesicht geschrieben, doch schließlich nahm sie den Brief und begann zu lesen. Während des Lesens wurden ihre Augen rot und wässrig, und eine Träne lief ihr über die Wange, als sie den Brief zurück auf den Tisch legte.

»Können wir bis morgen warten, bis wir ihn dem Sheriff zeigen?«, fragte sie mit gebrochener Stimme.

»Natürlich, meine Liebe«, versicherte ihr Gertie und tätschelte ihr die Hand.

Ida Belle nickte. »Nach all den Jahren kommt es auf den einen Tag auch nicht mehr an.«

»Wird der Brief denn ausreichen?«, fragte Marie. »Für, ihr wisst schon …«

»Ich denke schon«, antwortete ich. »Die Polizei wird natürlich mit Ihnen allen reden wollen, aber ich wüsste nicht, warum der Staatsanwalt gegen Sie ermitteln sollte. Es dient dem Interesse von niemandem, nicht einmal dem der Staatsanwaltschaft.

Die Chance, bei den Briefen ein Urteil gegen Sie zu erwirken, ist minimal. Und ganz sicher reicht es, um die Geschworenen zu überzeugen.«

»Das alles dem Sheriff zu zeigen, ist ein erster Schritt«, sagte Gertie.

»Genau«, stimmte Ida Belle zu. »Und wir werden dabei sein und dir helfen – jetzt und bei allem, was noch kommen wird.«

Marie erhob sich vom Tisch und bedachte uns alle mit einem Lächeln. »Danke für alles, was ihr für mich getan habt. Ich weiß nicht, was ich ohne euch gemacht hätte. Ihr seid großartig, ich verdiene so gute Freundinnen gar nicht. Aber jetzt verstecke ich mich wieder, nur für den Fall, dass Melvin das Haus beobachtet. Ich brauche Zeit alleine, um nachzudenken … und mit Marge zu reden.«

Ich wusste nicht, warum, aber bei dem Gedanken, dass Marie auf ihrer Pritsche auf dem Dachboden saß und mit ihrer verstorbenen Freundin sprach – der Frau, die getötet hatte, um sie zu retten –, fühlte ich mich irgendwie verstopft. Ich spürte, wie sich in meiner Nase und zwischen meinen Augen ein Druck aufbaute, und mir fiel die Kinnlade herunter, als mir klar wurde, was da gerade passierte.

Ich erwischte die Träne, bevor sie aus meinem Auge laufen konnte, und starrte auf meinen feuchten Finger. Seit der Beerdigung meiner Mutter vor zwanzig Jahren hatte ich keine Träne mehr vergossen, und ich war mir nicht sicher, was es über mich aussagte, dass ich eine Träne für eine Frau vergoss, der ich nie begegnet war, aber keine einzige, als mein Vater starb.

»Wir gehen jetzt«, sagte Gertie und ich bemerkte, dass sie sich vom Tisch erhoben hatten, mit ihren Taschen in der Hand dastanden und auf mich herunter sahen.

»Rufen Sie an, wenn Sie etwas brauchen«, bot Ida Belle geschäftig an.

Doch ich konnte auch die ungeweinten Tränen in ihren Augen sehen, obwohl sie angestrengt versuchte, sie zu verbergen. Gertie gab sich hingegen keine Mühe und ließ ihren Tränen freien Lauf.

Als die Damen das Haus verlassen hatten, starrte ich auf den Küchentisch und wünschte mir, etwas mehr wie Gertie sein zu können.

Kapitel 19

Ich wollte mich beschäftigen, doch das Abdecken der Kaffeetassen, das Spülen der Kaffeekanne und das Abwischen des Küchentisches dauerte nur ein paar Minuten. Dann schlenderte ich von Zimmer zu Zimmer und überlegte, was ich mit dem Nachmittag anstellen könnte. Marie befand sich noch auf dem Dachboden und würde wohl eine ganze Weile dort bleiben, wahrscheinlich bis zum nächsten Morgen.

Marges Habseligkeiten in Kisten zu verpacken, stand dauerhaft auf meiner To-do-Liste, doch es fühlte sich für mich immer noch merkwürdig an, Entscheidungen über das Eigentum einer anderen zu treffen. Und Hunger hatte ich ausnahmsweise auch nicht. Seufzend öffnete ich die Jalousien in der Küche, die Ida Belle geschlossen hatte, um Marie zu verstecken, und sah über den schwarzen Rasen hinweg in den Sumpf. Die Ruhe war trügerisch. Das langsam dahinfließende, schlammige Wasser hatte ein Geheimnis beherbergt, das die ganze Kleinstadt in Aufruhr versetzt hatte.

Ein paar Zypressen befanden sich auf der rechten Seite des Rasens, ganz in der Nähe des Ufers, und die großen Äste warfen ihren Schatten auf den Garten und einen Teil des Sumpfes. Zwischen den Stämmen hing eine Hängematte. Sekundenlang starrte ich sie an, dann lief ich entschlossen nach oben. Ich würde mir mein Buch schnappen, mich in die Hängematte legen und versuchen, ein paar Stunden dem Chaos zu entkommen. Der nächste Morgen würde schwierig werden und ich musste mich sammeln, bevor ich mit den drei Damen zum Sheriff ging.

Ich nahm mir noch die Zeit, mir eine kurze Hose anzuziehen, dann griff ich nach meiner Lektüre und eilte nach draußen, ohne mich mit so etwas wie Schuhen aufzuhalten. Die Hängematte war breit und gemütlich, und ich fühlte mich sofort darin wohl. Nicht einmal ein Kapitel konnte ich lesen, als ich eingedöste.

Meine Augen waren gerade zugefallen, als ich ein Boot heranfahren hörte. Ich war zu faul, um sie zu öffnen. Zur Abwechslung tat ich nichts Illegales, insofern nahm ich an, wer auch immer das wäre, würde weiterfahren. Sekunden später jedoch ging der Motor aus und ich hörte einen dumpfen Aufschlag am Ufer.

Seufzend öffnete ich immerhin ein Auge und sah Ally lächelnd in einem Flachbodenboot stehen.

»Ich habe mich schon gefragt, wie lange es wohl dauert, bis Sie mich hören«, begrüßte sie mich. »Tut mir leid, dass ich Sie geweckt habe.«

Ich schwang meine Beine aus der Hängematte und ging hinüber zum Ufer. »Schon okay. Ich wollte eigentlich lesen, doch es war so bequem und warm und, nun ja …«

Ally nickte. »Warum, glauben Sie, bin ich in meinem Boot? Gerade habe ich mich nach einem schweren Anfall von Faulheit von der Gartenliege hochgekämpft. Eigentlich sollte ich an ein paar Tortenrezepten arbeiten, doch wenn ich nicht sofort aufgestanden wäre, hätte ich es nie mehr von der Liege geschafft.«

»Also cruisen Sie mit dem Boot durch Sinful? Ist das interessant genug, um Sie wach zu halten?«

Ally lachte. »Wohl kaum. Ich hatte jedoch gedacht, Angeln würde mich wach halten und gleichzeitig mit einem leckeren Abendessen versorgen oder zumindest einen Tapetenwechsel bedeuten. Also, was meinen Sie – wollen wir gemeinsam den Sumpf unsicher machen?«

Angeln stand nicht wirklich auf der Liste meiner Lieblingsbeschäftigungen, aber ich mochte Ally und bisher war ich noch nicht in Schwierigkeiten geraten, wenn ich mit ihr zusammen war.

»Sind Sie sicher, dass es nicht anfangen wird zu regnen?«, fragte ich und deutete auf die dunklen Wolken in der Ferne.

»Wahrscheinlich erst heute Abend. Dieses Wetter ist im Sommer für Louisiana sehr typisch.«

»Och, warum eigentlich nicht«, beschloss ich. »Ich schließe nur eben das Haus ab. Ich habe aber keine Angel oder so. Aber vielleicht hat Marge ja was im Schuppen.«

»Machen Sie sich darum keinen Kopf. Ich habe mehrere Angeln.«

Ich lief ins Haus, um mir ein Tanktop und das Paar Flip-Flops anzuziehen, das ich im Wohnzimmer gelassen hatte. Vermutlich nicht die besten Schuhe zum Angeln, aber Ally trug auch welche, insofern ging es ihr wohl weniger ums Fischefangen als vielmehr darum, eine Weile aus dem Haus zu kommen. In diesem Punkt lagen wir definitiv auf einer Wellenlänge. Auch ich war lieber im Freien, wann immer es möglich war.

Einen Moment lang überlegte ich, ob ich Marie Bescheid sagen sollte, dass ich wegging, entschied mich dann jedoch dafür, sie in Ruhe zu lassen. Wenn sie etwas brauchte, waren Ida Belle und Gertie nur einen Telefonanruf weit weg. Schnell gab ich Bones noch ein paar Streicheleinheiten, lief dann nach draußen und verschloss die Tür hinter mir.

Mein Outfit erntete ein anerkennendes Nicken von Ally. »Beim Angeln geht es eigentlich darum, braun zu werden. Schön, dass Sie sich für ein ärmelloses Top entschieden haben, obwohl Sie bereits recht braun sind, besonders wenn man bedenkt, dass Sie aus dem Norden stammen. Gehen Sie auf die Sonnenbank?«

Da das »Geheimnis« meiner Bräune mein Arbeitseinsatz im Nahen Osten war, suchte ich verzweifelt nach einer Antwort, die logisch klang, und da fiel mir die Facebook-Seite der eitlen, albernen Schönheitskönigin wieder ein, die Sinful verlassen hatte, um Schauspielerin zu werden.

»Ich habe eine dieser Lampen«, erklärte ich und zitierte einen ihrer selbstverherrlichenden Posts. »Davor setze ich mich im Frühling, damit ich im Sommer draußen nicht verbrenne.«

»Das hört sich sehr schlau an. Sonnenbrand macht so gar keinen Spaß. Der juckt und bei der feuchten Hitze hier muss man drinnen bleiben, bis er heilt. Und ich hasse es, eingesperrt zu sein.«

Ich stieß das Boot vom Ufer ab, sprang hinein und setzte mich auf die vordere Bank. »Sicher, dass Sie Konditorin werden möchten? Ich habe noch nie jemanden draußen backen sehen.«

»Wenn ich meinen eigenen Laden habe«, lachte sie, »werde ich dafür sorgen, dass es im Backbereich gigantische Panoramafenster gibt. Bis dahin werde ich eine ganze Menge leiden.«

Sie ließ den Motor an und führte das Boot langsam den Sumpf entlang, wobei sie den Leuten zuwinkte, die am Ufer standen. Ich schloss die Augen und genoss den Wind und die Sonne auf meinem Gesicht. Selbst der Geruch des schlammigen Wassers hatte etwas Beruhigendes, und ich begann zu verstehen, warum die Einwohner gerne hier lebten.

»Oh, da ist ein ganz großer«, riss mich Allys Stimme aus meiner halben Benommenheit und ich öffnete die Augen, als ein riesiger Alligator nur wenige Zentimeter vom Boot vorbeischwamm.

»Himmel, der ist doch sicher vier Meter lang.« Ich starrte das Biest an, dessen gesamter Körper an der Wasseroberfläche lag, während es seelenruhig durch den Sumpf paddelte. Nachdem es verschwunden war, überdachte ich noch einmal meinen Entschluss, hier zu leben. Wer sich in Louisiana zu sehr entspannte, könnte gefressen werden.

»Schwimmen kann man hier vermutlich nicht so gut«, sinnierte ich.

»Och, die Alligatoren kümmern sich in der Regel nur um sich selbst. Die Leute hier fahren ständig Wasserski im Sumpf und die Kinder gehen in der Nähe des Hafens schwimmen.«

»Haben deren Eltern hohe Lebensversicherungen auf sie abgeschlossen?«

Ally lachte. »So habe ich das noch gar betrachtet. Aber es stimmt mich nachdenklich – jetzt, wo Sie es sagen –, weil meine Mutter mich auch immer dort schwimmen ließ.«

Sie fuhr weiter den Sumpf entlang, an der Hauptstraße vorbei, und ich sah die Stadt in der Ferne verschwinden. Schließlich erreichten wir eine Lichtung und sie lenkte das Boot unter einen Baum. Ally stellte den Motor ab, beugte sich vor, hob zwei Angeln auf und reichte mir eine.

»Wissen Sie, wie man die auswirft?«, fragte sie.

»Es ist zwar schon eine Weile her, aber ich kriege das schon hin.« Ich besah mir kurz das Gerät und versuchte mich angestrengt an das eine Mal zu erinnern, als mein Vater mich zum Fischen mitgenommen hatte. Damals hatte er mir eingeredet, dass ich es auch nicht richtig machen konnte, weil ich kein Junge war.

Unwillkürlich biss ich die Zähne zusammen und legte einen perfekten Wurf in die Mitte des Sumpfes hin.

Ally pfiff anerkennend. »Toller Wurf. Und jetzt holen Sie die Angel wieder ein und machen einen Köder daran, damit Sie auch einen Fisch fangen.«

»Ach ja, der Köder«, grummelte ich und holte die Angel wieder ein.

Ally griff mit der Hand in einen Eimer voll Eis und reichte mir einen Shrimp und ein Bier. »Der Shrimp ist für die Angel«, sagte sie grinsend.

Ich präparierte die Angel mit dem Köder, warf sie wieder aus und öffnete das Bier. »Eigentlich ist Angeln gar nicht so schlecht.«

»Oh, eigentlich ist es eine Ausrede, um draußen zu sein und Bier trinken zu können. Manchmal hänge ich noch nicht einmal einen Köder an die Angel. Ich werfe sie nur aus und schlafe ein bisschen.«

Sie warf ihre Angelrute in den Sumpf aus und lehnte sich dann auf der Rückbank des Bootes zurück. Ally war mit Abstand die definitiv netteste Person, der ich in Sinful begegnet war. Auch ich lehnte mich auf meiner Bank zurück und genoss die leichte Brise im Schatten der Zypressen, die über den Sumpf wehte.

Ich musste eingeschlafen sein, denn das Nächste, woran ich mich erinnerte, war das Geräusch eines dröhnenden Motors. Bevor ich mich aufsetzen konnte, legte sich das Boot auf die Seite und ich purzelte auf den Boden.

»Mistkerle!«, schrie Ally von der anderen Seite des Bootes.

Ich stand auf und sah ein Boot über den Sumpf von uns wegjagen.»Wer war das?«

»Die Lowery-Brüder. Glauben Sie mir, mehr wollen Sie nicht wissen. Es sind ungehobelte Rüpel. Jeder auf dem Sumpf drosselt das Tempo, wenn er sich einem Angler nähert, außer denen.«

Ich hörte, wie sich hinter uns ein weiteres Boot näherte, und machte mich bereit, um ein weiteres Zusammentreffen meines Hinterteils mit dem Boden zu verhindern. Als ich mich jedoch umdrehte, sah ich Deputy LeBlanc, der gerade den Motor abstellte und neben uns zum Halten kam.

»Sind Sie in Ordnung?«, fragte er mich.

»Alles bestens«, erwiderte ich.

»Ich stelle ihnen einen Strafzettel aus«, sagte er zu Ally gewandt. »Den werden sie zwar nicht bezahlen, aber ich bekomme so einen Grund, sie für ein paar Tage in den Knast zu stecken. Ich kümmere mich darum, bevor ich zu meinem Termin nach New Orleans aufbreche.«

»Gut«, meinte Ally.

Dann sah er wieder zu mir und musterte mich von oben bis unten. »Wie ich sehe, befinden Sie sich heute in besserer Gesellschaft. Und Sie tragen sogar Kleidung. Sehr gut, weiter so.«

Dann grinste er mich an, startete den Motor und jagte über den Sumpf hinter den Lowery-Brüdern her.

»Hat er Sie schon mal ohne Kleidung gesehen?«, fragte Ally mit großen Augen.

»Ich trug einen Müllsack, aber das ist eine lange Geschichte.«

Ally ließ sich auf die Bank fallen. »Ich habe zwei Sixpacks und den ganzen Tag frei. Diese Geschichte muss ich hören.«

★ ★ ★

Ally und ich verbrachten einen richtig tollen langen Nachmittag miteinander. Gemeinsam leerten wir sechs Dosen Bier und fingen sogar sechs große Fische, die Ally als Regenbogenforellen identifizierte.

Sie versprach, mich zum Essen einzuladen, wenn sie sie zubereitete. Ich erzählte ihr von unserem Ausflug zur Sumpfbar, wobei ich den Anlass der Aktion und den genauen Grund für mein Bad im Sumpf verschwieg. Sie lachte Tränen, bis sie fast vom Boot fiel.

Durch ihre Freude über meine schmerzliche Demütigung wurde mir die Komik der Situation bewusst, und so lachte ich mit. Ich wunderte mich einmal mehr darüber, wie wohl ich mich mit dieser Frau fühlte, die ich kaum kannte; wohler, als ich mich jemals mit irgendjemandem zu Hause gefühlt hatte. Hadley kannte mich bereits von Kindesbeinen an und hatte die Stelle als Ersatzmutter sehr gerne eingenommen. Director Morrow, der Partner meines Vaters gewesen war, als dieser starb, hatte stets sein Bestes gegeben, um mich auf die richtige Bahn zu lenken. Dennoch würde ich beiden nichts anvertrauen, schon gar keine Sachen, mit denen ich mich freiwillig blamierte.

Und all das war so verzwickt und belastend, dass ich mich ganz sicher nicht tiefer damit befassen und es analysieren würde. Schon gar nicht heute. Nicht an solch einem schönen Tag, bei einem lauen Lüftchen, in guter Gesellschaft mit einem Bier in der Hand. Irgendwann, als wir beide einen Sonnenbrand und einen Schwips hatten, brachte mich Ally über den Sumpf zurück zu Marges Haus und rang mir das Versprechen ab, sie am nächsten Morgen zu einem späten Frühstück zu treffen.

Marie kam vom Dachboden herunter, als sie mich unten herumlaufen hörte, und machte gegrillte Käse-Sandwiches für uns beide. Sie sprach nicht viel, doch in ihren Augen war deutlich zu sehen, wie sehr die Ereignisse sie belasteten. Ich beneidete sie nicht um das, was sie am nächsten Tag tun musste – nicht einmal im Tausch für das freie Verfügen über Harveys Vermögen. Die Schuldgefühle fraßen sie sichtlich auf.

Gerade war ich der Dusche entstiegen, als ich die eingehende SMS auf meinem Handy hörte. Was, jetzt? Den ganzen Tag über war es so schön ruhig gewesen, und ich hatte gehofft, dass der nächste Tag genau so verlaufen würde – zumindest bis zu unserem Besuch beim Sheriff.

Ich wickelte mich in ein Badetuch und lief ins Schlafzimmer, um die SMS zu lesen. Marie, die ich doch noch davon hatte überzeugen können, in das leere Gästezimmer gegenüber meinem zu ziehen, folgte mir.

»Von wem ist die Nachricht?«, fragte sie.

Ich sah auf das Display. »Ida Belle.«

Wir haben Schwierigkeiten mit einem neuen Strickmuster und brauchen Ihre professionelle Hilfe. Kommen Sie so schnell wie möglich zu Gertie.

Mein Puls machte einen Satz nach oben und ich fühlte das Blut in mein Gesicht steigen. Gertie und Ida Belle wussten, dass ich nicht stricken konnte. Diese Nachricht beamte mich direkt zurück in den Nahen Osten: Solche Tricks und Codes hatten Harrison und ich auch verwendet, um dem anderen eine Notlage mitzuteilen.

Mir war sofort klar, dass alles an dieser Nachricht falsch war.

Die offensichtliche Intention war, mich in Gerties Haus zu locken.

»Das ist eine Falle«, sagte ich.

Marie bekam große Augen. »Was ist los?«

»Wir haben uns geirrt … ganz furchtbar geirrt.« Die einzigen Personen, die wussten, dass ich mit Ida Belle und Gertie unter einer Decke steckte, waren Deputy LeBlanc, Marie und Melvin. Doch nur eine von ihnen hatte einen Grund, uns alle drei an einem Ort zusammenzuführen, ohne dass jemand davon erfuhr.

Und dann traf mich die Erkenntnis wie ein Blitz – alles, was alle in den vergangen Jahren geglaubt hatten, war falsch. All die Versuche, Melvin als Ablenkungsmanöver zu benutzen … dabei war immer er der Mörder gewesen. Darauf würde ich meinen Kopf verwetten.

»Was ist los, Fortune? Sagen Sie mir, was passiert ist«, insistierte Marie immer eindringlicher.

Ich ließ das Telefon auf das Bett fallen und rannte zurück ins Badezimmer, um mich anzuziehen, dann wieder zurück ins Schlafzimmer auf der Suche nach meinen Sportschuhen. Als ich Marges

Pistole aus dem Nachttisch holte und den Ladestreifen kontrollierte, bevor ich sie in meinen Hosenbund steckte, erschrak Marie.

Ich lief zu ihr und hielt sie mit beiden Händen fest. »Hören Sie mir zu. Ich weiß nicht, ob er schon aus New Orleans zurück ist, aber Sie müssen Deputy LeBlanc anrufen und ihm sagen, dass Gertie und Ida Belle in Gerties Haus als Geiseln festgehalten werden.«

Alles Blut wich aus Maries Gesicht. »Wer hält sie als Geiseln?«

»Wenn ich richtig liege – Melvin.«

Erschrocken bedeckte Marie ihren Mund mit beiden Händen. »Oh Gott! Das ist alles meine Schuld.«

»Die Schuldige können Sie gerne später noch spielen. Wenn Sie Deputy LeBlanc erreichen, sagen Sie ihm, dass ich unterwegs bin, um Gertie und Ida Belle zu helfen, und dass ich bewaffnet bin. Haben Sie das verstanden?«

»Ja«, antwortete Marie kaum hörbar.

Ich schüttelte sie ein wenig. »Aufwachen, Marie! Sie müssen jetzt stark sein für Gertie und Ida Belle!«

Plötzlich veränderten sich Maries Augen und es machte klick.

Die Tränen, die gerade noch laufen wollten, lösten sich praktisch in Luft auf. Sie stellte sich aufrecht hin, biss die Zähne zusammen und zum vermutlich ersten Mal in ihrem Leben wurde Marie richtig wütend.

»Sie haben verdammt recht, ich werde den Deputy anrufen«, rief sie. »Und jetzt gehen Sie los und schießen diesen Mistkerl über den Haufen!«

Ich grinste sie an, bevor ich aus dem Haus und über die Straße rannte. Bevor ich bei Gertie klingelte, wollte ich einen Blick durch das Hinterfenster werfen. Wenn es eine Möglichkeit gab, mich an Melvin heranzuschleichen, würde ich sie ganz sicher nutzen. Man musste ja nicht höflich durch die Vordertür in den potenziellen Tod treten, wenn es nicht absolut notwendig war.

Leise kletterte ich über Gerties Zaun an der Hinterseite des Grundstücks und schlich über den Rasen. Erfreut stellte ich fest, dass sie die Außenbeleuchtung nicht eingeschaltet hatte. Nur das schwache Licht des Mondes erhellte den Garten. Die Schatten der Hecken waren pechschwarz und boten einen perfekten Sichtschutz bis zum Küchenfenster.

Mein Herz schlug so stark, dass ich fürchtete, meine Brust würde zerspringen. Ich konzentrierte mich auf meine Atmung, was jedoch nichts brachte. Ich hielt kurz inne, bevor ich die Hausecke erreichte, und versuchte, mich zusammenzureißen. Was war nur los mit mir? Das hier war mein Job. Das hier war das, womit ich seit fünf Jahren meinen Lebensunterhalt verdiente, und dennoch fühlte ich mich wie ein Agent vor dem ersten Schuss.

Plötzlich wusste ich, was diesmal anders war. Das hier war eine persönliche Angelegenheit.

Die Menschen in dem Haus waren mir wichtig, und das machte dies zur wichtigsten Mission, in die ich jemals involviert gewesen war. Ich durfte mir keinen Fehler leisten.

Das Leben meiner Freundinnen stand auf dem Spiel.

Kapitel 20

Ich warf einen Blick durch das hintere Fenster, doch die Küche war leer. Das einzige Licht, das ich sehen konnte, war ein schwacher Strahl den schmalen Flur entlang, der aus dem Wohnzimmer kam. Vermutlich hielt er die beiden dort fest und hatte nur eine Lampe an. Durch das fehlende Licht hatte er einen Vorteil, wenn ich das Haus betrat. Immerhin hatte er keinen Grund zu der Annahme, dass ich vorbereitet war.

Und ganz sicher hatte er keine Ahnung, dass er sich mit den Freundinnen einer professionellen Killerin anlegte.

Über das Erdgeschoss ins Haus einzusteigen, kam nicht infrage. Die unteren Räume könnte er zu einfach kontrollieren und beim Klettern durch ein Fenster wäre ich nicht gerade in der perfekten Position für eine Schießerei – zumindest nicht perfekt zum Schießen, zum Erschossenwerden schon. Als ich die Bäume hinter dem Haus sondierte, brach das Gewitter, das den ganzen Tag über auf der Lauer gelegen hatte, plötzlich los. Blitze erhellten den Himmel, gefolgt von dröhnendem Donner. Die Fensterläden des gesamten Hauses klapperten. Eine Sekunde später goss es wie aus Kübeln.

Der Wetterwechsel kam mir wie gerufen. Bei dem Gewitter würden die Geräusche, die ich beim Eindringen in das Haus verursachte, nicht hörbar sein. Schnell lief ich zu einer riesigen Eiche an der Seite des Hauses und kletterte sie hoch bis zum Dach. Dort hockte ich mich auf einen Ast und wartete auf den nächsten Donnerschlag. Als er kam, sprang ich auf das Dach. Ich kraxelte bis zum höchsten Punkt und lehnte mich hinunter zum Dachfenster.

Es war nicht verschlossen!

Ich öffnete das Fenster, holte tief Luft und hielt mich mit beiden Händen am Fensterrahmen fest. In einer flüssigen Bewegung zog ich mich über die Kante und direkt durch das Fenster, wobei ich Stoßgebete zum Himmel sendete, dass Gertie darunter nichts Scharfes oder Zerbrechliches lagerte. Mit den Schultern zuerst landete ich auf einem Stapel Kartons. Mein Gewicht drückt sie zusammen, wobei die Kleidung darin den Aufprall dämpfte.

Bisher war alles perfekt verlaufen. Ich schwankte zwischen der Hoffnung, dass das so bliebe, und der Angst, dass meine Glückssträhne zum ungeeignetsten Zeitpunkt enden könnte. Der knarrende Fußboden des Speichers war das erste Hindernis, das es zu überwinden galt. Diese Häuser waren zwar stabil gebaut, aber alt und knorrig.

Um leiser gehen zu können, zog ich meine Sportschuhe aus, doch es war unmöglich, sich lautlos über die Holzdielen zu bewegen. Ich wartete auf den nächsten Donner und lief dann schnell zur Treppe. Ich öffnete die Dachbodentür und seufzte erleichtert auf, als die gut geölten Scharniere keinen Ton von sich gaben. Draußen war noch das Echo des Donners zu hören, und so schlich ich die Treppe hinunter, wobei ich jedes Mal innehielt, wenn einer Stufe auch nur das leiseste Knacken entwich.

Vor der Tür zum Obergeschoss angekommen, lauschte ich, doch kein Laut war zu hören. In der Hoffnung, dass sich die drei im Erdgeschoss befanden, öffnete ich vorsichtig die Tür und lugte in den Flur. Er war leer.

Ich betrat den Flur und glitt mit meinen besockten Füßen leise über den Holzboden. An der Treppe angelangt, legte ich mich auf den Boden und lehnte mich über die Kante, um einen Blick in das Wohnzimmer zu werfen.

Das sah nicht gut aus. Ida Belle saß mit dem Gesicht zur vorderen Wand auf der Couch, an Händen und Füßen mit einem Seil gefesselt. Sie war steif wie ein Brett und zum ersten Mal, seit ich sie kannte, sah sie verwirrt aus. Gertie saß auf einem Stuhl in der Mitte des Raums, ebenfalls an Händen und Füßen gefesselt. Auf ihrer Wange bildete sich ein blauer Fleck, und der Anblick brachte mein Blut zum Kochen.

Melvin stand mit einem Gewehr in der Hand vor ihr.

»Wo bleibt sie denn?«, schrie er Gertie an. »Sie haben ihr die SMS vor über zehn Minuten geschickt und sie wohnt gleich um die Ecke!«

»Vielleicht war sie unter der Dusche oder hat geschlafen oder ist gar nicht zu Hause«, erwiderte Gertie. »Wenn Sie mich anrufen lassen, anstatt nur eine SMS zu schreiben, könnte ich es herausfinden.«

»Ich werde Ihnen ganz sicher nicht die Gelegenheit geben, sie zu warnen. Wenn ich hier Polizei sehen sollte, schieße ich und mach mich auf die Socken.«

»Damit kommen Sie nicht durch«, zischte Ida Belle.

Melvin grinste höhnisch. »Sie blöde Schlampe. Seit fünf Jahren komme ich nun schon mit dem Mord an Harvey durch. Hättet ihr Weiber nicht die Leiche versteckt, würde Marie jetzt im Knast verrotten und ich wäre mit dem Geld meines Cousins irgendwo auf den Bahamas.«

»Sie können Harvey gar nicht umgebracht haben«, warf Ida Belle ein. »Sie waren im Gefängnis. Schmücken Sie sich doch nicht mit fremden Lorbeeren.«

»Noch ein Wort von Ihnen und ich erschieße Sie, schon aus Prinzip. Ich hatte einen Plan. Ich hatte einen Partner gefunden, der den Mord ruckzuck für mich erledigt hat. Abzudrücken ist nun wirklich der einfachste Teil.«

»Und wie wollen Sie erklären, warum Sie uns alle umgebracht haben?«, wollte Gertie wissen. »Meinen Sie nicht, dass die Polizei Fragen stellen wird?«

»Oh, das ist der beste Teil«, antwortete er lächelnd. »Nachdem Marie verschwunden war, habe ich mir dieses Gewehr aus ihrem Haus geborgt. Darin ist Harveys Name eingraviert. Jeder wird glauben, Marie hätte Sie umgebracht, damit Sie nicht verraten können, dass sie Harvey getötet hat. Ihr Verschwinden macht die Sache perfekt. Ein Alibi, das die Polizei ihr glauben würde, gibt es nicht.«

Ich nahm den Kopf wieder hoch und holte tief Luft. Dann atmete ich langsam wieder aus, versuchte, mich zu beruhigen und überlegte mir einen Plan. Melvins Vorhaben war einfach und teuflisch genial. Marie hätte keine Möglichkeit mehr, sich zu verteidigen, wenn wir drei, die einzigen Personen, die ihr ein Alibi geben könnten, tot waren. Selbst Marges Brief wäre bei drei Leichen und einer Mordwaffe wertlos.

Der einzige Lichtblick in dem ganzen Schlamassel war die Neuigkeit, dass Marge doch niemanden umgebracht hatte. Sie muss Harveys Leiche gefunden haben, nachdem Melvins Partner seinen Job erledigt hatte, und da sie vermutete, Marie wäre es gewesen, hatte sie Harveys sterbliche Überreste im Sumpf verschwinden lassen.

Ich schüttelte den Kopf über die Komplexität der Situation, die eine Handvoll Frauen verursacht hatte, weil alle dachten, eine von ihnen hätte Harvey getötet, und alle versuchten, den Mord zu vertuschen. Mit solchen Frauen an der Seite könnte man kleine Länder erobern.

Ich musste im Moment nur ein kleines Wohnzimmer erobern … ohne, dass dabei jemand draufging. Außer vielleicht Melvin. Der blaue Fleck auf Gerties Wange kam mir wieder in den Kopf. Oh, wie gerne würde ich Melvin um die Ecke bringen, doch das würde die Lage nur verschlimmern. Ich schüttelte den Kopf. Wem wollte ich etwas vormachen? Wenn ich Melvin umbrächte, flöge meine Tarnung auf, aber darum würde ich mich später kümmern.

Jetzt musste ich erst mal in das Wohnzimmer vordringen, ohne dass Melvin mich sah.

Ich rollte mich auf den Rücken, starrte an die Decke und versuchte angestrengt, mir etwas auszudenken, was Melvin lange genug ablenken würde, damit ich in das Wohnzimmer gelangen konnte. Da fiel mein Blick auf die große Kristallvase auf dem Tisch über mir und mir kam eine Idee.

Langsam stand ich auf und nahm die Vase vom Tisch. Sie war dick und schwer und hoffentlich kein Familienerbstück. Die andere Seite der Wendeltreppe war zum Esszimmer auf der anderen Seite des Hauses hin offen, und befand sich somit weit genug von Ida Belle und Gertie entfernt. Ich spähte in jede Ecke der Zimmer im Erdgeschoss, die ich einsehen konnte, doch keine Spur von Melvins Komplizin Cheryl. Vielleicht war sie so schlau und hielt sich aus dieser Sache raus.

Ich zog die Socken aus, um besser rennen zu können, und schleuderte die Vase über das Treppengeländer hinweg mitten auf den Esstisch. Bevor sie dort ankam, war ich schon wieder auf dem Treppenabsatz im Obergeschoss und lehnte mich über die Kante. Die Vase krachte auf den Tisch und der Lärm hallte durch das ganze Haus.

Kaum war Melvin ins Esszimmer gestürzt, um nachzusehen, was passiert war, sauste ich die Treppe hinunter ins Wohnzimmer. Gertie und Ida Belle bekamen große Augen, machten jedoch keinen Zuck und schon gar keinen Mucks. Bevor Melvin sich auch nur umdrehen konnte, hatte ich schon meine Pistole auf ihn gerichtet.

»Denken Sie noch nicht einmal daran, sich zu bewegen«, drohte ich, als er herumfuhr und mich anstarrte. »Ich möchte, dass Sie das Gewehr jetzt auf den Boden legen, ganz langsam und vorsichtig.«

Melvin zögerte ein paar Sekunden und ich wusste, dass er seine Optionen abwog. Offensichtlich kam dabei heraus, dass es das Risiko nicht wert war, denn er legte das Gewehr auf den Boden und trat mit erhobenen Händen zurück.

»Sie machen einen großen Fehler«, sagte er.

»Wirklich? Sieht von meinem Standpunkt her gar nicht so aus.«

Dann hörte ich ein Geräusch im Flur zur Küche und reagierte zu spät, als Cheryl das Wohnzimmer betrat, ihre Neunmillimeter direkt auf Gerties Kopf gerichtet. »Da komme ich wohl gerade noch rechtzeitig«, bemerkte sie.

Cheryl sah zu mir herüber. »Du kannst mich erschießen, aber wahrscheinlich schieße ich schneller, als du den Abzug durchdrücken kannst. Und bevor du deine Optionen abwägst, möchte ich dich darüber informieren, dass ich als Gefängniswärterin arbeite. Ich verbringe mehrere Stunden die Woche am Schießstand. Ich bin nicht wie diese Hinterwäldler aus dieser beschissenen Kleinstadt.«

»Doch, das bist du«, knurrte Ida Belle.

»Klappe, du alte Hexe!«, schrie Cheryl. »Ihr zwei haltet euch für ach so wichtig und für die Chefs dieser Stadt. Ich wette, die Leute hier wären froh, euch los zu sein, auch wenn sie euch das nicht ins Gesicht sagen.«

Mit der anderen Hand machte sie eine Handbewegung zu mir. »Leg die Pistole auf den Boden und schieb sie zu mir rüber. Und keine Tricks, oder Gertie muss dafür büßen.«

Ich zögerte, um zumindest eine Sekunde zu gewinnen und einen neuen Plan zu entwerfen. Meine Waffe abzugeben, würde uns nicht weiterführen, da sie uns sowieso umbringen würden. Unsere einzige Chance, hier heile rauszukommen, war, Cheryl zu entwaffnen, bevor Melvin nach dem Gewehr greifen kann. Neben Cheryl registrierte ich den Beistelltisch und darauf den Korb mit Gerties Stricksachen.

Und schon hatte ich eine Idee.

»Nun mach schon!«, rief Cheryl.

Ich warf Gertie und Ida Belle einen Blick zu. Beide nickten mir kaum merklich zu. Sie kannten unsere Chancen so gut wie ich, und ich verstand das Nicken als ihre Art, mir zu sagen, dass ich tun sollte, was ich für nötig befand.

Ich beugte mich nach unten und legte die Pistole auf den Boden.

»Schieb sie zu mir rüber«, befahl Cheryl.

Ich atmete tief durch und platzierte meinen Fuß hinter die Pistole. Als ich sie über den Boden schob, blickte Cheryl nach unten, wie ich es geplant hatte, und ich sprang los. Bevor sie auf mich zielen konnte, riss ich sie um, griff nach einer Stricknadel im Korb neben ihr und warf Cheryl zu Boden. Sie richtete ihre Neunmillimeter auf meinen Kopf, während wir fielen, doch ehe sie den Abzug betätigen konnte, stieß ich ihr die Stricknadel genau in die Herzschlagader.

Sie schnappte nach Luft, das Blut strömte aus ihrem Hals, doch nach wie vor hielt sie die Pistole fest umklammert, und ich hatte alle Mühe, sie aus ihrem Griff zu lösen.

Gerade noch rechtzeitig sah ich hoch, als Melvin aus seiner Schockstarre erwachte und sich nach dem Gewehr bücken wollte. Bevor er es erreichen konnte, sprang Gertie von ihrem Stuhl hoch und trat ihm direkt ins Gesicht. Völlig verblüfft machte er einen Schritt rückwärts, doch dann einen nach vorne und versetzte ihr einen Kinnhaken. Sie ging zu Boden, und er griff nach dem Gewehr.

Als Melvin das Gewehr aufhob und auf mich richtete, löste sich Cheryls Griff endlich. Ich riss ihr die Pistole aus der Hand und traf mit einem einzigen Schuss direkt in Melvins Stirn. Das Gewehr ging los, als es auf den Boden traf, doch die Kugel ging glücklicherweise an meinem Kopf vorbei und traf den Kronleuchter im Esszimmer. Schnell rannte Gertie in die Küche und holte ein Messer, um die Seile von Ida Belles Händen und Füßen zu lösen, während ich Cheryls Puls fühlte. Anschließend zerschnitt Ida Belle die Fesseln von Gerties nach wie vor verbundenen Händen.

Das Überprüfen von Cherlys Puls war wirklich nur eine Formalität. Der leere Blick und das viele Blut, das sich über Gerties Fußboden ergoss, waren ein klares Indiz dafür, dass Cheryl nicht mehr auf dieser Welt weilte.

»Ist sie tot?«, fragte Ida Belle und rieb sich ihre Handgelenkte.

»Jepp.« Ich stand auf.

»Wie sind Sie hier reingekommen?«, wollte Gertie wissen.

»Ich bin einen Baum hochgeklettert und durch das Dachbodenfenster geschlüpft. Toller Tritt, übrigens. Wie haben Sie die Fesseln von den Füßen bekommen?«

»Ich hatte die Beine überkreuzt, als Melvin sie zusammenband. Der Kerl ist so doof. Ich wusste, dass ich sie abstreifen konnte, und wartete nur auf den richtigen Moment, doch meine Möglichkeiten waren beschränkt.«

»Und der Tritt?«

»Och, das war doch gar nichts«, wiegelte Gertie ab. »Ich sehe das dauernd in diesen alten Bruce-Lee-Filmen. Und ich hatte ja nichts zu verlieren, oder?«

Sie sah mir dabei nicht in die Augen, woran ich erkannte, dass sie log. Doch bevor ich sie darauf ansprechen konnte, hörte ich, wie sich von draußen ein tiefes Dröhnen näherte.

Ich erstarrte. »Deputy LeBlanc! Ich hatte Marie aufgetragen ihn anzurufen und ihm zu erzählen, dass Sie hier als Geiseln gehalten werden.«

Beim Anblick der zwei Leichen überkam mich ein Schwindelgefühl.

Scheiße!

Das war nicht so gut. Keine Chance, aus dieser Sache herauszukommen, ohne meine Fingerabdrücke abgeben zu müssen, die anschließend in das System eingegeben und überprüft werden würden. Dabei würde meine Tarnung flöten gehen, und mein Job vermutlich auch.

»Raus!«, rief Ida Belle.

»Was?«

Ida Belle riss mir die Pistole aus der Hand und schoss in die Couch. Ich starrte sie an, als hätte sie ihren Verstand verloren.

»Sie sollten mit der Sache hier nichts zu tun haben«, erklärte Ida Belle.

Gertie nickte und zog mich in Richtung Hintertür. »Schmeißen Sie die blutige Jacke auf den Komposthaufen. Lassen Sie sich ordentlich durchnässen und versuchen Sie dann, durch die Hintertür einzubrechen, wenn Sie hören, wie wir Carter vorne reinlassen.«

»Aber wie wollen Sie erklären …«

»Uns wird schon etwas einfallen«, unterbrach mich Ida Belle. »Und nun raus!«

Ich stolperte durch die Küche, griff mir ein Messer, als ich am Tresen vorbei kam, und rannte dann durch die Hintertür hinaus in das tobende Gewitter. Beim Laufen zog ich meine Jacke aus, warf sie auf den Komposthaufen in der Ecke des Gartens und ging einmal um das Haus herum zurück zur Hintertür. Dort steckte ich das Messer in den Türspalt und tat so, als würde ich die Hintertür aufbrechen wollen.

Plötzlich flog die Tür auf und Gertie stand vor mir.

»Wo ist Melvin?«, flüsterte ich, ganz in meiner Rolle der ahnungslosen Nachbarin aufgehend, nur für den Fall, dass Deputy LeBlanc zuhörte.

»Er ist tot. Kommen Sie rein, bevor Sie wegschwimmen.«

Ich ging ins Haus und folgte Gertie ins Wohnzimmer, wo Deputy LeBlanc stirnrunzelnd und kopfschüttelnd auf die zwei Leichen blickte. Der Tisch, auf dem der Korb mit den Stricksachen gestanden hatte, und der Stuhl, auf dem Gertie gefesselt war, befanden sich nun deutlich näher an Cheryl. Ein zweiter Stuhl war aus dem Esszimmer geholt worden und lag auf dem Boden neben dem anderen Stuhl. Von den Seilen, mit denen die Damen gefesselt gewesen waren, war weit und breit nichts zu sehen.

»Wissen Sie eigentlich, wie viel Glück Sie hatten?«

Ida Belle nickte. »Wir wussten, dass er uns alle umbringt, sobald Sandy-Sue hier auftaucht. Aber dann fingen sie an, sich über das Erbe zu streiten und ich wusste, dass dies unsere einzige Chance war, etwas auszuprobieren. Und als Gertie mir zunickte, wartete ich auf den richtigen Moment.«

Gertie sprang auf. »Kaum hatte Melvin das Gewehr abgelegt und war rübergekommen, um sich mit Cheryl zu streiten, wusste ich, das war die Gelegenheit. Ich schnappte mir die Nadel und stach sie ihr in den Hals.«

»Während Gertie sie erstach«, fuhr Ida Belle fort, »sprang ich auf und griff nach der Pistole, die aus ihrer Hand fiel.«

»Melvin hatte sein Gewehr wieder in der Hand«, erzählte Gertie aufgeregt, »doch Ida Belle hat ihn erschossen, bevor er uns erwischen konnte. Das war wie auf dem Jahrmarkt, nur, dass sie nicht auf Tontauben schoss.«

Ida Belle nickte »Genau so war es. Wie auch immer, nachdem ich auf ihn geschossen hatte, betätigte er den Abzug. Muss wohl aus Versehen gewesen sein, doch zum Glück passierte es, während er fiel, sodass nur der Kronleuchter etwas abgekriegt hat.«

Gertie winkte ab. »Ich habe diesen Kronleuchter noch nie gemocht.«

Ich starrte von einer zur anderen, völlig verdutzt, wie ausführlich und glaubwürdig sie die Geschichte erzählten, als wäre sie wirklich so passiert.

Die zwei waren besser als alle Schauspieler in sämtlichen Filmen, die ich jemals gesehen hatte.

Ich stellte mich zwischen die Damen und legte beiden einen Arm um die Schulter. »Ich bin so froh, dass es Ihnen gut geht. Als ich die SMS bekam, wusste ich, dass etwas nicht stimmt. Mir war klar, dass wir alle in der Tinte säßen, wenn ich an die Vordertür klopfe und einfach reinspaziere. Also habe ich versucht, die Hintertür mit einem Messer zu öffnen, was aber nicht so recht klappen wollte.«

Mit Blick auf die Leichen schüttelte ich den Kopf. »Das Ganze ist so was von unglaublich.«

Deputy LeBlanc seufzte. »Herzlich willkommen in Louisiana.«

»Ha. Ja, mit so viel Aufregung hatte ich nun wirklich nicht gerechnet. Ich war der offensichtlich irrigen Ansicht, in Kleinstädten ginge es ruhig zu.«

»Das ist ein sehr häufiger Irrtum«, meinte Deputy LeBlanc. »Da ich den Hilferuf von Marie bekam, gehe ich also davon, dass sie aus ihrem Versteck wieder aufgetaucht ist?«

»Himmel, wir haben vergessen, Marie anzurufen!« Gertie rannte in die Küche, zweifellos, um sofort Marie anzurufen und ihr zu erzählen, dass ihr fünf Jahre andauernder Albtraum endgültig zu Ende war.

»Eigentlich«, erklärte ich, »war Marie nie weg. Sie war die ganze Zeit über auf meinem Dachboden.«

Er starrte mich an. »Und jetzt soll ich Ihnen glauben, dass Sie das nicht wussten?«

»Ich wusste es nicht. Ich schwöre. Ich habe es erst heute erfahren.«

»Dann hat sie sich wohl totgestellt? Diese Häuser machen einen ganz schönen Lärm, wenn sich jemand in den oberen Geschossen bewegt.«

Entwaffnet hob ich die Hände. »Ja, da war ein Geräusch, aber ich dachte, das sei der Waschbär. Und nach dem Einlauf, den Sie mir beim ersten Mal verpasst haben, wollte ich nicht noch einmal hochgehen und der Sache auf den Grund gehen.«

Seine Lippen bildeten eine dünne Linie und ich wusste, dass er versuchte, sich ein Lächeln zu verkneifen. »Ich habe Ihnen keinen Einlauf verpasst, weil Sie dem Geräusch auf den Grund gegangen sind. Ich habe Ihnen einen Einlauf verpasst, weil Sie das Geräusch *erschießen* wollten.«

»Wie auch immer. Hört sich für mich völlig gleich an.«

»Nun ja, in Anbetracht der Tatsache, dass Sie beim letzten Mal ein Loch in das Dach geschossen haben, gehe ich davon aus, dass Marie Glück hatte, dass Sie sich zurückgehalten haben. Und was hat es mit der SMS auf sich, die Sie so misstrauisch gemacht hat?«

Ich zog mein Handy aus der Tasche und zeigte ihm die SMS. »Ich wusste, dass etwas nicht stimmte, weil Gertie und Ida Belle wissen, dass ich nicht stricken kann. Und da wir Melvin mit Maries Cousine in der Sumpfbar gesehen hatten, befürchtete ich, er wäre hinter ihnen her, weil er dachte, dass wir hinter ihm her wären.«

»Ah ja. Über Sie drei und Ihre Ermittlungen werden wir ausführlicher reden müssen, sobald ich die Energie dafür habe. Ich frage mich nur, was gewesen wäre, wenn es sich wirklich um ein Strickproblem gehandelt hätte und Sie sinnlos in Panik verfallen wären?«

Ich zuckte mit den Achseln. »Dann hätte ich Ihre Zeit verschwendet und mich selbst grundlos fast ertränkt, aber das Risiko bin ich eingegangen.«

Jetzt konnte er sich das Lächeln nicht mehr verkneifen. »Das ist vermutlich die einzige Sache, die Sie diese Woche vollbracht haben, die nicht illegal war, insofern verbuche ich das unter Fortschritt.«

Ich lächelte zurück und nickte. Wenn der wüsste …

Vor dem Haus schlug eine Autotür zu, und Deputy LeBlanc ging zur Haustür, um die Sanitäter hereinzulassen. Ich gesellte mich zu Ida Belle und Gertie und sah aus dem vorderen Fenster. Im ganzen Block strömten die Leute aus ihren Häusern und versammelten sich in den Vorgärten.

»Jetzt, wo die Polizei hier ist, kommen sie alle raus«, bemerkte Gertie. »Als sie den Schuss hörten, hat sich keiner nach draußen bequemt.«

»Feiglinge!«, rief Ida Belle aus der Haustür.

Ich grinste. Es war schwer, die alten Damen nicht zu mögen.

Kapitel 21

Es war weit nach Mitternacht, als Deputy LeBlanc, der Gerichtsmediziner und noch eine ganze Reihe anderer Leute endlich in Gerties Haus fertig waren. Ich wusste, dass die Damen in den nächsten Tagen noch Unmengen von Fragen zu beantworten und Papiere zu unterzeichnen hätten, war jedoch zuversichtlich, dass wir in Sicherheit waren. Deputy LeBlanc hatte die Geschichte ohne sichtbares Zögern geglaubt. Ich glaube, er war sogar erleichtert, dass Marie Harvey nicht umgebracht hatte und er sie somit nicht verhaften musste. Niemand hatte Melvin gemocht, und wahrscheinlich atmete die gesamte Stadt erleichtert auf. Und hatte für die nächsten vierzig Jahre ein Gesprächsthema.

Unmittelbar nach Gerties Anruf kam Marie herübergerauscht, weinte wie ein Baby und umarmte jeden fast zu Tode, einschließlich Deputy LeBlanc, dem das ganze Aufhebens sichtlich peinlich war.

Als ich an der Reihe war, flüsterte sie mir ins Ohr: »Ich wünschte, Marge könnte Sie jetzt sehen. Sie hätte Sie geliebt.«

Nachdem das letzte Auto die Einfahrt verlassen und Deputy LeBlanc über die Straße nach Hause gegangen war, besah ich mir das Chaos in Gerties Wohnzimmer und schüttelte den Kopf.

»Holen Sie sich Kleidung zum Wechseln«, trug ich Gertie auf. »Heute Nacht schlafen Sie bei mir.«

Gertie wollte protestieren, doch Ida Belle fuhr ihr über den Mund. »Sie hat recht. Morgen helfen wir dir alle beim Aufräumen. Aber jetzt müssen wir raus aus diesem Haus.«

»Ich weiß, dass Sie beide eigene Häuser haben«, sagte ich an Ida Belle und Marie gewandt, »Aber ich habe viel Platz und würde mich freuen, wenn Sie auch bei mir übernachten würden.«

Gertie klatschte begeistert in die Hände. »Eine Pyjamaparty! So was hatte ich zuletzt, als ich ein junges Mädchen war.«

Ida Belle runzelte die Stirn. »Erwachsene Frauen gehen nicht auf Pyjamapartys. Das wird eine Zusammenkunft der Truppe.«

Ich nickte. »Und die erste Handlung wird sein, uns in meiner Küche zu versammeln, um dort Kaffee zu trinken und zu essen, was immer Gertie gebacken hat.«

Gertie nahm den Schokoladenkuchen vom Küchentresen. »Worauf warten wir?«

In feierlicher Stimmung servierte ich den Kaffee und Gertie schnitt jedem ein Stück ihres fabelhaften Schokoladenkuchens ab. Als wir alle am Tisch saßen, räusperte sich Marie.

»Ich möchte euch allen sagen«, setzte sie an, »wie dankbar ich für alles bin, was ihr für mich getan habt und tut. Und ich möchte mich bei Gertie und Ida Belle dafür entschuldigen, dass ich euch nichts davon erzählt habe, dass ich all die Jahre dachte, Marge hätte Harvey umgebracht. Ich fürchte, Marge dachte, ich wäre es gewesen, insofern haben wir alle die ganze Zeit über jemand anders gedeckt.«

»Du hast Marge beschützt, und wir respektieren das«, sagte Ida Belle. »Abgesehen davon … selbst wenn wir es gewusst hätten, hätten wir alles genauso gemacht. Wir mussten den Verdacht so oder so von dir ablenken, weil du die Hauptverdächtige warst, als Harvey verschwand. Unabhängig davon, wer ihn tatsächlich umgebracht hat.«

Erleichterung machte sich auf Maries Gesicht breit. »Vermutlich hast du recht. So habe ich das noch nie gesehen.«

»Haben Sie denn irgendeine Ahnung, wann und wo Harvey umgebracht worden ist?«, fragte ich Marie.

Sie nickte. »Ich glaube, er wurde in meiner Küche getötet. Ich war ja krank, wie Sie wissen. Nachdem Harvey mich geschlagen und Marge ihn rausgeworfen hatte, gab sie mir eine Schlaftablette und steckte mich ins Bett. Sekunden später war ich tief und fest eingeschlafen. Ich weiß noch, wie ich später am selben Abend hinunter in die Küche kam und es leicht nach Bleiche roch. Ich dachte, Marge hätte sauber gemacht. Also, bis der Verdacht in mir wuchs.«

Ida Belle schüttelte den Kopf. »Sie hatte ja auch sauber gemacht; sie hat die Sauerei beseitigt, die Melvin und Cheryl hinterlassen hatten, weil sie dachte, du wärst dafür verantwortlich gewesen. Sicher hat sie den Schock ihres Lebens gekriegt, als sie zurück ins Haus kam und Harvey tot auf dem Küchenboden vorfand.«

»Das will ich mir gar nicht vorstellen«, blockte Marie ab. Dann griff sie in ihre Tasche und zog den Brief heraus, den ich vom Anwalt bekommen hatte.

»So gerne ich ihn auch behalten würde«, erklärte sie, »um mich daran zu erinnern, dass jemand, den ich respektiert und geschätzt habe, mich so sehr geliebt hat, müssen wir diesen Brief und all die anderen vernichten.«

Ich nickte. »Sie würden nur für neue Verwirrungen sorgen, wenn die Inhalte ans Licht kämen.«

Ich stand vom Tisch auf, holte einen gusseisernen Topf aus dem Küchenschrank und legte den Stapel unverschickter Briefe hinein. Dann nahm ich den Brief von Marie, legte ihn zu den anderen und zündete sie an. Marie sah den Flammen zu und schüttete anschließend die Asche in den Ausguss. Sorgfältig spülte sie alle Spuren der Existenz der Briefe weg.

»Ich glaube, ich habe für heute genug«, meinte Marie dann. »Wenn ihr also nichts dagegen habt, gehe ich ins Bett.«

Ida Belle und Gertie machten keine Anstalten, es ihr gleichzutun, also füllte ich die Kaffeetassen und setzte mich wieder. Das Adrenalin in meinen Adern putschte mich deutlich mehr auf als der Kaffee und ich wusste, dass es noch Stunden dauern würde, bevor ich mich entspannen und einschlafen konnte.

Ida Belle warf Gertie einen dieser geheimnisvollen Blicke zu, mit denen sie telepathisch miteinander zu reden schienen. Gertie nickte, und ich schloss daraus, dass die beiden mir endlich erzählen würden, was da lief.

»Wir müssen reden«, fing Ida Belle an.

»Okay. Worüber?«

»Darüber, wer Sie wirklich sind.«

Ich erstarrte und hielt die Luft an. »Ich weiß nicht, wovon Sie reden«, konnte ich gerade noch rausbringen und war froh, dass meine Stimme normal klang.

Gertie streckte ihre Hand aus und legte sie auf meine. »Wir wollen Sie nicht bloßstellen, meine Liebe. Wir wollen Sie beschützen.«

Ida Belle nickte. »Aber das können wir nicht, wenn wir nicht wissen, wovor wir Sie beschützen.«

»Zuerst dachten wir«, fuhr Gertie fort, »dass Sie vor einem gewalttätigen Ehemann oder so weglaufen, aber nachdem wir Sie kennengelernt hatten, war uns klar, dass das wohl kaum der Fall sein konnte. Ein gewalttätiger Mann würde es keine fünf Minuten mit Ihnen aushalten.«

Ich schüttelte den Kopf. »Und warum glauben Sie, dass ich nicht die bin, von der ich sage, dass ich sie bin?«

Gertie lachte. »Sie haben falsche Haare, tragen nie Make-up und scheinen sich nicht im Geringsten für Mode zu interessieren.«

Ida Belle nickte. »Sie sitzen und stehen immer mit dem Rücken zur Wand und mit dem Gesicht zur Tür oder zum Fenster. Sie sind über einen drei Meter hohen Zaun gehüpft, als wäre es ein Maulwurfshügel, und waren nach ihrem Wettrennen mit Tiny nicht im Geringsten außer Atem.«

»Sie rennen wie ein Profi«, fuhr Gertie fort, »Sie verfügen über den Gleichgewichtssinn einer Katze mit den Bewegungen eines Kampfsportlers. Ich kenne meinen Dachboden, und nie im Leben hätten Sie durch dieses Fenster ›schlüpfen‹ können.«

»Wenn Sie jemandem das erste Mal begegnen«, redete Ida Belle weiter, »checken Sie ihn sofort von oben bis unten ab und suchen nach Schwachstellen. Sie haben im Alleingang zwei bewaffnete Angreifer ausgeschaltet, einen mit einer Stricknadel und den anderen mit einem Pistolenschuss direkt in die Stirnmitte – und all das ohne Vorbereitung und in gebückter Haltung. Normale Menschen denken und reagieren nicht so.«

Gertie pflichtete ihr bei. »Dieses ganze Chaos aus Mord, Geiselnahme und Schießerei hat Sie völlig unbeeindruckt hinterlassen.«

»Was wir damit sagen wollen«, schloss Ida Belle, »ist, dass wir eine von uns erkennen, wenn wir ihr begegnen. Vielleicht waren Sie nicht beim Militär, aber Sie hatten eine militärische Ausbildung, und zwar eine ziemlich gute.«

Ich starrte die beiden an und war vermutlich zum ersten Mal in meinem Leben sprachlos. Von Deputy LeBlanc hatte ich Misstrauen erwartet, doch ich bezweifelte, dass er eine so detaillierte Analyse hätte erstellen können, wie es die zwei unschuldig aussehenden alten Damen an meinem Küchentisch gerade getan hatten.

Eine von uns.

Jetzt erst fiel mir diese Formulierung auf, und ich sah von einer Dame zur anderen. »Wollen Sie damit sagen, dass Sie beide beim Militär waren?«

»Natürlich«, erwiderte Ida Belle. »Alle fünf Gründungsmitglieder der Gesellschaft der Damen von Sinful waren beim Militär. Gertie, Marge und ich waren die letzten, bis Marge starb. Jetzt sind es nur noch Gertie und ich.«

Und da dämmerte es mir. »Sie waren alle in Vietnam.«

Gertie nickte. »Es war ein furchtbarer Krieg, doch wir hatten das Gefühl, dass es unsere Aufgabe sei, unserem Land zu dienen, und nicht, hier in Sinful einem nutzlosen Mann sein Abendessen zu servieren.«

»Und was haben Sie da gemacht? Ich meine, was waren Ihre Tätigkeiten?«

»Können Sie sich das nicht denken?«, fragte Ida Belle.

Sie grinsten sich gegenseitig an und warten gespannt auf meine Antwort.

»Sagen Sie es mir lieber.«

Ida Belle lachte. »Nun, auf dem Papier war Gertie Sekretärin und ich Schwesternhelferin. Marge war Lagerarbeiterin.«

»Aber das waren nicht Ihre tatsächlichen Tätigkeiten …«

Ida Belle schüttelte den Kopf. »Sie müssen wissen, dass das damals andere Zeiten waren. Frauen wurden als das schwächere

Geschlecht betrachtet und keiner traute ihnen zu, dieselbe Arbeit zu erledigen wie ein Mann. Genau das nutzte unser Kommandeur aus und setzte uns für strategische Zwecke ein.«

Plötzlich liefen die Ereignisse der letzten fünf Tage wie ein YouTube-Video in meinem Kopf ab: wie Ida Belle den Alligator erschoss und wie Gertie Melvin wie Bruce Lee ins Gesicht sprang … Marges Waffensammlung.

Mir fiel buchstäblich die Kinnlade herunter.

Es dauerte einen Moment, bis ich wieder sprechen konnte. »Sie waren beim Abschirmdienst.«

»Wir bevorzugen ›Spione‹«, korrigierte mich Ida Belle. »Klingt cooler.«

Ich lehnte mich im Stuhl zurück und atmete langsam aus. »Spione. Ich fass es nicht.«

Dann sah ich Gertie mit halb zusammengekniffenen Augen an. »Sie sind nicht wirklich wirr im Kopf und ungeschickt, oder?«

Gertie lachte. »Natürlich nicht.«

»Nun ja …«, wandte Ida Belle ein.

»Bin ich nicht!«

»Du bist nicht mehr ganz so gerissen wie früher, das ist alles, was ich damit sagen wollte.«

Gertie sah erst zu Ida Belle, dann wieder zu mir. Kaum hatte sie den Blick von Ida Belle abgewendet, sah diese zu mir und schüttelte den Kopf.

»Was ich aus der Erfahrung gelernt habe«, erklärte Gertie, »ist, dass die Leute alle möglichen Dinge in meiner Anwesenheit sagen, weil sie glauben, ich wäre tatterig und würde es nicht mitkriegen.«

Ich wandte mich an Ida Belle. »Dann war die Geschichte über Ihren Vater, der Ihnen das Schießen beigebracht hat, eine Lüge?«

Ida Belle schüttelte den Kopf. »Meinen Vater gab es wirklich und er war genau das Arschloch, als das wir ihn beschrieben haben. Ich konnte bereits recht gut schießen, als ich mich verpflichtete, doch das Militär perfektionierte diese Fähigkeit auf ein Niveau, das nur ein anderer Meisterschütze verstehen kann.« Dabei sah sie mich verschwörerisch an.

»Sie haben recht«, gab ich zu und überlegte, wie viele Informationen ich offenlegen und wie viele ich zurückhalten sollte. Nicht, weil ich ihnen nicht vertraute, sondern weil ich sie nicht in Gefahr bringen wollte.

»Sie wissen schon«, sagte Gertie sanft, »dass wir für den Feind nicht bedrohlicher wirken, wenn wir die Wahrheit wissen.«

Damit hatte sie recht und das wusste ich auch, doch ich hatte in meinem gesamten Leben noch nie jemandem vertraut. Das hier war ein großer Schritt für mich.

»Ich bin nicht beim Militär, habe aber dort gelernt. Ich arbeite für die CIA.«

Gertie klatschte in die Hände. »Eine Geheimagentin! Hier in Sinful! Wer hätte das gedacht!«

Ich lächelte. »Nicht unwahrscheinlicher als die Tatsache, dass die Gesellschaft der Damen von Sinful vom Abschirmdienst des Vietnamkriegs geleitet wird.«

»Da liegt sie richtig«, pflichtete Ida Belle mir bei und sah mich mit ernstem Gesichtsausdruck an. »Ich werde Sie nicht weiter über Ihre Tätigkeit befragen, weil ich glaube, dass wir bereits eine recht gute Vorstellung haben und nicht darüber reden müssen. Ich gehe davon aus, dass Sie Sandy-Sue nicht umgebracht haben, um ihren Platz hier einzunehmen, würde jedoch gerne wissen, ob es ihr gut geht, und wovor genau sie sich versteckt.«

»Sandy-Sue ist definitiv in Sicherheit. Sie verbringt einen langen Urlaub, den ihr Onkel finanziert, der mein Boss ist. Von all dem hier weiß sie gar nichts.«

»Gut«, sagte Ida Belle, völlig zufrieden mit meiner Erklärung.

»Und ich verstecke mich, weil ein paar sehr miese Typen ein Kopfgeld auf mich ausgesetzt haben und mein Boss befürchtet, meine Tarnung könnte durch einen Maulwurf in der CIA auffliegen. Eigentlich hätte ich von meiner letzten Mission gar nicht zurückkehren sollen.«

Gertie runzelte die Stirn. »Also sind Sie undercover im Einsatz?«

»Ja. Mein Boss und ein weiterer Agent sind die einzigen Personen, die wissen, wo ich bin. Nun ja, und jetzt auch Sie beide.«

Gertie pfiff anerkennend. »Wenn Deputy LeBlanc also zu genau Nachforschungen über Sandy-Sue anstellt, könnte er dabei herausfinden, dass sie gar nicht hier ist, wodurch Sie enttarnt wären. Wir dachten uns schon so etwas in der Richtung. Deshalb haben wir Sie weggeschickt, nachdem Sie uns gerettet hatten, und uns diese Geschichte ausgedacht.«

Ich nickte. »Wenn ich als Zeugin aussagen muss, würde ich schon mit der Aussage, mein Name wäre Sandy-Sue, einen Meineid leisten.«

»Und diese miesen Typen, die hinter Ihnen her sind – worauf müssen wir uns da einstellen?«, wollte Ida Belle wissen.

»Waffenhändler. Glauben Sie mir, die würden in Sinful auffallen wie Clowns auf einer Beerdigung.«

»Aus dem Nahen Osten?«, fragte Gertie. »Sie sind sehr braun …«

Ich nickte.

»Das macht es einfacher«, stellte Ida Belle fest.

»Ab jetzt«, erklärte Gertie, »werden wir unser Bestes tun und Sie aus allem heraushalten, was die Aufmerksamkeit von Deputy LeBlanc auf Sie lenken könnte.«

Ein kurzes Gefühl der Angst durchzuckte mich. »Gibt es denn so viele fragwürdige Aktivitäten in Sinful?«

»Nein, natürlich nicht«, beschwichtigte mich Ida Belle und zwinkerte Gertie zu.

Ich hielt mir die Ohren zu und stand vom Tisch auf. »Ich will es nicht wissen«, rief ich und lief nach oben, um mir eine wohlverdiente Dusche zu gönnen. Noch als ich im Obergeschoss ankam, hörte ich sie unten lachen.

Einen Moment lang hielt ich inne und freute mich über das Lachen, das die Treppe heraufschallte. Es waren gute Menschen, starke Frauen und treue Freundinnen. Sie hatten mein Vertrauen in die Menschheit wiederhergestellt. Und das alles für den Preis einer falschen Haarsträhne und ein paar Peinlichkeiten.

Keine schlechte Bilanz für den Zeitraum von einer Woche.

ENDE

8552999R00147

Printed in Germany
by Amazon Distribution
GmbH, Leipzig